8/19

Egomaniac

Egomaniac

Vi Keeland

Traducción de María José Losada

TERCIOPELO

Título original: *Egomaniac*

© 2016, Vi Keeland

Primera edición: noviembre de 2018

© de la traducción: 2018, María José Losada
© de esta edición: 2018, Roca Editorial de Libros, S. L.
Av. Marquès de l'Argentera 17, pral.
08003 Barcelona
actualidad@rocaeditorial.com
www.rocalibros.com

Impreso por EGEDSA
Sabadell (Barcelona)

ISBN: 978-84-947185-1-9
Depósito legal: B. 24039-2018
Código IBIC: FRD

RT18519

A veces, lo que estás buscando
llega cuando ya no lo buscas.

ANÓNIMO

1

Drew

«*O*dio Fin de Año».

Dos horas de atasco y ni siquiera había recorrido los quince kilómetros que separaban mi casa del aeropuerto de La Guardia. Eran ya las diez de la noche. ¿Por qué no estaba aún toda esa gente en una puta fiesta? La tensión que habían aliviado las dos semanas pasadas en Hawái había vuelto a instalarse en mi interior, todavía con más fuerza, mientras el coche atravesaba *uptown*.

Traté de no pensar en el trabajo, en el que se enredaban los problemas de otras personas en una cadena sin fin, de tal forma que acababan afectándome a mí.

«Ella me engañó».

«Él me engañó».

«Quiero la custodia exclusiva de los niños».

«Ella no puede quedarse con la casa de Vail».

«Lo único que quiere es mi dinero».

«No me hace una mamada desde hace tres años».

«Mira, gilipollas, tienes cincuenta años, calvo pomposo, y la cabeza en forma de huevo. Ella acaba de cumplir veintitrés, está muy buena y unas tetas tan firmes que casi le llegan hasta la barbilla. ¿De verdad quieres arreglar ese matrimonio? Vuelve a casa con un cheque de diez ceros y dile que se ponga de rodillas. Tú tendrás tu mamada y ella dinero para sus gastos. No pretendas que es algo más. ¿No te llega con eso? A diferencia de la que pronto será tu ex, yo sí conseguiré mi cheque. Por eso soy Drew M. Jagger, abogado».

Me froté la nuca porque sentía un poco de claustrofobia en el asiento trasero de un Uber y miré por la ventanilla. Nos sobrepasó una anciana con andador.

—Me bajo aquí —le ladré al conductor.

—Pero ¿y el equipaje?

Estaba ya fuera del coche.

—Abre el maletero. De todas formas, tampoco avanzábamos demasiado.

El tráfico estaba parado y solo faltaban dos manzanas para llegar al edificio donde vivía. Tras entregar un billete de cien dólares al conductor, saqué el equipaje del maletero y aspiré una profunda bocanada de aire de Manhattan. Adoraba esta ciudad tanto como la odiaba.

El 575 de Park Avenue era un edificio restaurado de antes de la guerra, en la esquina sureste con la 63. Era una dirección que provocaba que la gente se formara ideas preconcebidas sobre ti. El edificio había estado ocupado por alguien con mi apellido desde antes de que se convirtiera en una cooperativa de apartamentos carísimos. Por eso podía seguir manteniendo el bufete en la planta baja, cuando los demás negocios habían desaparecido hacía años. Además, vivía en el ático.

—Bienvenido de nuevo, señor Jagger —me dijo el portero uniformado, cuando me recibió abriendo la puerta del vestíbulo.

—Gracias, Ed. ¿Me he perdido algo mientras estaba de vacaciones?

—No. Lo mismo de siempre. Sin embargo me asomé el otro día a las obras en su despacho; parece que todo marcha bien.

—¿Están usando la entrada de servicio desde la calle 63, como se supone que debían hacer?

Ed asintió.

—Claro que sí. Apenas los he oído en los últimos días.

Lancé el equipaje al interior de mi apartamento y llamé al ascensor para bajar al bufete y comprobar el estado de las obras. Durante las dos últimas semanas, mientras reposaba en Honolulu, estaban llevando a cabo la renovación total de las oficinas. Deberían haber parcheado y pintado las grietas que había en los altos techos, además de sustituir el viejo y desgastado parqué por un suelo nuevo.

Cuando entré, vi que habían protegido las puertas con un plástico muy grueso. El pequeño mueble que usaba como archivo también seguía cubierto de lonas. «Joder, no han acabado con el techo». El contratista me había asegurado que para cuando regresara las obras habrían finalizado. Tenía razón al haberme mostrado escéptico.

Encendí la luz y comprobé con alegría que, sin embargo, el vestíbulo sí estaba terminado. Por fin algo que no salía mal en fin de año.

Eché un vistazo alrededor, contento con lo que veía, y estaba a punto de marcharme cuando percibí la luz que se filtraba por debajo de la puerta de un pequeño cuarto de archivo al final del pasillo. Sin pensármelo dos veces, me acerqué a apagarla.

Mido casi uno noventa y peso unos noventa kilos, pero al abrir la puerta del archivo, no sé si por mi estado de ánimo o porque no esperaba ver a nadie, me llevé un susto de muerte al encontrarme allí a una mujer.

Ella gritó.

Yo di un paso atrás.

Vi cómo se levantaba, se ponía de pie en la silla y empezaba a soltar frases inconexas al tiempo que agitaba el móvil en el aire.

—¡Voy a llamar a la policía! —Noté que le temblaban los dedos mientras empezaba a marcar los números—. ¡Salga de aquí o haré la llamada! —Advirtió de nuevo, a punto de presionar el último.

Podría haberme abalanzado sobre ella y le hubiera quitado el móvil de la mano antes de que hubiera apretado el tercer dígito. Pero parecía aterrada, así que me alejé un paso más y levanté las manos en señal de rendición.

—No voy a hacerle daño —aseguré en el tono más suave y tranquilo que encontré—. No es necesario que llame a la policía. Este es mi bufete.

—¿Es que le parezco estúpida? Es usted quien ha irrumpido en mi despacho.

—¿Su despacho? Creo que se ha vuelto totalmente loca.

Se tambaleó encima de la silla y movió los dos brazos para recuperar el equilibrio, luego… se le cayó la falda a los pies.

—¡Fuera! —Se agachó para coger la prenda y se la subió a la cintura mientras me daba la espalda.

—Señora, ¿ha tomado su medicación?

—¿Medicación? ¿Señora? ¿Está tomándome el pelo?

—¿Sabe qué? —señalé el móvil que seguía sosteniendo en la mano—. ¿Por qué no sigue con lo que estaba haciendo y llama a la policía? Así podrán llevarla de regreso al manicomio del que se ha escapado.

Abrió mucho los ojos.

Para ser una loca, ahora que me fijaba, era muy guapa. El llamativo pelo rojo recogido en lo alto de la cabeza parecía hacer juego con su personalidad explosiva. Aunque la mirada brillante en sus resplandecientes ojos azules indicaba que quizá debería no haberle dicho eso.

Presionó la pantalla y procedió a denunciar el delito de intrusión en su despacho.

—Llamo para informar sobre un robo.

—¿Un robo? —Arqueé una ceja y miré a mi alrededor. Una solitaria silla plegable y la mesa a juego eran los únicos muebles en todo el espacio—. ¿Qué estoy robando exactamente? ¿Sus ansias de victoria?

Modificó la denuncia.

—Allanamiento de morada… Llamo para informar de un allanamiento de morada en el 575 de Park Avenue. —Se detuvo para escuchar a su interlocutor—. No, no creo que vaya armado. Pero es grande… Muy grande. Más de uno ochenta… sí, mucho más.

Sonreí.

—Y también soy fuerte. No se olvide de decirles que soy muy fuerte. ¿Quiere que flexione el brazo para que lo vea? Quizá debería decirles también que tengo los ojos verdes. No querrá que la policía me confunda con todos los demás ladrones enormes que se cuelan en mi bufete.

Después de colgar, siguió mirándome desde lo alto de la silla.

—¿También hay un ratón? —pregunté.

—¿Un ratón?

—Teniendo en cuenta que se ha subido ahí... —le sonreí.

—¿Encuentra esto divertido?

—Pues sí, para mi sorpresa. No tengo ni puta idea de por qué. Debería estar muy cabreado de volver a casa después de dos semanas de vacaciones y encontrarme una okupa en el bufete.

—¿Una okupa? Yo no soy una okupa. Este despacho es mío. Me trasladé hace una semana.

Se tambaleó de nuevo sobre la silla.

—¿Por qué no se baja de ahí antes de que se caiga y se haga daño?

—¿Cómo sé que no me va a atacar cuando lo haga?

Negué con la cabeza mientras contenía la risa.

—Cielo, mire mi tamaño y mire el suyo. Estar de pie en la silla no es suficiente para mantenerse a salvo. Si quisiera hacerle daño, ya estaría en el suelo, fuera de combate.

—Voy a clases de Krav Maga dos veces por semana.

—¿Dos veces a la semana? ¿En serio? Gracias por la advertencia.

—Deje de burlarse de mí. Quizá sea yo quien podría hacerle daño. Y está siendo un intruso realmente desagradable, ¿sabe?

—¡Al suelo!

Después de mirarme fijamente durante un minuto, se bajó de la silla.

—¿Ve? Está tan segura en el suelo como ahí arriba.

—¿Qué quiere?

—No ha llamado a la policía, ¿verdad? Por un segundo casi me lo he tragado.

—No. Pero todavía estoy a tiempo.

—Venga ya... ¿por qué iba a hacerlo? ¿Para que la arresten por allanamiento de morada?

Señaló un escritorio improvisado y, por primera vez, me di cuenta de que había documentos por todo el lugar.

—Ya se lo he dicho. Es mi despacho. Hoy estoy trabajando hasta tarde porque la cuadrilla que realiza las obras hacía tanto ruido que no podía concentrarme. ¿Por qué alguien querría trabajar a las diez y media de la noche el día de Fin de Año?

«¿La cuadrilla que hace las obras?». ¿La que yo estaba pagando? Aquí había gato encerrado.

—¿Ha estado hoy aquí con el equipo de construcción?

—Sí.

Me rasqué la barbilla, creyéndola a medias.

—¿Cuál es el nombre del encargado?

—Tommy.

«¡Joder!». Me estaba diciendo la verdad. Bueno, al menos esa parte era verdad.

—¿Ha dicho que se trasladó hace una semana?

—Exacto.

—¿Y a quién le ha alquilado esta oficina?

—A John Cougar.

Arqueé las cejas al instate.

—¿A John Cougar? ¿Como el de Mellencamp, por casualidad?

—¿Cómo lo sabe?

Esto no tenía buen cariz.

—¿Y le ha pagado algún adelanto al tal John Cougar?

—Por supuesto. Lo usual en estos casos. Dos meses de fianza y el primer y el último mes de alquiler.

Cerré los ojos y negué con fuerza.

—¡Joder!

—¿Qué pasa?

—La ha estafado. ¿Cuánto ha pagado en total por esos cuatro meses?

—Diez mil dólares.

—Por favor, dígame que no se lo ha abonado en efectivo.

Algo debió encajar por fin en su cabeza porque palideció por completo.

—Me dijo que el banco estaba cerrado por la noche y que no podía darme las llaves hasta que tuviera la verificación de la transferencia. Pero que si le entregaba el dinero en efectivo, podría instalarme de inmediato.

—¿Le ha desembolsado a John Cougar cuarenta mil dólares en efectivo?

—¡No!

—Gracias a Dios.

—Le he entregado diez mil dólares.

—Me ha parecido entender que le ha pagado cuatro meses.

—Lo hice. Dos mil quinientos dólares por mes.

Con eso era suficiente. De todas las locuras que había oído hasta ahora, que ella pensara que podía conseguir un despacho en Park Avenue por dos mil dólares al mes era la guinda de la tarta. Solté una carcajada.

—¿Qué le parece tan gracioso?

—Usted no es de Nueva York ¿verdad?

—No. Acabo de llegar de Oklahoma. ¿Qué tiene eso que ver?

Me acerqué un paso más.

—No me gusta tener que decírselo, Oklahoma, pero la han timado. Este es mi bufete. Llevo instalado aquí tres años. Y mi padre los treinta anteriores. Durante las dos últimas semanas he estado de vacaciones, mientras ejecutaban las obras necesarias en el local. Alguien con el nombre de un cantante la ha engañado para que le pagara por la renta de unas oficinas que no tenía permiso para alquilar. El nombre del portero del edificio es Ed, él podrá corroborar todo lo que acabo de decir.

—No puede ser.

—¿Para qué necesita este despacho?

—Soy psicóloga.

Le tendí la mano.

—Yo abogado. Permítame ver el contrato.

Se puso incluso más pálida.

—Todavía no me lo ha dado. Dijo que el propietario estaba en Brasil, de vacaciones, y que me podía trasladar ya. Que volvería a primeros de mes a cobrar el alquiler y a traerme el contrato para firmarlo.

—La ha estafado.

—¡He pagado diez mil dólares!

—Algo que debería haberla puesto en guardia. Por dos mil quinientos dólares al mes, en Park Avenue no se alquila ni un armario. ¿No le resultó extraño conseguir un lugar como este a precio de ganga?

—Creía que estaba haciendo un buen trato.
Negué con la cabeza.
—Era un buen trato. Pero injusto.
Se cubrió la boca con la mano.
—Creo que voy a vomitar.

2

Emerie

$\mathcal{M}$e sentía como una maldita idiota.

Sonó un leve golpe en la puerta del cuarto de baño.

—¿Todo bien ahí dentro?

—Estoy bien. —Me sentía avergonzada, estúpida, tonta, arruinada, pero estaba bien.

Me lavé la cara y me miré en el espejo. ¿Qué demonios iba a hacer ahora? Me iban a instalar la línea telefónica esa semana, y también me entregarían los muebles de oficina. Y mis preciosos artículos de papelería. Con el elegante y bonito membrete con la dirección de Park Avenue. Uff. Doscientos cincuenta dólares desperdiciados. Agaché la cabeza y miré el lavabo, incapaz de contemplar mi cara de idiota ni un minuto más.

Pasado un rato, abrí la puerta del cuarto de baño y salí. El inquilino legal estaba apoyado en la pared, esperándome. Por supuesto, tenía que ser guapísimo, porque no podía mortificarme ante un tipo feo. No, claro que no.

—¿Está segura de que se encuentra bien?

Evité cualquier contacto visual.

—No, no lo estoy. Pero lo estaré. —Vacilé antes de continuar—. ¿Le parece bien si vuelvo a entrar en mi despacho… es decir, su despacho, y me llevo mis cosas?

—Por supuesto. Tómese todo el tiempo que necesite.

Tampoco tenía demasiado que recoger. Los muebles los entregarían esa semana, igual que todos los archivos. Iba a tener que cancelarlo todo. ¿Dónde demonios iba a guardar eso? Mi apartamento no era mucho más grande que el cuarto de archivo en el que había permanecido sentada.

Cuando estaba metiendo los últimos documentos en las cajas en las que los había llevado, el inquilino legal se detuvo delante de la puerta. Tomé la palabra antes de que lo hiciera él.

—Lamento mucho que me hayan estafado y por haberle amenazado con llamar a la policía.

—No se olvide de que intentó amedrentarme con hacer gala de sus habilidades en Krav Maga.

Alcé la vista y me lo encontré sonriendo. Tenía buen aspecto. Demasiado bueno. Sus rasgos perfectos me ponían nerviosa, aunque no era el tipo de inquietud que me obligaba a subirme a una silla y llamar a la policía. No, la sonrisa provocativa de ese hombre tan engreído hacía que me temblaran las rodillas… Entre otras partes.

—Ya sabe que voy a clase.

—Bien hecho. Me ha dado un susto de muerte cuando entré. Apuesto que le gana a todas las chicas.

Me quedé paralizada entre las cajas de embalaje.

—¿Todas las chicas? Mi profesor es un hombre.

Se cruzó los brazos sobre el pecho. Un pecho ancho y musculoso.

—¿Cuánto tiempo hace que va a clase?

—Casi tres meses.

—Con solo tres meses de entrenamiento en Krav Maga no podría derrotar a un hombre de mi tamaño.

Quizá fuera por la hora tardía, la certeza de que me habían estafado los ahorros de toda mi vida y de que no tenía despacho para recibir a mis pacientes, pero perdí la cordura. Me lancé sobre aquel pobre hombre desprevenido. Literalmente. Me subí a la silla, salté a la mesa plegable y me abalancé sobre él. Encima de él.

A pesar de que lo cogí por sorpresa, me interceptó por completo en menos de un segundo. Ni siquiera supe qué movimiento había hecho él. Se las arregló de alguna forma para girar sobre sí mismo y que mi espalda quedara contra su pecho, rodeándome con los brazos desde atrás.

Me molestó que ni siquiera tuviera la respiración alterada cuando habló. Su aliento me hacía cosquillas en el cuello mientras me mantenía quieta, dirigiéndose a mí con una voz baja y ronca.

—¿Qué ha sido eso?

—Estaba tratando de enseñarle mis movimientos.

Sentí que vibraba a mi espalda, aunque no dijo nada.

—¿Se está riendo de mí otra vez?

Se rio antes de responder.

—No.

—Conozco las llaves. Lo juro. Solo que esta noche no estoy fina por todo lo que ha pasado.

Todavía no me soltó. Se inclinó hacia delante y apoyó la cabeza en mi hombro antes de hablar.

—Si quiere seguir mostrándome sus movimientos, estaré muy feliz de enseñarle también alguno de los míos.

Se me erizó cada pelo del cuerpo, se me puso la piel de gallina.

—Mmm… Es que…

Me soltó, y aún tardé un momento en orientarme. En lugar de volverme hacia él con la cara encendida, me quedé de espaldas mientras terminaba de recoger mis cosas y desenchufaba el cargador de la pared.

—Tengo programadas algunas entregas de muebles y, el martes, la instalación de la línea telefónica. —Hundí de nuevo los hombros—. He pagado el doble a la empresa de almacenamiento para que los entregaran esta semana, lo cancelaré todo a primera hora de la mañana, pero en el caso de que aparezcan, si está aquí…, espero que no le importe devolverlo.

—Por supuesto.

—Gracias. —Levanté la caja y no me quedó más remedio que enfrentarme a él.

Se acercó a la mesa junto a la que yo estaba y me quitó la caja de las manos para llevarla a la zona de recepción. El resto del espacio estaba sumido en la oscuridad, pero la luz del que había sido el archivo iluminaba lo suficiente como para que pudiéramos vernos. Nos detuvimos frente a la puerta de servicio que llevaba usando una semana. Me di cuenta de que el agente inmobiliario falso me había dicho que entrara por allí para que no me pillaran demasiado pronto. Me había aconsejado que no utilizara la entrada principal por Park Avenue porque así no mancharía el elegante vestíbulo con el polvo que levantaban las obras. Me había tragado todo lo que me había dicho aquel estafador.

—¿Cuál es su nombre, Oklahoma? ¿O sigo llamándola Okupa?

—Emerie. Emerie Rose.

—Bonito nombre. ¿Nombre compuesto o apellido?

—Apellido.

Movió la caja para sostenerla con una sola mano y me tendió la otra.

—Drew. Drew Michael.

Entrecerré los ojos.

—¿Nombre compuesto o apellido?

Su sonrisa iluminó la penumbra mientras le estrechaba la mano. ¡Si hasta tenía hoyuelos! En las mejillas y en el mentón.

—Nombre compuesto. Me apellido Jagger.

—Encantada, Drew Jagger.

No me soltó la mano.

—¿En serio? ¿Estás encantada de conocerme? —me tuteó—. Eres más amable de lo que sería yo en tus circunstancias.

—Tienes razón. Llegados a este punto, casi desearía que fueras un ladrón.

—¿Tienes coche? Es bastante tarde y la caja pesa un montón.

—No pasa nada. Pediré un taxi.

Asintió.

—Es mejor que tengas cuidado al entrar y al salir del taxi. Tu falda parece tener ideas propias.

En esos momentos, ni siquiera la oscuridad podía ocultar mi rubor.

—Con todas las humillaciones que he sufrido esta noche ¿no podías pasar eso por alto? ¿Fingir que no ha ocurrido?

Drew sonrió.

—No puedes pretender que me olvide de tu culo.

Estaba delgada, pero mi trasero era demasiado grande y lo sabía. Siempre había sido consciente de ello.

—¿Qué se supone que significa eso?

—Ha sido un cumplido.

—Ah…

—De todas formas ¿por qué se te ha caído la falda? ¿Has perdido peso últimamente?

La verdad es que nada podía avergonzarme más de lo que ya estaba, por lo que me reí antes de confesarle la verdad.

—He pedido una hamburguesa enorme para cenar y me apretaba la falda, así que me bajé la cremallera. La puerta estaba cerrada con llave, jamás imaginé que entraría alguien.

—¿Una chica con tu aspecto y que come hamburguesas gigantes? No se lo digas a las demás mujeres de Nueva York. Te mandarían de vuelta a Oklahoma. —Me guiñó un ojo, y yo era tan patética, que noté que se me aceleraba el corazón.

Salimos y Drew esperó conmigo, sosteniendo la caja, hasta que se detuvo un taxi junto a la acera. Entonces la puso sobre el techo del vehículo mientras abría la puerta.

—Fin de Año siempre es una mierda. Mañana todo irá mejor. ¿Por qué no te metes en la cama, pides otra hamburguesa gigante e intentas descansar algo? Nos reuniremos pasado mañana en la comisaría. En la 19, está en la calle 63 ¿vale? ¿Te parece bien a las ocho de la mañana? Año Nuevo será una locura para la policía, todavía estarán despachando a todos los idiotas que se emborracharon la noche anterior.

No se me había pasado por la cabeza ir a la policía. Imaginé que tenía que presentar una denuncia.

—No es necesario que vengas conmigo. Ya te he molestado suficiente.

Drew se encogió de hombros.

—De todas formas, necesitarán mi declaración para el informe. Además, conozco a algunos de los oficiales. Así acabarás antes.

—Vale.

Golpeó dos veces el techo del taxi con los nudillos y se inclinó para hablar con el conductor.

—Cuídala bien. Ha tenido una noche de mierda.

Una vez que nos mezclamos con el tráfico, me golpeó todo lo que había ocurrido durante la última hora. La adrenalina se había disipado y comenzaba la caída libre.

«Me han estafado los ahorros de toda mi vida».

«No tengo despacho».

«Le había dado a todos mis pacientes la nueva dirección».

La cabeza me daba vueltas.

«¿A dónde puedo ir?».

«¿Cómo iba a pagar una fianza incluso aunque encontrara otro sitio en poco tiempo?».

Me volvieron a inundar las náuseas y apoyé la cabeza en el respaldo del asiento de cuero, cerrando los ojos mientras respiraba hondo varias veces. Por extraño que me resultara, lo primero que me vino a la cabeza fue el apuesto hombre de pelo oscuro y gruesos labios que había aparecido en la puerta del despacho. De su bufete. Y con esa imagen en la mente, a pesar de que estaba inmersa en una espiral descendente y presa de un ataque de ansiedad, no pude reprimir la sonrisa que me curvó los labios.

3

Drew

Volví a comprobar la esfera del reloj. «Veinte minutos tarde». Era una mujer atractiva y se me había ablandado el corazón por la forma en que la habían estafado. Pero ¿veinte minutos? Cuando uno cobraba seiscientos setenta y cinco dólares a la hora, eso significaba que acababa de perder doscientos veinticinco esperando delante de la puta comisaría. Lancé una última mirada a la calle, a punto ya de regresar al bufete, cuando dobló la esquina un destello de color.

Verde. Siempre me había gustado el verde. ¿Por qué no iba a gustarme? El dinero, la hierba y las ranas de ojos saltones que me encantaba perseguir de crío tenían ese color, pero en ese momento, observando cómo botaban las tetas de Emerie por debajo del jersey, se había convertido en mi color favorito. Para ser una chica no muy alta, tenía buenas curvas, tanto en el trasero como en las tetas.

—Lamento llegar tan tarde. —Tenía el abrigo abierto y las mejillas sonrojadas; jadeaba después de haber corrido hasta detenerse frente a mí. Parecía diferente a la otra noche. Llevaba suelto el pelo, largo y ondulado, y los rayos de sol arrancaban reflejos de color cobre de los brillantes mechones. Trató de controlar la respiración mientras hablaba—. Me subí en el metro que no era.

—Estaba a punto de marcharme. —Miré de nuevo el reloj para no quedarme atrapado en las pequeñas gotas de sudor que le perlaban el escote. Me aclaré la garganta antes de verificar cuánto tiempo llevaba esperando—. Treinta y cinco minutos tarde. Eso supone trescientos cincuenta dólares.

—¿Qué?

Me encogí de hombros mientras la escrutaba con expresión estoica.

—Cobro seiscientos setenta y cinco dólares la hora. Me has hecho perder más de media hora. De forma que la minuta serían unos trescientos cincuenta.

—No puedo permitirme el lujo de pagarte. Estoy en la ruina ¿recuerdas? —Alzó las manos en un gesto de exasperación—. Me han estafado con el alquiler de un despacho de lujo. No debería tener que pagar eso solo por haberme quedado dormida.

—Relájate. Me apiadaré de ti. —Hice una pausa—. Espera… Pensaba que te habías equivocado de metro.

Se mordió el labio con expresión culpable y señaló la puerta de la comisaría.

—¿Entramos? Creo que ya has esperado el tiempo suficiente.

Negué con la cabeza.

—Me has mentido.

Emerie suspiró.

—Lo siento. Me he quedado dormida. Ayer por la noche no era capaz de conciliar el sueño… Todo esto me sigue pareciendo una pesadilla.

Asentí y, cosa rara en mí, lo dejé pasar.

—Vamos a ver si existe alguna posibilidad de que atrapen a ese tipo.

Cuando entramos en la comisaría, el sargento de guardia estaba hablando por teléfono. El hombre sonrió y levantó dos dedos. Después de decirle a la persona que le había llamado que robar catálogos de supermercados de los buzones era un asunto que competía al inspector postal de Estados Unidos y no a la policía de Nueva York, me tendió la mano por encima del mostrador.

—Drew Jagger. ¿Qué te trae por los barrios bajos? ¿De descanso hoy?

Sonreí y le estreché la mano.

—Algo por el estilo. ¿Cómo va todo, Frank?

—Nunca me había sentido más feliz en mi vida. Ahora, cuando llego a casa de noche, no tengo que quitarme los zapatos en la puerta, no levanto la tapa del baño para mear y utilizo platos de papel para no tener que lavarlos. La vida es excelente, amigo mío.

Me volví hacia Emerie.

—Este es el sargento Frank Caruso. Me mantiene al tanto de su vida mientras va de una esposa a otra. Frank, te presento a Emerie Rose. Tiene que presentar una denuncia. ¿Está Mahoney de guardia? Quizá pueda ayudarla.

—Estará de baja algunas semanas. Se torció el tobillo persiguiendo a un asesino en un B&E. Pero echaré un vistazo dentro para que te toque un oficial de los buenos. ¿De qué se trata? ¿Un asunto doméstico? ¿Su marido se lo está haciendo pasar mal?

—Nada de eso. Emerie no es una cliente. Alquiló un despacho en el edificio hace unas semanas.

Frank soltó un silbido.

—Un despacho en Park Avenue. Guapa y rica. ¿Estás sola, cariño?

—¿Alguna vez aprenderás la lección, viejo?

—¿Qué? No. Solo lo he intentado con feas y pobres. Quizás ese sea el problema.

—Estoy seguro de que tu problema no va por ahí.

Frank miró a Emerie.

—¿Cuál es el problema? ¿Su casero se ha tomado demasiadas libertades?

—Ella ha alquilado mi bufete por dos mil quinientos dólares al mes. Ha pagado diez mil de adelanto. El problema es que no se lo ha alquilado al propietario, es decir, a mí. Alguien se ha hecho pasar por un agente inmobiliario para estafarla mientras yo estaba fuera de la ciudad y reformaba el despacho.

—¿Dos mil quinientos al mes? ¿En tu edificio?

—Es de Oklahoma.

Frank miró a Emerie.

—¿No juegan al Monopoly en Oklahoma? ¿Es que no era consciente de que los edificios en Park Avenue cuestan cinco veces más que en Baltic?

Interrumpí las palabras del sargento antes de que Emerie se sintiera todavía peor. Después de todo, ya la había ridiculizado bastante cuando me sorprendió dándome una bienvenida a casa para la que no estaba preparado. Era suficiente. Frank le entregó unos impresos para que empezara a rellenarlos y nos llevó a una sala privada en la que podríamos esperar más cómodos. En el camino me detuve a hablar con un viejo amigo y cuando me reuní con Emerie, terminaba de completar los formularios.

Cerré la puerta a mi espalda y ella levantó la vista.

—¿Te dedicas al derecho criminal?

—No. Solo al matrimonial.

—Todos los policías de la comisaría te conocen.

—Tengo un amigo que trabajaba aquí. Y algunos de mis primeros clientes fueron policías. Cuando eres amigo de uno de ellos y haces un buen trabajo para él, acaban recurriendo a ti todos los demás. Son un grupo muy unido. Por lo menos entre ellos. Sin embargo, tienen la tasa de divorcios más alta de la ciudad.

Un minuto después, un detective al que no había visto nunca entró para tomarle declaración a Emerie, y luego a mí. Cuando terminó, me dijo que eso era todo y que podía largarme.

No sabía por qué todavía seguía allí media hora después, cuando Emerie hojeaba el segundo volumen de fotos de sospechosos policiales.

Dio la vuelta a la página con un suspiro.

—No me puedo creer la cantidad de delincuentes que parecen gente normal.

—¿Insinúas que hubiera sido más difícil que le entregaras más de diez mil dólares en efectivo a un hombre si tuviera aspecto de criminal?

—Imagino que sí.

Me rasqué la barbilla.

—De todas formas ¿cómo le entregaste el dinero a ese tipo? ¿En una bolsa de papel marrón?

—No. —Su tono era defensivo, pero no añadió nada más, aunque me quedé mirándola mientras esperaba que continuara. Ella puso los ojos en blanco—. Vale. Pero no era una bolsa de papel marrón. Era blanca. De Wendy's.

Arqueé la ceja.

—¿De Wendy's? ¿La hamburguesería? Lo tuyo comienza a parecerme una obsesión, ¿no crees?

—Metí en el bolso la hamburguesa que acababa de comprar y usé la bolsa para guardar el dinero porque no quería llevarlo sin más en el metro. Se me ocurrió que era más difícil que alguien me tratara de robar el almuerzo.

Tenía su parte de razón.

—Bien pensado para ser una chica de Oklahoma.

Me miró de reojo.

—Soy de Oklahoma City, no del campo. ¿Acaso me consideras una paleta solo porque no soy de Nueva York y tomo malas decisiones?

No pude evitarlo.

—Le has entregado diez mil dólares en una bolsa de Wendy's a un agente inmobiliario falso.

Me dio la impresión de que estaba a punto de salirle humo por las dos orejas. Por suerte, un golpe en la puerta impidió que se defendiera al estilo de Oklahoma. Frank asomó la cabeza.

—¿Tienes un segundo, picapleitos?

—Claro que sí.

Frank abrió la puerta de par en par y esperó a que saliera para cerrarla. Solo entonces empezó a hablar.

—Drew, tenemos un pequeño problema.

El sargento señalaba la puerta cerrada donde seguía encerrada Emerie, con la cara muy seria.

—El procedimiento operativo estándar nos obliga a retener a la denunciante.

—¿Qué?

—Tiene una orden de detención pendiente en Oklahoma.

—¿Estás tomándome el pelo?

—Ojalá. El nuevo sistema informático identifica y rastrea cada nombre que metemos. El detective que tomó su declaración añadió su identidad a la base de datos. No es como en los viejos tiempos, ahora todo se sabe. Así que va a tener que responder a la acusación. Yo salgo dentro de una hora. Por lo que la llevaré al juzgado de guardia para que responda de los cargos de los que se la acusa. De este modo no tendremos que usar las esposas, si quieres. El asunto no tiene mala pinta. Estoy seguro de que podrás soltar un alegato de esos tuyos para que la dejen en libertad con facilidad.

—¿De qué se la acusa?

Frank sonrió.

—De escándalo público.

—Bueno, cuéntame toda la historia, desde el principio.

—Estábamos sentados en un banco fuera de la sala, esperando que nos llamaran para empezar la sesión.

Emerie agachó la cabeza.

—¿Es necesario?

—Vas a tener que contárselo todo al juez —mentí—. Así que como abogado que te representa, debo conocer antes los datos.

Estaba irritada desde que se dio cuenta de que iba a tener que responder por los hechos en cuestión. Habíamos quedado en que se declararía culpable, pagaría la multa y volveríamos a salir a la calle dentro de una hora. Pero yo había perdido todo el día, así que me merecía, por lo menos, un poco de diversión. Además, me gustaba el lado más incendiario de su carácter. Y cabreada estaba todavía más sexy.

—Vale. Bueno, había venido aquí, a Nueva York, durante el verano para visitar a mi abuela. Y conocí a ese tipo. Salimos un par de veces, estábamos intimando, y esa noche de agosto había mucha humedad y hacía mucho calor. Yo acababa de graduarme en el instituto y nunca había hecho nada ni remotamente parecido en casa. Así que cuando me sugirió que nos bañáramos desnudos en la piscina pública, pensé: «¿Por qué no? Nadie lo sabrá nunca».

—Sigue.

—Fuimos a la piscina al aire libre que hay en la 82 y saltamos la valla. Estaba muy oscuro cuando nos desnudamos, así que pensé que ni siquiera él me veía.

—¿Te desnudaste del todo? ¿De qué color llevabas la ropa interior? —«¿En serio?». Era un pervertido al hacer ese tipo de preguntas. Pero en mi retorcida imaginación, ya la veía con un pequeño tanga blanco y un sujetador de encaje a juego.

Durante un momento me pareció que me miraba con expresión de pánico.

—¿De verdad necesitas saber todo eso? Fue hace diez años.

—Debería. Cuantos más detalles, mejor. Eso le demostrará al juez que recuerdas bien esa noche y pensará que te arrepientes.

Emerie se mordisqueó la uña del pulgar mientras intentaba concretar más detalles.

—¡Blanca! Era blanca.

«Muy bonita».

—¿Tanga o bragas?

Sus mejillas adquirieron un profundo color rosa antes de que hundiera la cara en las manos.

—Un tanga. Dios, qué embarazoso….

—Contarlo ahora hará que luego sea más fácil.

—Vale.

—¿Te desnudaste sola o te quitó la ropa ese tipo?

—Me desnudé sola.

—Bien. ¿Qué pasó después? Cuéntame los detalles. No te olvides de nada, aunque creas que no es relevante, podría ayudarme en el alegato.

Asintió.

—Después de quitarme la ropa, la dejé cerca de la valla que habíamos saltado. Jared, el chico con el que estaba, se deshizo de la suya y la dejó junto a la mía, luego se subió al trampolín y se lanzó.

—¿Y qué pasó entonces?

—Llegó la policía.

—¿Ni siquiera estabas en el agua? ¿No te llegaste a meter en la piscina?

—No. Ni siquiera me había acercado al agua. Justo cuando Jared salió a coger aire, comenzaron a sonar las sirenas.

Me sentía timado. Tanto rollo ¿para esto? ¿Ni siquiera se habían metido mano? Antes de que pudiera hacerle más preguntas, un alguacil recitó su nombre. Cuando lo oí, guié a Emerie a la puerta donde estaba el hombre.

—Sala 132, al final del pasillo, a la derecha. La ayudante del fiscal les espera allí para hablar sobre su caso antes de ver al juez. Esperen fuera. Los llamarán por su nombre cuando sea su turno.

Como sabía dónde estaba esa sala, conduje a Emerie hasta el final del pasillo y nos sentamos en uno de los bancos que había fuera. Ella permaneció en silencio durante un minuto antes de hablar. Le temblaba la voz, como si estuviera luchando contra las lágrimas.

—Lamento mucho todo esto, Drew. Seguro que te debo más de cinco mil dólares por tu tiempo, pero ni siquiera puedo permitirme pagar quinientos.

—No te preocupes por eso.

Alargó la mano y me tocó el brazo. Le había puesto la mano en la espalda mientras avanzábamos y también cuando la ayudé a salir de la parte de atrás del vehículo policial en el que nos había enviado el sargento Caruso, pero era la primera vez que me tocaba ella. Y me gustaba. ¡Joder! No la conocía bien, pero sabía lo suficiente sobre Oklahoma como para intuir que no era el tipo de mujer que tropezaba dos veces con la misma piedra. Tenía que poner fin a esto y salir de aquí.

—Pero lo hago. Lo siento mucho, y no tengo forma de darte las gracias por que hayas venido hoy conmigo. Habría sido desastroso que no estuvieras aquí. Te pagaré de alguna forma. Te lo prometo.

Y se me ocurrían algunas.

—No importa. De verdad. No te preocupes por nada ¿vale? Todo saldrá bien, estaremos fuera de aquí en menos de veinte minutos.

En ese momento, llamó una voz desde la puerta.

—Rose. Número de expediente 18493094. ¿El abogado de Rose?

Supuse que era la ayudante del fiscal. No acostumbraba a hacer trabajo penal, solo aquel que tuviera que ver con tráfico o cargos por violencia de género para clientes adinerados que querían divorciarse. Sin embargo, la voz de la ayudante del fiscal me resultaba familiar, aunque no pude situarla.

Hasta que abrí la puerta.

De repente, tuve claro por qué esa voz me resultaba conocida.

La había oído antes.

La última vez estaba gritando mi nombre mientras se la metía desde atrás en el cuarto de baño de un bufete de abogados rivales.

De todos los abogados del condado de Nueva York, tenía que tocarnos Kierra Albright como ayudante del fiscal.

Y quizá «bien» no era la palabra adecuada para definir cómo estaban las cosas ahora.

4.

Drew

«¡*J*oder!».

—No entiendo nada. ¿Qué está pasando? —La voz de Emerie estaba llena de pánico.

Y no podía culparla. Todo el mundo sabe que las cobras, los tigres y los tiburones son peligrosos. Sin embargo ¿un delfín nariz de botella? Parece un animal dulce y adorable, que busca que lo acaricies en la parte superior de la cabeza. Pero como hieras de forma accidental a uno de ellos, van a por ti. Es cierto. Una de mis aficiones, además de follar y del trabajo, es ver el canal de National Geographic.

Kierra Albright es como un delfín nariz de botella. Acabó recomendando al juez treinta días de cárcel en lugar de la multa que media hora antes nos dijo que iba a sugerir.

—Dame un minuto. Siéntate en el pasillo, que ahora vengo. Tengo que decirle unas palabras a la ayudante del fiscal del distrito. A solas.

Emerie asintió, a pesar de que parecía al borde de las lágrimas, y la dejé un momento para que recobrara la compostura. Entonces, abrí la puerta que separaba al público de la vista de los jueces de la sala y la conduje a una fila vacía en la parte posterior. Mientras empezaba a alejarme, vi que le resbalaba una lágrima por la mejilla y me detuve en seco.

Sin pensar lo que hacía, le levanté la barbilla para que nuestros ojos se encontraran.

—Créeme. Esta noche estarás en casa. Confía en mí ¿vale?

Y

Mi voz sobresaltó a Kierra en el cuarto de baño de señoras, al otro lado del pasillo.

—¿A qué demonios ha venido eso? —Cerré la puerta cuando se volvió hacia mí.

—No puedes entrar aquí.

—Si viene alguien, diré que estoy explorando el lado más femenino de mi personalidad.

—Eres idiota.

—¿Soy idiota? ¿Y qué ha pasado con aquello de «me alegro de verte, Drew»? Voy a proponer una multa de cincuenta dólares y saldrás de aquí a tiempo para jugar al golf.

Me dio la espalda para mirarse en el espejo. Sacó una barra de labios del bolsillo de la americana y se inclinó para pintarse los labios con un tono rojo sangre. No añadió nada más hasta que terminó. Luego me dirigió la sonrisa más grande y brillante que le hubiera visto nunca.

—Imagino que tu nuevo juguete tendrá que acostumbrarse a que se le diga una cosa y luego ocurra otra muy diferente a lo que espera.

—Esa chica no es mi juguete. Es una amiga y le estoy echando una mano.

—He visto cómo la mirabas y la forma en que le has puesto la mano en la espalda. Si no te la has tirado ya, lo harás muy pronto. Quizá necesita pasar una noche en la cárcel del condado para que tú seas capaz de contenerte en la sala. Tal vez luego ya no le guste tanto tu encanto. Ahora que lo pienso, le estoy haciendo un favor. Me debería dar las gracias.

—Te has vuelto loca si crees que me voy a quedar de brazos cruzados. Emerie no tiene nada que ver con lo que ha pasado entre nosotros. Pediré que recusen al juez Hawkins si es necesario.

—¿Que lo recusen? ¿Por qué?

—Porque tu padre juega con él al golf todos los viernes y tú misma me has dicho que siempre te concede lo que pides. ¿Se te ha olvidado lo mucho que te gusta hablar de trabajo después de follar?

—No te atreverás…

Estaba a casi tres metros, junto a la puerta cerrada, pero me acerqué a ella lentamente con una agradable sonrisa.

—Ponme a prueba.

Me sostuvo la mirada durante un buen rato.

—Vale. Pero vamos a hacer esto como buenos adversarios. Nada de amenazas con lo que ocurre por debajo del cinturón. Haremos un trato.

Negué con la cabeza.

—¿Qué quieres, Kierra?

—Tú quieres que tu clienta duerma en su casa esta noche. Y yo quiero algo a cambio.

—Muy bien, ¿y qué quieres?

Pasó la lengua por el labio superior como si estuviera muerta de hambre y tuviera delante un buen filete.

—A ti. Y no en un cuarto de baño ni en el asiento trasero de un Uber. Quiero una cita de verdad, que me vengas a buscar, me lleves a cenar y a beber vino antes de hacerme un sesenta y nueve.

—¡Oh, Dios mío! ¿Cómo puedo agradecértelo?

—Paga la multa y vámonos de aquí.

Mientras la conducía fuera de la sala, Emerie pensó que tenía prisa porque ya me había entretenido demasiado. Pero no era por eso. Casi me caí cuando Kierra nos llamó.

—Drew, ¿tienes un momento?

—Ahora no. Tengo que irme a una cita. —«A cualquier lugar que no sea este».

Seguí sujetando la mano de Emerie mientras me volvía hacia ella. Pero mi clienta tenía otras ideas y se detuvo.

—Debemos marcharnos —expliqué.

—Permite que al menos le dé las gracias a la ayudante del fiscal.

—No es necesario. Nueva York ya lo hace cada dos viernes, cuando le entregan un cheque con su sueldo.

Emerie me lanzó una mirada de advertencia.

—No quiero ser grosera solo porque tú lo seas. —Dicho eso, se volvió y esperó a que Kierra llegara junto a ella.

Le tendió la mano.

—Muchas gracias por todo. Esta mañana me puse muy nerviosa cuando pensé que podían encerrarme.

Kierra miró la mano de Emerie antes de desairarla y volverse hacia mí mientras me hablaba.

—No me lo agradezca a mí, sino a su abogado.

—Sí, eso ya lo haré.

—Pero agradézcaselo mucho. No quiero que lo olvide. —Kierra giró sobre sus talones y se despidió por encima del hombro—. Drew, llámame para quedar.

Emerie me miró.

—Qué extraño…

—Debe haberse olvidado de tomar su medicación. Venga, vámonos de aquí.

Entre que abonamos la multa y recogimos las copias de Emerie eran casi las cuatro.

En la escalinata del juzgado se volvió hacia mí.

—Espero que no te molesten las manifestaciones públicas de afecto, porque necesito darte un abrazo.

En realidad, yo no era una persona que demostrara nada en público, pero bueno, ya que no me iban a pagar el día perdido, por lo menos podía sacar algo en limpio. Y sentir esas tetas contra mi pecho era mejor que nada, incluso podían ser más gratificantes que un día completo a seiscientos setenta y cinco dólares la hora.

—Si insistes…

La sonrisa que me lanzó estaba muy cerca de ser la más perfecta que yo hubiera visto nunca. Luego llegó el abrazo. Y fue un contacto muy largo con aquellas tetas, con aquel cuerpo ágil y pequeño, un gesto que se convirtió en algo más que un abrazo de cortesía. Incluso olía bien.

Cuando se separó, dejó las manos en mis brazos.

—Te pagaré el trabajo de hoy. Incluso aunque tarde años.

—No te preocupes por eso.

—No, lo digo en serio.

Estuvimos hablando unos minutos más, nos intercambiamos los números de teléfono para enviarle la documentación y nos despedimos. Ella iba a Uptown y yo en dirección contraria, por lo que nos separamos en sentidos opuestos. Después de haberme alejado unos pasos, miré por encima del hombro y estudié su culo. Seguía pensando que estaba buenísima cuando se movía.

Eso me hizo vacilar… Apostaría cualquier cosa a que todavía tenía un aspecto más increíble al realizar otros movimientos. Justo cuando estaba a punto de darme la vuelta, fue ella la que se giró y me pilló observándola. La vi esbozar una enorme sonrisa y me saludó por última vez antes de doblar la esquina y desaparecer.

Pues si quería pagarme el día, no me parecía mal.

Y se me ocurrían varias formas.

5

Emerie

Acerqué el móvil a la oreja al tiempo que miraba la hora. Eran casi las once de la noche; demasiado tarde para que llamara alguien.

—¿Hola?

—¿Emerie?

«Esa voz». No tenía que preguntar quién era. En persona, su voz era profunda y áspera, pero por la línea telefónica sonaba todavía más grave.

—¿Drew? ¿Va todo bien?

—Sí, ¿por qué?

—Porque es un poco tarde.

Oí que se movía.

—¡Joder! —dijo luego—. Lo siento. No tenía ni idea de qué hora era. Pensaba que eran las nueve como mucho.

—El tiempo vuela cuando uno se pasa la mayor parte del día en el juzgado con criminales ¿verdad?

—Supongo que sí. Cuando regresé a casa, intenté ponerme un poco al día con el trabajo, pero luego bajé al despacho… Debo haber perdido la noción del tiempo.

—Yo me he tomado unas copas de vino al llegar a casa; sentía lástima de mí misma. Tu noche parece mucho más productiva. ¿Todavía estás en el bufete?

—Sí. Por eso te llamaba. Estoy aquí sentado pensando que cuando encuentres un despacho nuevo, va a quedar muy agradable.

«Qué raro que diga eso…».

—Sí, pero ¿por qué?

—Por la combinación de vidrio y madera oscura. Había imaginado que elegirías algo más femenino.

—¿Qué quieres...? ¡Oh, no! ¿Te han entregado hoy mis muebles?

—Sí.

—¿Cómo? ¿Cómo lo consiguieron cuando has estado conmigo todo el día?

—Estaba el contratista terminando y no tuve oportunidad de contarle lo que ha pasado. Así que los ha recibido creyendo que me hacía un favor.

Me golpeé la cabeza contra la encimera de la cocina y luego mantuve la frente apoyada en ella para no hacerme daño. Sin embargo, no pude reprimir el gemido que escapó de mi boca.

—Lo siento. Intentaré solucionarlo de inmediato. Será lo primero que haga mañana.

—Tómate tu tiempo. Mis muebles están en el almacén, puedo tener estos aquí unos días.

—Gracias. Lo siento mucho. Llamaré a primera hora de la mañana, ya te digo, para que vayan a buscarlos. Luego pasaré por el despacho para tratar con los transportistas, si te parece bien.

—Por supuesto.

—Lo siento.

—Deja de decir que lo sientes, Emerie. Los exconvictos son gente dura. No andan disculpándose. Nos vemos mañana.

Me reí; era eso o llorar.

—¿Hola? —Llamé a la puerta entreabierta y percibí el eco de mi voz. La empujé y me sorprendió descubrir que la zona del vestíbulo seguía vacía. Pensaba que habían dejado allí mis muebles.

Oí una voz a lo lejos, pero no me resultó conocida. Entré y grité con más fuerza.

—¿Hola? ¿Drew?

Unas pisadas rápidas resonaron contra el nuevo suelo de mármol, cada una más fuerte que la anterior hasta que apareció Drew por el pasillo. Tenía el móvil apretado contra la oreja y levantó un dedo mientras continuaba hablando con su interlocutor.

—No, no queremos la casa de Breckenridge. Mi cliente odia el frío. Puede quedársela, pero será la única propiedad que saque de este matrimonio. —Hubo una pausa—. No, no estoy loco. Después de que colguemos, le pienso enviar algunas fotos de la propiedad Breckenridge. Creo que eso le convencerá de que la señora Hollister realmente disfruta de esa casa.

En ese momento apareció el repartidor de FedEx con una carretilla llena de cajas. Drew apartó el móvil de la oreja para hablar con él.

—Dame un momento.

Tras decidir que lo mínimo que podía hacer era ayudar, firmé la entrega y le pregunté al repartidor si podía dejar las cajas encima del mostrador de recepción, todavía cubierto de plástico. Drew me dio las gracias moviendo los labios y continuó con su llamada.

Mientras seguía casi gritando a quien fuera que estuviera comunicándose con él, me tomé mi tiempo para observarlo. Llevaba puesto lo que supuse que era un traje muy caro. El brazo con el que sostenía el móvil tenía subida la manga, dejando al descubierto un reloj grande de alguna marca de moda. Los zapatos estaban muy brillantes y la camisa impoluta. Para ser un hombre con unos zapatos que refulgían, llevaba el pelo oscuro demasiado largo. Su piel mostraba el bronceado adquirido en sus recientes vacaciones, lo que hacía que sus ojos verdes destacaran todavía más.

Pero eran sus labios lo que me resultaba imposible no mirar, llenos y perfectamente delineados. «Está realmente bueno». De hecho, nunca había conocido a un hombre tan guapo como él. No solo podía considerarlo guapo, además era sexy. Pero la palabra que le hacía verdadera justicia era «increíble», ninguna otra describía perfectamente a Drew Jagger.

—En serio, Max, ¿en cuántos casos has estado al otro lado de la sala mirando mi cara bonita? ¿Es que todavía no eres consciente de cuándo voy de farol? —Empezó a poner fin a la llamada—. Estudia las fotos, luego me haces saber la respuesta de tu cliente. Creo que lo encontrarás todo más justo cuando veas las cosas en perspectiva. Su instructor de esquí tiene veinte años y estaba enseñándole una nueva máquina quitanieves. La oferta seguirá sobre la mesa durante cuarenta y ocho horas. Luego te volveré a llamar, lo que significará que mi cliente recibirá otra factura de mi parte, motivo por el que su oferta cambiará.

Drew presionó la pantalla y me miró, Estaba a punto de hablarme cuando el aparato volvió a vibrar en su mano.

—¡Joder! —suspiró, observando el móvil y luego a mí—. Lo siento, tengo que responder también.

Un repartidor de Poland Sping con grandes contenedores de agua llamó a la puerta. Miré a Drew.

—Venga, contesta la llamada.

Durante los quince minutos siguientes, en los que Drew estuvo al teléfono, hablé con un abogado, respondí al teléfono fijo —que alguien había enterrado debajo de una lona— dos veces y firmé algunos documentos legales que llegaron a nombre de Drew M. Jagger. Estaba hablando otra vez con un potencial cliente cuando Drew volvió a aparecer.

—Le agradecemos al señor Aiken que nos recomendara —escuché la respuesta antes de seguir—. Nuestros honorarios son... —miré a Drew a los ojos— setecientos dólares la hora.

Él curvó la comisura del labio.

—Claro, ¿por qué no concertamos una consulta? Deme un minuto para comprobar la agenda del señor Jagger. —Después de presionar el botón de silencio, le tendí la mano con la palma hacia arriba—. ¿Tienes sincronizado el calendario en el teléfono?

Drew sacó el móvil del bolsillo y me lo entregó.

—Sí.

Abrí el calendario de Outlook en el móvil y examiné las citas. No había ni un hueco durante todo un mes.

—¿Puedes cambiar la cena con Monica de las seis a las ocho y pasar la visita con el señor Patterson a las cuatro y media del miércoles próximo? Este cliente dice que es urgente. Es posible que necesite una orden de restricción para proteger sus activos, como has hecho con el señor Aiken.

—Sí.

Volví a ocuparme de la llamada.

—¿Qué le parece el miércoles próximo a las cuatro y media? ¿Perfecto? Estupendo. Y la provisión de honorarios a cuenta es… —Miré a Drew y levanté los dedos, marcando el diez—. Doce mil… Vale, gracias. Esperamos verlos entonces. Adiós.

Drew me miró divertido mientras colgaba.

—He subido el precio de la hora de seiscientos setenta y cinco dólares a setecientos. Por cada hora que factures, veinticinco dólares son míos. Puedes restarlo a lo que te debo. He calculado que la minuta por las ocho horas que me prestaste tus servicios de ayer asciende a cinco mil quinientos dólares, porque yo pago la tarifa estándar, no la que paga el señor Patterson. Así que él rebajará la mía un poco.

Drew se rio.

—Aquí está la bola de fuego que me atacó hace unas noches con sus habilidades en Kraw Maga. Ayer me preocupó tu falta de tenacidad.

—Me habían detenido y estaba a punto de acabar en la cárcel.

—Me rompes el corazón. ¿Tan poca fe tenías en mí?

—Esa mujer quería mi sangre. ¿Qué fue lo que le dijiste para que cambiara de idea?

—Hicimos un trato.

Entorné los ojos.

—¿Qué has tenido que darle a cambio de que me soltaran?

—Nada importante —aseguró mirándome fijamente.

El teléfono del despacho comenzó a sonar de nuevo a mi espalda.

—¿Quieres que…?

Hizo un gesto con la mano.

—Ya saltará el contestador. Ven…, te enseñaré los muebles.

—Pensaba que estarían en el vestíbulo.

—Tom quiso echar una mano, así que los instaló en mi despacho.

Seguí a Drew por el pasillo y abrió la puerta de la habitación más grande, junto al cuarto de archivos donde a mí me gustaba trabajar. El otro día, cuando lo pisé por última vez, todavía no se habían colocado las molduras y paneles, y todo estaba cubierto de lonas. El contratista debía haber trabajado todo el día para terminarlo a tiempo.

—¡Guau! Parecen más bonitos aquí. Salvo que… —me interrumpí antes de compartir mis pensamientos y negué con la cabeza—. Nada. Está muy bien.

—¿Salvo qué? ¿Qué ibas a decir?

—El despacho es muy bonito. Con los techos tan altos, las molduras, pero… es que todo es muy blanco. ¿Por qué no pintas algo de otro color? Al ser todo igual resulta un poco aburrido.

Se encogió de hombros.

—Me encantan las cosas simples. En blanco y negro.

Aspiré hondo.

—Menos mal que volviste cuando lo hiciste, porque ya había elegido un color amarillo intenso para tu despacho. Y la sala de fotocopias iba a ser roja.

Mi precioso escritorio quedaba increíble en aquella estancia tan grande, incluso con la aburrida pintura blanca. La parte superior era de grueso vidrio templado y la inferior tenía las patas de caoba oscura con forma de caballo. No me gustaban demasiado los muebles modernos, pero la recepción era tan bonita que me agradaba el contraste.

—La empresa de muebles no me ha dado una hora, pero se supone que vendrán hoy a recogerlos. Me querían cobrar por ello una tarifa del cuarenta por ciento. Tardé una hora en explicarle al gerente por teléfono que habían violado el contrato de entrega al permitir que la recibiera una persona no autorizada.

—Se te da bien lo del teléfono.

—Trabajé en atención al público para una compañía de impresoras mientras estudiaba en la universidad. Recuerdo muy bien lo que es escuchar y recitar las reglas a un cliente después de estar un largo día recibiendo llamadas de queja.

El móvil de Drew comenzó a sonar de nuevo. Lo miró, pero decidió no responder.

—Contesta. No te molestaré. Dios sabe que ya te he entretenido demasiado. Pareces muy ocupado.

—Da igual. No es necesario que lo haga.

—¿Estás solo aquí?

—Por lo general tengo un pasante y una secretaria. Pero mi

pasante ha decidido ir a una escuela de leyes en otro estado y mi secretaria está de baja desde hace dos semanas.

—Pues me temo que vas a estar muy distraído.

El móvil sonó de nuevo, pero esta vez sí tuvo que atender la llamada. Antes de hacerlo, me dijo que me sintiera como en casa, como no tenía otra cosa que hacer... Drew entró en el cuarto de archivo y se sentó ante la mesa que yo había estado utilizando. Regresé al vestíbulo, retiré el plástico del mostrador, busqué algunos productos de limpieza en el cuarto de baño y lo limpié antes de encender mi portátil.

Mientras estaba poniéndome al día con los mensajes de correo electrónico, respondí al teléfono de la oficina y anoté los mensajes.

Cuando Drew volvió a salir una hora después, parecía irritado.

—Me he quedado sin batería. ¿Puedo coger prestado tu móvil durante unos minutos? El mío está cargando y estaba a punto de llegar a un acuerdo. No se puede dar tiempo a otro abogado para que reconsidere todas las chorradas que acaba de aceptar.

—Por supuesto. —Se lo entregué.

Drew dio dos pasos y se detuvo.

—¿Cuál es la contraseña?

—Mmm... Joder.

—¿No quieres que sepa tu clave?

—No, es que es «joder».

Drew se rio.

—Me voy a enamorar de ti. —La tecleó y desapareció de nuevo.

Al mediodía, una hora después, mi estómago empezó a gruñir, porque me había despertado tarde y no había desayunado. Pero no podía marcharme del bufete y que justo en ese momento llegara el transportista para llevarse los muebles. Cuando oí que Drew dejaba de hablar, me aventuré a ir al cuarto de archivos.

—¿Sueles pedir el almuerzo? Me da miedo marcharme y perderme la retirada.

—A veces. ¿Qué te apetece?

Me encogí de hombros.

—Me da igual. No soy exigente.

—¿Te gusta la comida hindú? Curry House está a solo unas manzanas y el reparto es rápido.

Arrugué la nariz.

—¿No te gusta la comida hindú?

—En realidad, no.

—Vale, ¿y la china?

—Demasiado glutamato monosódico.

—¿Sushi?

—Soy alérgica al pescado.

—¿Mexicana?

—Muy pesada para almorzar.

—¿Qué querías decir en realidad con la frase «No soy exigente»?

Lo miré con los ojos entrecerrados.

—Eso. Es que solo sugieres cosas raras.

—¿Qué te gustaría comer, Emerie?

—¿Pizza?

Asintió.

—Pues pizza. ¿Ves? Esto sí que es no ser exigente.

Al terminar el almuerzo, Drew desconectó el móvil del cargador y me devolvió el mío.

—¿Puedo mirar tus fotos?

—¿Las fotos del móvil? ¿Para qué? —pregunté.

—La mejor manera de conocer a alguien es mirar las fotos que guarda en la memoria cuando menos se lo espera.

—No, no estoy segura de qué tengo almacenado ahí.

—Esa es la gracia. Si tienes la oportunidad de borrar las que no quieres que vea no estaré ante tu verdadero yo, solo lo que quieres aparentar.

Traté de recordar si había algo embarazoso o incriminatorio en el teléfono mientras Drew se sentaba a mi lado con una sonrisa retadora. En el último segundo cubrí su mano con la mía y lo detuve.

—Espera. Si tú vas a mirar las mías, yo quiero ver las tuyas. Y será mejor que guardes algunas realmente embarazosas, porque te aseguro que yo sí las tengo.

—Por si te sirve de consuelo, no me avergüenzo fácilmente.
—Deslizó su móvil por encima de la mesa plegable.

Lo vi marcar la contraseña y empezó a mirar mis fotos. Después de un momento, se detuvo y arqueó las cejas.

—Esta dice mucho de ti.

Intenté coger el móvil, pero él se echó hacia atrás demasiado rápido.

—¿Cuál? ¿Qué foto es?

Drew me mostró la pantalla. «¡Oh, Dios! Qué vergüenza...» Era un primer plano mío de la semana anterior, mientras estaba trabajando. Había sido un día lleno de sesiones de terapia a través del teléfono y el altavoz había decidido dejar de funcionar el lunes por la mañana. No había tenido tiempo para ir a comprar un nuevo teléfono, y por la tarde me sentía frustrada por no poder realizar más tareas porque no me había quedado más remedio que pegar el aparato a la oreja. Así que había decidido ser creativa. Había cogido dos gomas grandes de color naranja y las había usado para sujetar el móvil contra mi cabeza. Una de las bandas de goma se me había deslizado por la frente, un poco por encima de las cejas y me arrugaba la piel hacia abajo, lo que hacía que mi cara presentara un aspecto extraño. La otra banda me rodeaba la barbilla, consiguiendo que me apareciera un hoyuelo en el mentón que normalmente no tenía.

—El altavoz del teléfono se me había estropeado y ese día me tocaba hacer un montón de llamadas telefónicas. Si no hubiera hecho eso no habría podido usar las manos.

Se rio entre dientes.

—Creativa. Has llevado a cabo la mejor actualización del iPhone desde la muerte de Steve Jobs. Es posible que puedas venderles esa nueva tecnología.

Arrugué la servilleta y se la tiré a la cara.

—Cállate.

Pasó unas cuantas imágenes más y luego se detuvo. Esta vez no pude adivinar lo que estaba pensando.

—¿Qué? ¿Dónde te has parado ahora?

Se quedó mirando la foto durante un buen rato y tragó saliva antes de volverla hacia mí. Era una imagen de cuerpo entero que me habían hecho cuando asistí a una boda con

Baldwin. Sin duda, la mejor que me habían hecho nunca. Me habían peinado y maquillado profesionales; además, el vestido que llevaba me sentaba como un guante. Era sencillo, negro, sin mangas, con un escote en V que mostraba las curvas de mi pecho. Sin duda me parecía más atrevido de los que solía usar, por lo que me había sentido muy guapa y segura de mí misma. A pesar de que esa sensación solo había durado unos quince minutos después del instante en el que Baldwin apretó el botón, justo hasta que llamaron al timbre. Entonces nos habíamos dado cuenta de que los novios le habían emparejado con otra chica, una que se acababa de presentar en el umbral de su puerta. Una que no era yo.

Recordé la tristeza que había sentido esa noche.

—Una boda.

Drew asintió y volvió a mirar la foto antes de levantar la vista hacia mí.

—Estás preciosa. Sexy.

Sentí el rubor que me cubría la cara. Odiaba tener la piel tan clara justo por esa razón.

—Gracias.

Pasó unas cuantas imágenes más y me mostró de nuevo la pantalla del móvil.

—¿Tu novio?

La había hecho unos minutos después de que Baldwin me dijera lo guapa que estaba y de que me inmortalizara en la foto anterior. Me rodeaba la cintura con el brazo y yo sonreía mirándolo mientras él hacía el *selfie*. Su cita había llegado justo después. El resto de la noche había estado llena de sonrisas forzadas.

—No.

—¿Exnovio?

—No.

Bajó la vista y me observó de nuevo.

—Aquí hay una historia, ¿verdad?

—¿Cómo lo sabes?

—Por tu cara, por la forma en que lo miras.

Era muy triste que un virtual desconocido fuera capaz de adivinar mis sentimientos después de verme observar una foto durante diez segundos. Sin embargo, Baldwin no había sido nada mío. Podría haber mentido a Drew, pero por alguna razón no lo hice.

—Nos conocimos en la licenciatura. Participó de oyente en la misma clase de psicología que yo mientras cursaba el doctorado. Se acabó convirtiendo en uno de mis mejores amigos. Además, vivíamos en apartamentos contiguos.

—¿No funcionó?

—Nunca lo intentamos. Él no siente lo mismo que yo.

Parecía que Drew iba a decir algo más, pero solo asintió con una expresión neutra. Cuando me devolvió el móvil, sabía mucho sobre mí. Había visto fotos de mis dos hermanas pequeñas, incluyendo algunos *selfies* que me había hecho con el perro antes de mudarme a Nueva York. Había adivinado lo que sentía por Baldwin y se había enterado de lo creativa que podía llegar a ser cuando necesitaba llevar a cabo varias tareas a la vez.

—Entonces —comenté, cuando puso mi móvil sobre la mesa—, aseguras que ver fotos de otra persona te hace conocerla un poco mejor. ¿Qué te han indicado mis fotos sobre mí?

—-Que estás unida a tu familia, tienes el corazón roto y me pareces un poco chiflada.

No quería sentirme ofendida por lo último, y era difícil cuando pensaba como él. A pesar de ello, no iba a admitir que tenía razón. Me limité a coger su móvil.

—¿Contraseña?

Sonrió.

—Follar.

—Te estás quedando conmigo. Acabas de cambiarla.

Negó con la cabeza.

—No. Es una de mis palabras favoritas por muchas razones. «Te follaría» es lo que digo por lo bajo al menos una vez al día. Y, por supuesto, ¿no es mejor follar que hacer el amor?

—Eres un pervertido.

—Y lo dice la mujer cuya contraseña es «joder».

—Yo puse «joder» porque nunca me acordaba de cómo era, y cada vez que ponía la que no era, decía eso. Baldwin me sugirió que usara esa palabra la última vez que se me bloqueó.

—¿Baldwin?

Nuestras miradas se encontraron.

—El chico de la foto.

Drew asintió.

Por alguna razón, hablarle a Drew de Baldwin me hacía sentir incómoda, así que cambié de tema. Tecleé «follar» en su iPhone.

—A ver qué aprendo yo de ti —dije.

Fui al icono de fotos y lo apreté. Al no ver nada, entré en la cámara. Tampoco había nada.

—¿No tienes ninguna foto? Pensaba que esto era para que supiéramos algo del otro.

—Lo era.

—¿Y qué es exactamente lo que acabo de aprender de ti cuando no tienes ni una imagen?

—Has aprendido a no jugar con fuego.

6

Drew

*E*ra un capullo.

Lo era. No porque me hubiera pillado mirándole el culo. Aunque… menudo culo.

Emerie se había inclinado sobre el mostrador de recepción para coger el teléfono del bufete y me pescó mirando de reojo sus suculentas posaderas. Lo educado habría sido mirar hacia otro lado, fingir que no estaba estudiándola. Pero ¿qué había hecho? Guiñarle un ojo.

Una vez más, era un capullo.

Y luego, Emerie me observó mientras seguía respondiendo a la llamada. Cuando una chica te pillaba comiéndotela con los ojos, podía reaccionar de dos formas: coqueteando o…

La vi colgar el aparato y avanzar por el pasillo hacia mí con decisión. Su expresión era impasible, así que no estaba seguro de qué esperar.

Se detuvo al llegar a la puerta y se cruzó de brazos.

—¿Estabas mirándome el culo?

Esta era la otra forma de reaccionar, que el objeto del escrutinio dijera en voz alta lo que sucedía.

Imité su postura y crucé también los brazos.

—¿Quieres que te mienta?

—No.

—Tienes un culo de infarto.

Se le encendieron las mejillas.

—¿Sabes qué? Eres un capullo.

—Entonces debo ser un capullo muy bueno, ya que sé reconocer un culo fantástico cuando lo veo.

Vi cómo desaparecía su estoica expresión y se reía. Me gustaba que estuviera más divertida que irritada.

—¿A las mujeres les suele gustar que te comportes así con ellas?

Me encogí de hombros.

—Soy guapo y rico. Las mujeres suelen encontrarme atractivo. Te sorprendería lo fácil que me resulta salirme con la mía.

—Eres un poco engreído, ¿no crees?

—Quizá, pero es la verdad. —Me moví desde donde estaba, detrás del escritorio, y lo rodeé para detenerme a unos centímetros de ella—. Dime la verdad… Si fuera bajo, calvo, gordo, desdentado y con una joroba en la espalda, ¿qué me habrías dicho después de pillarme mirándote el culo?

Abrió la boca; me pareció adorable mientras trataba de buscar una respuesta, aunque su cara ya me había dicho que tenía razón.

—Eres un egocéntrico.

—Quizá. Pero un egocéntrico atractivo.

Puso los ojos en blanco y resopló. Sin embargo, llegué a atisbar su leve sonrisa antes de que se diera la vuelta meneando las caderas.

«Menudo culo…».

El resto de la tarde estuve muy ocupado atendiendo al teléfono. A pesar de que tenía completo el calendario hasta la próxima semana, se había corrido la voz de que estaba de vuelta y todos mis miserables clientes querían ponerme al tanto de las últimas maniobras de sus cónyuges. Mi trabajo era feo, desagradable, pero se me daba muy bien. Los clientes querían venganza, cada vez que le daba un golpe a una mujer que se lo merecía, mentalmente volvía a dárselo a mi propia ex —Alexa— de nuevo. Seguramente necesitaría ir a terapia, pero la venganza era más barata y mucho más satisfactoria.

Acababa de hablar con un cliente que quería una orden de restricción para mantener a su esposa alejada de sus pertenencias, cuando oí a Emerie hablar por teléfono en la zona de recepción. Su voz resonaba en la oficina vacía y no pude dejar de escucharla.

—¿Queens? ¿Eso es lo más cerca del centro que puede ofrecerme por mil quinientos al mes? ¿Y si me busca algo más pequeño? ¿Algo sin recepción, un simple despacho en alguna parte? —Se interrumpió un minuto—. ¿Qué le parece tan gracioso? Sí, creo que estoy buscando uno en el que pueda caber más de una persona. —Otra pausa—. No, no soy de Nueva York. Pero... Pero ¿sabe qué? Olvídelo. Llamaré a otro agente.

—¿Problemas para encontrar despacho? —le dije a su espalda.

Se dio la vuelta. La expresión de su cara era de exasperación pura.

—No sé qué hago en Nueva York.

—Tú sabrás...

Suspiró.

—Es una larga historia. Es que... —Sonó la centralita del despacho y levantó un dedo. Descolgó antes de que yo pudiera intentarlo.

—Bufete de Drew Jagger... ¿Quién quiere hablar con él? Señor London...

Me miró, y yo levanté las manos para indicarle que le dijera que no estaba. Ella continuó sin vacilar.

—... el señor Jagger está con un cliente en este momento. Además, tiene una cita justo después y ya están esperándolo. ¿Quiere dejarme a mí el mensaje?

Permaneció un rato en silencio, sosteniendo el aparato lejos de la oreja mientras arqueaba las cejas. Incluso yo, a un metro de distancia, podía oír los improperios de Hal London. Cuando se detuvo a respirar, ella lo cortó con educación.

—¿Te has enterado de todo? —me preguntó.

—Sí. Es un gilipollas. Casi preferiría representar a la zorra de su esposa. Me tiene al teléfono una hora cada vez que puede. Es su forma de desahogarse, pero hoy no quería aguantarlo. Te las has arreglado magníficamente para deshacerte de él en un tiempo récord.

—Traté de hablarle con dulzura. Eso siempre funciona.

—No lo olvidaré.

Emerie comprobó la hora que era.

—Son casi las cuatro. No me puedo creer que los transportistas no estén aquí todavía. Lo siento, llevo todo el día dándote la lata.

—No importa. Solo tienes que añadir el alquiler a la factura.

Sonrió.

—Genial. Pero entonces te cobraría los servicios como secretaria. Y no soy barata.

Una pervertida imagen de Emerie jugando conmigo al jefe y la secretaria apareció en mi mente.

—Pagaría bien por tus servicios —solté antes de poder reprimir las palabras.

Ella se sonrojó, pero luego se echó hacia atrás.

—Sería idiota si trabajara para ti, cuando tienes ese enorme ego y haces esos comentarios tan guarros. Es una suerte que seas abogado para cuando te demanden.

—¿Me acabas de llamar cabrón?

Se mordisqueó el labio.

—Creo que sí…

Me reí.

—Me has calado muy pronto.

Su móvil comenzó a sonar y me miró.

—Es el paciente de las cuatro y debo responder a la llamada. Pero tengo que estar aquí cuando lleguen los transportistas.

—¿Por qué no vas a mi despacho? Así le darás algo de uso a ese escritorio antes de que se lo lleven. Yo me encargaré de los muebles. No te molestaré hasta que salgas, tendrás absoluta privacidad con tu paciente.

—Quería hablar con los de los muebles.

—Yo me ocuparé.

La vi vacilar.

—¿No te importa?

Negué con la cabeza.

—No, adelante. Ahora seré yo tu secretario.

No necesité insistir mucho para convencerla. La vi avanzar por el pasillo sin perder de vista su culo una vez más. Cuando llegó al despacho, se detuvo y me miró por encima del hombro, pescándome de nuevo.

Así que le guiñé un ojo. Siempre consecuente hasta el final.

Un poco después de las cuatro y media apareció finalmente la empresa de transporte. Emerie todavía estaba en el despacho y llamé a la puerta entreabierta para captar su atención. Escribía en un cuaderno mientras hablaba con el auricular pegado a la oreja. Se había recogido el largo cabello cobrizo en un moño despeinado y, cuando levantó la vista, le vi por primera vez las gafas. Eran de pasta oscura, de forma rectangular, parecían gritar: «Fóllame contra la librería».

Al menos es lo que oí cuando la observé. Me quedé parado un minuto, atrapado en mi propia fantasía mientras ella ponía punto final a la llamada.

Cuando se despidió y se quitó el auricular, arqueó las cejas.

—¿Va todo bien?

«¿Siempre ha tenido los ojos tan azules?». Quizá la montura oscura hacía destacar el color más que su piel clara.

—Er... sí. Ya han llegado los de los muebles.

Me miró con diversión antes de salir al vestíbulo. Después de firmar unos papeles, los hombres la siguieron hasta el despacho. Envolvieron la mesa con mantas y las aseguraron.

Emerie suspiró mientras los controlaba.

—Es un escritorio precioso.

—Magnífico.

En los últimos tres días, le habían estafado diez mil dólares, la habían detenido y había descubierto que su oficina de ensueño pertenecía a otra persona. Sin embargo, era la primera vez que la veía triste. Parecía como si hubiera alcanzado el límite. Cuando le vi los ojos llenos de lágrimas, sentí un dolor en el pecho. Me estaba afectando más de lo que podía explicar. Y, obviamente, me alteraba en algo más que en el corazón...

Volviéndome loco, sin duda.

No había más que ver lo que se me acababa de ocurrir, algo que no hubiera soltado si hubiera tenido un momentáneo lapso de cordura.

—Quédate. Tú y el escritorio no debéis marcharos de aquí. Me sobra mucho sitio.

Drew. Fin de Año, ocho años antes

*A*lgunos de los mejores momentos de la vida surgen de malas ideas.

La rubia alta con largas piernas que parecían una escalera hacia el cielo era, definitivamente, una idea muy mala. La había observado durante toda la noche. Había llegado con dos amigas, ninguna de las tres aparentaba apenas dieciocho años. El amigo de un amigo, de uno de mis compañeros de la fraternidad, las había invitado a la fiesta. Muchos le habían echado el ojo a aquella rubia y, a veces, las manos, pero ella parecía tener más interés en conocer a chicos de Sigma Alpha.

Debería estar preparándome para el examen de acceso a la escuela de leyes. Debería haberme ido a casa durante todas las vacaciones, como hacía normalmente, pero me había quedado en Atlanta. Era el último semestre que pasábamos en la residencia y todos los de la fraternidad habíamos decidido quedarnos allí durante las vacaciones de invierno. Se habían celebrado fiestas durante diez días seguidos, y la de Nochevieja había reunido a una multitud extraña. La mayoría de los universitarios habían regresado a casa ya, motivo por el que había más gente de la localidad. Y la rubia que se parecía a Daisy Duke y sus largas piernas gritaban que era un bomboncito de Georgia.

Nuestros ojos se encontraron mientras tomaba un trago de cerveza. Ella me dirigió una sonrisa, que me hizo sentir unas ganas inmensas de comer chocolate. Entonces se acercó; ni siquiera tuve que levantarme.

—¿Está ocupada esta silla? —Confundido por un momento, comprobé a mi izquierda y a mi derecha. Estaba sentado en el sillón reclinable que había en un rincón de la sala, observando el desarrollo de la fiesta. El asiento más cercano estaba en el otro lado de la estancia.

—Te invito a sentarte donde desees.

Y fue lo que hizo, dejando caer su bien formado culo sobre mi regazo.

—Me he dado cuenta de que estabas mirándome.

—Es difícil pasarte por alto.

—También a ti. Eres el chico más guapo de la fiesta.

—¿De verdad? —Tomé un sorbo de cerveza y la señorita Piernaslargas me la quitó de la mano cuando terminé. Entonces se la llevó a los labios y se bebió la mitad de la botella. Una vez que acabó, soltó un fuerte suspiro.

—¿Cómo te llamas, Piernaslargas?

—Alexa, ¿y tú?

—Drew. —Agarré la cerveza y la terminé—. ¿Quién es el chico con el que has venido?

—Oh… solo es Levi.

—¿No es tu novio o algo?

Negó con la cabeza.

—No. Solo es Levi. Vive en Douglasville, no muy lejos de mí. Se le dan bien los coches y a veces me arregla el mío.

En ese momento, Levi buscó a Alexa con la mirada desde la puerta. No pareció hacerle muy feliz encontrarla sentada en mi regazo.

Lo señalé con la barbilla.

—¿Estás segura de que Levi no cree que seáis algo más que amigos? Parece un poco cabreado.

Aunque ya estaba sentada en mis piernas, se volvió hacia mí, poniéndose a horcajadas sobre mis muslos, impidiendo que siguiera viendo al mecánico y a su ceño fruncido.

—Ahora ya no lo ves.

Entrelacé los dedos en su espalda.

—Mi punto de vista acaba de mejorar mucho.

Menos de una hora después, me pidió que le enseñara mi habitación. Me vi obligado a ello; por supuesto, jamás les negaba nada a las mujeres guapas. Llevaba cuatro años en la universidad. Algunas chicas dejaban muy claro lo que querían. Yo estaba ocupado y no buscaba una relación seria, así que apreciaba a las chicas que no se andaban con jueguecitos e iban directas al grano.

Los dedos de Alexa aterrizaron sobre la cremallera de mis pantalones antes de que cerrara la puerta del dormitorio. La empujé contra la madera para amortiguar los sonidos de la fiesta de paso que la cerraba, matando dos pájaros de un tiro.

—¿Vas a ir a la escuela de leyes el año que viene? —preguntó, mientras le tocaba las tetas. Debía de haber sentido señales de alarma porque no le había mencionado mis planes de futuro. Pero… Tenía unas tetas magníficas. Y unas piernas de infarto, que en ese momento me envolvían la cintura. Por no decir que llevaba bebiendo desde por la tarde.

—Sí, probablemente iré a Emory. Mi padre es abogado y antes lo fue mi abuelo.

Después de eso, acabamos entrando en el año nuevo con una explosión.

Buenos recuerdos.

Malas ideas.

8

Drew

—¿*Q*ué? —Roman Olivet se me quedó mirando como si le hubiera dicho que había matado a la reina Isabel de Inglaterra—. Me parece una mala idea.

Observé el vaso de whisky que sostenía en la mano e hice girar el líquido durante un minuto antes de llevármelo a los labios.

—Me va a ayudar tres meses, mientras Tess está de baja, a cambio del alquiler. Eso le dará una oportunidad de encontrar un despacho que pueda permitirse y organizarse de nuevo.

Roman volvió a escupir en la jarra la cerveza que estaba bebiendo.

—Yo te pedí hace dos años que me alquilaras una parte del bufete y me respondiste que no podías compartir ese espacio con nadie.

—No es lo mismo. Esto es temporal.

Me miró de soslayo.

—Está buena, ¿verdad?

—¿Y eso qué tiene que ver?

—Eres un cabrón.

—¿Por qué? Emerie me ha dicho lo mismo.

Roman arqueó las cejas.

—Te ha llamado cabrón y ¿le has cedido una parte del despacho? Debe tener un culo de infarto.

Traté de mantener una expresión estoica, pero Roman y yo éramos amigos desde la infancia; percibió la leve sonrisa que se insinuó en mis labios.

Negó con la cabeza y se rio.

—Amigo mío, los buenos culos son kryptonita para ti.

Si era sincero conmigo mismo, todavía estaba tratando de averiguar qué demonios me había pasado un par de horas antes. No solo había invitado a esa mujer —que sí, tenía un culo de infarto— a compartir el despacho, sino que había tenido que convencerla para que aceptara mi oferta. Repito, tuve que convencerla para que montara su consulta en mi despacho de Park Avenue, aquel espacio que nunca había compartido con nadie de forma gratuita.

Apuré lo que me quedaba de whisky y levanté la mano para que me rellenaran el vaso.

—¿Cuál es su especialidad legal?

—No es abogada. Es psicóloga.

—¿Una loquera? ¿Te das cuenta de que vas a tener a un montón de chiflados merodeando por el bufete?

No había pensado en eso. ¿Y si tenía pacientes psicóticos con desórdenes múltiples de personalidad? ¿O exconvictos que degollaran ancianas pero que conseguían rebajar las sentencias porque estaban locos?

«Te van a asesinar por culpa de un culo. Y un culo no vale eso».

Por otra parte… ¿cuán sanos estaban mis própios clientes? Ferdinand Armonk, un anciano de setenta y un años que poseía más de cien millones de dólares, fue arrestado el año pasado por agredir a su mujer de veintitrés con un bastón porque la encontró con la boca entre las piernas de su fisioterapeuta. Esa era la clase de locura con la que trataba a diario.

Me encogí de hombros.

—Sus locos no pueden ser mucho peores que los míos.

Candice Armonk había conseguido que detuvieran a su marido porque la había golpeado con un bastón y estaba tratando de conseguir la mitad del dinero en el divorcio. Roman no solo era mi mejor amigo, también era el investigador privado al que recurría siempre y había trabajado en el caso Armonk. Había encontrado una vieja peli porno en la que Candice mantenía relaciones con chicas cuando tenía dieciocho años y vivía en Francia. Se titulaba *A Candy le va la caña* —porque se corría cuando otras mujeres le daban caña, pero que su marido le diera un golpe con el bastón equivalía a unos cuantos millones de dólares—. Cuando aterrizó en mi bufete con su abogado para llegar a un acuerdo, se negó a sentarse en la misma sala que Ferdinand antes de que la pusiera de patitas en la calle.

El camarero me sirvió un nuevo whisky y bebí un sorbo.

—Sus locos encajarán allí perfectamente.

Después de una reunión temprana en la ciudad, entré en el despacho y me encontré a Emerie paseando de un lado a otro de la segunda oficina mientras hablaba por teléfono con los auriculares. Permanecía de espaldas a mí mientras avanzaba por el pasillo, lo que me dio la oportunidad de tomarme un tiempo para disfrutar de su trasero. Llevaba una ajustada falta negra que se ceñía a sus curvas como un guante y una blusa de seda blanca. Cuando oyó mis pasos, se dio la vuelta y me di cuenta de que estaba descalza. El esmalte rojo brillante de sus dedos hacía juego con el color de sus labios. Le devolví la sonrisa con una extraña opresión en el pecho, preguntándome si necesitaba tomar un Prilosec o algo así. La saludé con la mano y entré en mi despacho, donde ya estaban mis muebles, aunque no había dispuesto que me los entregaran de nuevo.

Diez minutos después, Emerie dio un ligero golpe en la puerta a pesar de que estaba abierta. Se había puesto los zapatos. De tacón y rojos, que cubrían unos dedos también rojos. «Genial».

—Buenos días.

—Buenos días —respondí.

Llevaba un bloc, y un lápiz detrás de la oreja.

—Has tenido una mañana ocupada. Seis llamadas: Jasper Mason, Marvin Appleton, Michael Goddman, Kurt Whaler, Alan Green y Arnold Schwartz. He anotado los mensajes en un cuaderno que encontré en el armario. Espero que no te importe.

Hice un gesto con la mano.

—Coge lo que quieras. No sé dónde se guarda el material y Tess no está.

Arrancó la página del bloc y me la dejó en el escritorio.

—Aquí tienes.

—Gracias. Por cierto, ¿has tenido algo que ver con que ya estén aquí mis muebles?

—Oh, sí... Lo siento. La empresa de guardamuebles llamó esta mañana para programar la entrega hoy, así que aproveché la hora que había disponible. El contratista estaba limpiando cuando llegué y me dijo que ya había terminado. Enviará a uno de los chicos más tarde para terminar los últimos flecos, como poner las cubiertas de los interruptores y alguna señal en el vestíbulo. Las cajas con los objetos personales están en el suelo. Iba a ordenarlos, pero pensé que era excederse.

—No me hubiera importado. Pero gracias. Gracias por encargarte de todo esta mañana. Creía que me iba a encontrar de nuevo con una silla plegable. Ha sido una sorpresa agradable.

—De nada. —Miró el reloj—. Tengo una videoconferencia dentro de unos minutos, pero estoy libre de doce y media a dos si quieres que te eche una mano. Puedo pedir algo y que se convierta en un almuerzo de trabajo, si te apetece.

—Eso sería genial. Debo realizar una llamada antes de las doce y media.

—¿Qué quieres comer?

—Sorpréndeme.

—¿Lo que yo quiera?

—Sí. Al contrario que tú, no soy exigente.

Emerie sonrió y regresó a su despacho. La detuve con la pregunta que me había rondado en la mente desde que había cenado con Roman la noche pasada.

—¿Qué clase de psicóloga eres? ¿En qué estás especializada?

—Pensaba que te lo había dicho. Soy consejera matrimonial.

—¿Consejera matrimonial?

—Sí, mi trabajo es intentar salvar matrimonios con problemas.

—Sin duda no me lo has contado. Me acordaría, sobre todo si tenemos en cuenta que mi trabajo también consiste en resolver matrimonios, aunque en mi caso es disolverlos de forma permanente.

—¿Supone un problema?

Negué con la cabeza.

—No debería.

«Famosas últimas palabras».

9

Emerie

—Aquí tienes algunos mensajes más.

Drew acababa de colgar el teléfono cuando entré en su despacho. Puse la bolsa con el almuerzo sobre el escritorio y le entregué las notas. Las barajó con rapidez entre los dedos hasta detenerse en una.

—Si Jonathon Gates vuelve a llamar, tienes permiso para colgarle.

—¿Puedo insultarlo antes?

Drew parecía divertido.

—¿Qué quieres decirle?

—Depende… ¿Qué ha hecho?

—Golpeó a su esposa.

—¡Oh, Dios! De acuerdo. —Fruncí los labios pensando en un buen insulto para el señor Gates—. Podría llamarlo «hijo de puta» y luego colgarle.

Drew se rio.

—Ni siquiera insultas como una neoyorquina…

—¿A qué te refieres?

—Que lo pronuncias perfectamente. Hi-jo de pu-ta.

—¿Y cómo debería pronunciarlo?

—Todo seguido, acortándolo y quitando la preposición: «joputa».

—Joputa —repetí.

—Suena rígido. Debes practicar más para que suene natural.

Metí la mano en la bolsa y saqué la comida que había encargado para tendérsela.

—Aquí tienes el almuerzo, joputa.

—Mucho mejor. —Sonrió—. Sigue así. Acabarás por decirlo como Tess.

—¿Tess?

—Mi secretaria. Está de baja porque la han tenido que operar de la cadera. Tiene sesenta años y el aspecto de Mary Poppins, pero maldice como un marinero.

—Todavía tengo que practicar un poco.

Había pedido unos sándwiches en un bar que descubrí el primer día que estuve en mi falso despacho. Dado que Drew me había permitido elegir, pedí lo mismo para ambos, pan integral con aguacate y pavo, aunque por lo general, solía comer alimentos menos saludables. Drew devoró el suyo antes de que yo hubiera tomado la mitad del mío, y no era de las que comían lento.

—¿Puedo suponer que te ha gustado el sándwich? —pregunté señalando el envoltorio vacío.

—He ido al gimnasio a las cinco de la mañana y no tuve tiempo de comer nada antes de asistir a una reunión en el centro. Es lo primero que ingiero hoy.

—¿A las cinco? ¿Has ido al gimnasio de madrugada?

—Me gusta madrugar. Por el tono aterrado de tu voz, deduzco que a ti no.

—Lo intento.

—¿Y cómo te va?

—No demasiado bien. —Me reí—. Tengo problemas para conciliar el sueño por la noche, así que las mañanas son complicadas.

—¿Haces ejercicio?

—Empecé a ir a Krav Maga un par de veces a la semana por la noche para machacarme, con la esperanza de que me ayudara a dormir mejor. No me ayuda mucho, pero me gusta.

—¿Has probado esas bebidas con melatonina?

—Sí. Y nada.

—¿Pastillas para dormir?

—Estoy aturdida durante veinticuatro horas después de tomarlas. Ni siquiera se me pasa con paracetamol.

—¿Prolactina?

—¿Prolactina? ¿Qué es? ¿Una vitamina o algo así?

—Es la hormona que se libera después del orgasmo. Induce al sueño. ¿Has intentado masturbarte justo antes de acostarte?

Estaba tomando un bocado y me atraganté con el sándwich. No fue una simple tos, un carraspeo o un efecto sifón. No. Me atraganté. Literalmente. Un pequeño trozo de pan se me alojó en la garganta, impidiéndome respirar. Entré en estado de pánico, lancé al suelo el resto del bocadillo y el refresco a la vez que me señalaba con furia la garganta.

Por suerte, Drew captó la indirecta. Rodeó la mesa y me golpeó un par de veces el centro de la espalda. Cuando vio que seguía sin poder respirar, me rodeó con los brazos desde atrás y realizó la maniobra de Heimlich. La segunda vez que apretó, el pan salió despedido de mi garganta, desbloqueando las vías respiratorias para volar a través del despacho. A pesar de que todo el episodio no duró ni quince segundos, me sentía como si hubiera estado privada de aire durante tres minutos. El corazón se me agitaba contra las costillas, debido al contundente incremento de adrenalina.

Drew no me soltó, sino que siguió sosteniéndome con fuerza, justo por debajo de los pechos, mientras cogía aire profundamente.

—¿Estás bien? —preguntó después de un tiempo, cuando mi respiración había vuelto a la normalidad, en un tono bajo y vacilante.

—Creo que sí. —Aunque tenía la voz ronca.

Aflojó los brazos, pero no se alejó. En cambio, apoyó la cabeza sobre la mía.

—Me has dado un susto de muerte.

Me llevé la mano a la garganta.

—Ha sido una sensación aterradora. Nunca me había atragantado antes. —Durante el breve instante en el que pensé que mi muerte era inminente, me había olvidado por completo de lo que había hecho que me ahogara, pero lo recordé con rapidez—. Casi me matas.

—¿Te mato? Creo que tu cerebro se ha visto afectado por la falta de oxígeno. Preciosa, acabo de salvarte la vida.

—Me he atragantado por tu culpa. ¿Cómo se te ha ocurrido hablar de masturbación con una desconocida mientras estás comiendo?

—¿Una virtual desconocida a la que he visto en ropa interior, a la que he rescatado de su desgracia y le he proporcionado un lugar para aparcar el culo todo el día? Llegados a este punto, estoy muy seguro de que soy tu mejor amigo aquí.

Me di la vuelta y lo miré fijamente.

—Quizá no necesite masturbarme después de todo. A lo mejor tengo un novio que se encarga de esas necesidades.

Drew esbozó una sonrisita de suficiencia. No fue una sonrisa normal, no, si no una muy petulante.

—Si ese es el caso y todavía tienes problemas para dormir después de que se haya encargado de tus necesidades nocturnas, puedes dejarlo porque es muy malo en la cama.

—Supongo que todas las mujeres se quedan fritas después de que tú te encargues de ellas.

—Puedes estar segura de eso. Soy una especie de superhéroe. El Prolactinaman.

Ese hombre tenía la extraña habilidad de hacerme reír en medio de una discusión. Respiré hondo antes de inclinarme para limpiar el sándwich del suelo.

—De acuerdo, Prolactinaman, ¿qué te parece si utilizas tus superpoderes para ayudarme a limpiar este desastre?

Después de recogerlo todo, me ofrecí a desempaquetar sus cajas. Cuando abrimos la primera, utilizó una taladradora inalámbrica para colocar algunos de sus títulos, mientras yo desenvolvía y limpiaba otras cosas. La conversación fue fluida y cómoda hasta que me hizo la pregunta que siempre temía responder.

—El otro día no llegaste a contármelo, ¿qué es lo que te ha traído a Nueva York?

—Esa es una larga historia.

Drew comprobó su reloj.

—Me quedan veinte minutos hasta la próxima cita. Dispara...

Durante un breve instante consideré inventarme una historia en vez de explicarle la verdad. Pero luego me di cuenta de que aquel tipo me había visto en mi peor momento, me había ayudado a no entrar en la cárcel y había sido testigo de primera mano de que podrían venderme el proverbial puente de Brooklyn en forma de despacho en Park Avenue. Así que decidí ser sincera.

—Durante el primer curso en la universidad, no estaba segura de en qué quería especializarme. Me apunté a Psicología de primero y el profesor era increíble. Pero también era un borracho que muchas veces faltaba a clase o entraba a diez minutos del final. Tenía un adjunto que era de Nueva York, pero hacía el doctorado en la Universidad de Oklahoma y acabó dando la clase durante gran parte del curso. Ese adjunto era Baldwin.

Drew metió en un armario un montón de archivos y lo cerró antes de volverse hacia mí.

—¿Te has venido a Nueva York para estar cerca de ese tipo? Pensaba que habías dicho el otro día que no sentía nada por ti.

—Y no lo hace. Nos hicimos amigos durante los cuatro años siguientes. Vivía con su novia, que se había especializado en Historia del Arte y era modelo. —Puse los ojos en blanco al pensar en Meredith, siempre tan pagada de sí misma—. Se quedó en la universidad para dar clase después de terminar el doctorado y luego decidió volver a Nueva York para poner una consulta y enseñar aquí. Estuvimos en contacto mientras hacía la tesis, más o menos me ayudó a escribirla a través de Skype durante un año.

—¿Va a haber sexo o algo bueno en la historia en breve? El tal Baldwin comienza a parecerme muy aburrido.

Drew estaba a mi lado, abriendo la última caja, y le empujé con el brazo.

—Has sido tú el que se interesó por la historia.

—Me había imaginado que era más interesante —bromeó con una sonrisa arrogante.

—De todas formas, la puedo resumir para que no te duermas...

—No te preocupes —me interrumpió—. No me dormiré, esta mañana no me he masturbado.

—Gracias por compartir esa información. ¿Quieres que termine o no?

—Por supuesto. No sé por qué, pero me apetece escuchar algo malo de Baldwin.

—¿Por qué das por supuesto que tiene algo malo?

—Es un presentimiento...

—Bueno, pues presientes mal. Baldwin no tiene nada malo. Es un gran tipo, además de muy inteligente y culto.

Drew puso las manos en las caderas, dejando de desembalar, para prestarme toda su atención.

—Has dicho que durante cuatro años tenía novia. ¿Puedo suponer que cortaron?

—Sí. Lo dejaron justo antes de que volviera a Nueva York.

—¿Y no hizo ningún movimiento hacia ti, sabiendo que estás enamorada de él?

—¿Por qué sabes que estoy enamorada de él?

Me miró como si la respuesta fuera obvia.

—¿Lo estás?

—Sí. Pero… no te lo he dicho.

—Es fácil leer en ti.

Suspiré.

—Pues ya me dirás por qué tú lo ves tan claro y Baldwin ni se lo imagina.

—Estoy seguro de que lo intuye. Pero por alguna razón no quiere que seas consciente de que lo sabe. —Me resultó muy sorprendente que Drew hubiera dicho directamente algo que yo llevaba sospechando desde hacía mucho tiempo. Siempre había creído que Baldwin conocía mis sentimientos, a pesar de que jamás me había dejado llevar por ellos. Por eso había decidido dar el primer paso, literalmente, y me había trasladado a Nueva York. De alguna forma se me había metido en la cabeza que era ahora o nunca. Que había llegado el momento adecuado. Pero lo único que había conseguido era torturarme, sobre todo cuando pasaba por mi casa con un ligue diferente cada noche.

—Se me ocurrió que si me venía a Nueva York podríamos tener una oportunidad.

—¿Baldwin no tiene novia?

—No tiene novia seria. A pesar de que me da la impresión de que ha salido con la mitad de las chicas de la ciudad durante los últimos meses. Me presenta a un ligue diferente cada semana. La última se llama Rachel. —Puse los ojos en blanco.

—¿Vives con él?

—No, he alquilado un apartamento al lado del suyo, mientras su vecino está un año en África.

—A ver si lo he entendido. Lleva muchas mujeres a tu apartamento y nunca ha reconocido que sabe lo que sientes por él.

—Es culpa mía. Jamás se lo he dicho.

—No es culpa tuya. Ese tipo es idiota.

—No, no lo es.

—Abre los ojos, Emerie.

—No sabes lo que dices.

—Espero que tengas razón. Pero apostaría lo que fuera a que no me equivoco.

Podía sentir una ira creciente y consideré largarme a mi despacho y no ayudarle a desempaquetar el resto de las cajas, pero me había cedido un lugar en Park Avenue de forma gratuita. Así que por una vez, me quedé callada y terminé lo que había empezado, desenvolviendo hasta el último objeto.

Y se trataba de un pequeño marco cubierto con plástico de burbujas. Drew había salido del bufete para llevar algunas cajas al contenedor de basura del edificio, en la sala de mantenimiento. Acababa de regresar cuando arranqué la última cinta. La foto era de un niño precioso vestido con equipación de hockey. Calculé que tendría unos seis o siete años. En la foto, un golden le lamía la cara mientras se reía.

Sonriendo me di la vuelta hacia Drew.

—Es adorable. ¿Es tu hijo?

—No. —La respuesta fue tan cortante como el gesto con el que me arrancó el marco de la mano.

Cuando nuestros ojos se encontraron, estaba a punto de hacer otra pregunta.

—Gracias por ayudarme —me cortó—. Tengo que prepararme para una cita.

10

Drew. Fin de Año, siete años antes

*P*ermanecí en la pequeña sacristía de la iglesia mirando al exterior. Llovía y el cielo mostraba un profundo tono gris. Muy adecuado. Así era como me sentía.

Sombrío.

Lo que no era la señal más alentadora de que estuviera tomando la decisión correcta.

Roman abrió la puerta.

—Por fin te encuentro. ¿Cuánta gente ha invitado tu padre? Tiene que haber más de cuatrocientas personas. Están empezando a sentarse.

—No lo sé. No pregunté. —Lo cierto era que sabía muy poco sobre la boda. Había echado la culpa de mi falta de interés a mis estudios en la escuela de leyes, pero últimamente era consciente de que se trataba de algo más que eso. No me emocionaba la idea de casarme.

Roman se puso a mi lado y observó también por la ventana. Luego metió la mano en el bolsillo interior del esmoquin y sacó una petaca. Me ofreció antes de beber y acepté porque lo necesitaba.

—Mi coche está en la parte de atrás, por si quieres largarte —me dijo.

Lo miré de soslayo mientras apuraba un largo trago.

—No podría hacerle eso. Va a tener un hijo, tío.

—Va a tener un bebé dentro de dos meses, te guste o no.

—Lo sé. Por eso tengo que hacer lo que es correcto.

—A la mierda lo correcto.

Le devolví la petaca a mi padrino con una sonrisa.

—Estamos en una iglesia.

Tomó un trago.

—Ya estoy condenado al infierno, ¿qué más da?

Me reí. Con veinticuatro años, a mi mejor amigo lo habían invitado a no formar parte de la policía de Nueva York. «Invitado a no formar parte» era una forma educada de decir que lo desterraban allí. No se trataba precisamente de un ángel.

—Me preocupa Alexa. Intentaremos que funcione.

—Todavía no te he oído mencionar el amor. ¿Te casarías con ella si no hubieras cometido el estúpido error de dejarla preñada?

No respondí.

—Eso pensaba. Ya no estamos en los años 60, la gente puede tener hijos sin estar casada, señor Listillo.

—Vamos a intentar que funcione.

Roman me dio una palmada en la espalda.

—Es tu vida. Pero si cambias de opinión, tengo las llaves en el bolsillo.

—Gracias, tío.

11

Emerie

—*E*l hecho de que te encuentres físicamente a cientos de kilómetros de distancia no significa que tu corazón también lo esté. Debemos dedicar tiempo a decir a los demás que pensamos en ellos. Deja que te haga una pregunta, Jeff. Has mencionado que has pensado en Kami al pasar por delante de una tienda de lencería que se llama Kami-Souls. ¿Se lo has dicho antes de la sesión de terapia de hoy? ¿Quizá cuando te dijo que se sentía como si te diera igual no estar con ella?

Mantenía una consulta por videoconferencia y la pantalla del monitor de cuarenta y dos pulgadas estaba dividida; Jeff Scott aparecía a la izquierda y su esposa, Kami Scott, a la derecha. Llevaban casados menos de un año cuando Jeff había sido trasladado a la costa oeste. Teniendo en cuenta que su empleo era la única fuente de ingresos del matrimonio, pues Kami estaba haciendo el segundo año de residencia dental, no le había quedado otra opción que mudarse hasta que pudiera encontrar otro trabajo más cerca de su casa en Connecticut.

—No. No se lo había comentado antes de hoy —reconoció él—. Estoy ocupado, pero ya sabe que pienso en ella.

—Su rostro quedó congelado en mi pantalla durante unos segundos, a pesar de que su voz siguió oyéndose. El vídeo se había parado en mitad de un gesto raro: tenía un ojo completamente cerrado y del otro, medio abierto, solo se veía la parte blanca. Además, tenía la lengua manchada de café. Necesitaba encontrar un *software* mejor para esas sesiones de asesoramiento. A saber lo que aparecía en sus pantallas en ese momento.

La sesión de terapia de pareja de cuarenta y cinco minutos estaba terminando.

—Esta semana os quiero poner un ejercicio. Por lo menos una vez al día, cuando os acordéis del otro, hacédselo saber justo en ese momento. Si salís a correr y veis algo, haced una foto y enviadla con un mensaje de texto. Kami, si llega un paciente resfriado y estornuda muchas veces, lo que te recuerda la propensión a estornudar seis u ocho veces seguidas de Jeff, díselo. Estas pequeñeces es lo que hace que los demás sepan que tu corazón no está lejos, incluso aunque estéis separados por muchos kilómetros. La distancia es solo una prueba para ver hasta qué punto os amáis.

Oí una risita al otro lado de la puerta, entrecerrada. Así que después de finalizar la sesión, sentí curiosidad y fui en busca de Drew. Estaba en la sala de fotocopias, justo al lado del despacho que yo usaba, haciendo copias.

—¿Has dicho algo? —pregunté, otorgándole el beneficio de la duda.

—No. Mi padre siempre me dijo que si no tenía nada bueno que decirle a una mujer, era mejor que me quedara callado.

No, no me lo había imaginado.

—¿Has estado espiándome mientras realizaba la sesión? Y te has reído del consejo que les he dado a mis pacientes, ¿verdad?

Drew entrecerró los ojos.

—No estaba espiándote. Tenías la puerta abierta y hablabas en voz alta. Sabes que no es necesario gritar para que te escuchen en una videoconferencia ¿no?

—No estaba gritando.

Drew terminó de hacer las fotocopias y sacó un montón de folios de la bandeja.

—Lo que digas, pero será mejor que cierres la puerta si no quieres que escuche tus estúpidos consejos.

Abrí los ojos como platos.

—¿Estúpidos consejos? Pero ¿qué dices? Soy psicóloga, mi tesis trata sobre la superación de barreras en las relaciones y la mejor forma de abrir líneas de comunicación en la pareja.

Drew se volvió a reír. Otra vez.

—Tú eres la experta, por supuesto. Te dejaré con ello. —Y se fue a su despacho.

No sabía de qué demonios estaba hablando. Mis consejos eran sólidos, basados en años de estudios con parejas que querían resolver las cosas. No pude evitarlo. Lo seguí hasta la puerta de su oficina.

—¿Y qué consejo le darías a un matrimonio que se ve obligado a mantener una relación a larga distancia?

—Desde luego algo más realista que: «La distancia es solo una prueba para ver hasta qué punto os amáis». Eso no es más que una parida. ¿De dónde lo has sacado? ¿De una tarjeta de Hallmark?

Casi se me salieron los ojos de las órbitas.

—¿Y cuál es tu idea de un consejo realista?

—Muy simple. Que contraten a un buen abogado matrimonialista. Las relaciones a distancia no-fun-cio-nan.

—¿Significa eso que has tenido una y no funcionó, por lo que das por hecho que ninguna lo va a hacer?

—No, en absoluto. Jamás he mantenido una relación a distancia. Y ¿sabes por qué? Porque no-fun-cio-nan. Y lo sé por experiencia. ¿Qué experiencia de relaciones a distancia has tenido tú?

—He estudiado a parejas en esa situación durante años. Creo que tengo más experiencia que tú sobre el tema.

—¿En serio? —Drew se acercó al mueble donde archivaba los expedientes y sacó uno muy grande. Lo dejó de golpe sobre el escritorio—. Los Morrison. Un matrimonio feliz durante catorce años. Divorciado desde hace dos. Tres años antes de la separación, Dan Morrison aceptó un trabajo como viajante por todo el estado. Así ganaba más dinero para que su esposa no tuviera que trabajar. Sin embargo, se pasaba cuatro noches fuera de casa. Dan nunca faltaba a la cita de los viernes con su esposa ni dejaba de conducir más de cien kilómetros los domingos, su día de descanso, para ir a ver a su suegro. Pero ¿sabes lo que destrozó su matrimonio? Los martes, miércoles y jueves, cuando la señora Morrison se tiraba a Laire, su instructor de tenis.

Cuando subí la mirada hasta la suya, abrió otro cajón y sacó otra carpeta, que puso encima del expediente de los Morrison.

—Los Loring. Felizmente casados durante seis años, cuando la empresa lo trasladó desde Nueva York a Nueva Jersey. Apenas ciento veinticinco kilómetros; no parecen tantos, ¿verdad? Pero Al Loring trabajaba dieciséis horas varios días a la semana. La zorra de su esposa, Mitsy, tenía el sueño ligero, por lo que él pasaba las noches que trabajaba hasta tarde en el sofá de su despacho, para no despertar a su princesa. Un día que cambió de idea y fue a casa cuando le había dicho a Mitsy que dormiría en la oficina, se encontró a su mujer a cuatro patas, con la polla de su vecino dentro de ella. El vecino tiene ahora a su perro y a su esposa, y Al se ha convertido en un alcohólico y ha perdido su trabajo.

Metió la mano en el mismo cajón y sacó otro dosier.

—Los McDune. Seis años de matrimonio. Erin se fue a vivir a Dublín temporalmente para cuidar a su madre, que se había deprimido después de la muerte de su padre. Se divorció de Liam por otro tipo, con aspecto de duende, porque conoció a su media naranja cuando regresó a su tierra natal. Demasiada distancia para ser la niñera de su madre.

Drew se inclinó y abrió la parte interior del mueble, pero esta vez lo detuve.

—Incluso en el caso de que estuvieras pretendiendo decirme algo, ¿has oído hablar de la confidencialidad entre abogado y cliente?

—He cambiado los nombres para proteger a los no tan inocentes. Lo creas o no, a diferencia de los cónyuges de mis clientes, poseo cierta ética. —Señaló el armario—. ¿Quieres saber algo más? Creo firmemente que deberías conocer la historia del teniente O'Connor. Es muy sentimental. Su esposa se estaba tirando a su hermano mientras él estaba en Irak, y ella…

Lo corté de nuevo.

—Capto tu punto de vista. Pero lo que quizá falla en todos esos divorcios es que esas parejas no buscaron el asesoramiento que hubiera evitado que ocurriera eso. Tú ves a la gente cuando llega a su peor momento, no cuando hubieran debido luchar por salvar su matrimonio.

Drew se me quedó mirando.

—¿De verdad piensas que esos matrimonios se podrían haber salvado?

Medité la respuesta un rato antes de responder.

—No todos. Pero la mayoría sí. Abrir las vías de comunicación puede solucionar muchas cosas.

Drew negó con la cabeza.

—Qué inocente... Y también existen despachos en Park Avenue que se alquilan por dos mil dólares al mes.

—Que te jodan —dije entre dientes antes de ir de nuevo a mi despacho.

Mantuve cerrada la puerta de mi despacho durante el resto de la tarde. A las siete se produjo un golpe que me sobresaltó mientras estaba transcribiendo las notas de las sesiones de asesoramiento del día. Tenía un archivo para cada paciente.

—Adelante.

Cuando se abrió la puerta un poco, solo vi un brazo. Y era justo eso, el brazo de Drew agitando algo blanco.

«¿Qué era eso? ¿Ropa interior?».

Había estado enfadada con él toda la tarde después de la acalorada discusión, y apenas había empezado a pasárseme. Su gesto me proporcionó la ligereza que tanto necesitaba.

—Pasa —repetí.

Abrió la puerta algunos centímetros. Esta vez, su cabeza se unió al brazo que hacía de bandera blanca.

—No estás tan cabreada como para planear utilizar tus conocimientos de Krav Maga conmigo ¿verdad?

Me reí.

—Debería. Te mereces unos buenos azotes en el culo, pero me reprimiré.

Drew sonrió y abrió la puerta del todo, aunque se quedó en el umbral.

—Creo que te debo una disculpa por algunas de las cosas que te he dicho.

Me enderecé en la silla.

—Sí.

Agachó la cabeza. Su gesto me recordó a un niño que hubiera dado a su perro un baño de pintura roja. Muy mono. De hecho, era muy mono. Pero daba igual, pensaba hacer que se arrastrara. Con la cabeza todavía gacha, me miró entre las oscuras pestañas.

—Lamento lo de hoy.

—¿Qué es lo que lamentas?

Volvió a bajar la mirada.

—Vas a ponerme las cosas difíciles, ¿verdad?

—Sí.

—Muy bien. Lamento haberte llamado inocente.

—¿Algo más?

Observé su rostro mientras veía girar los engranajes en su cabeza.

—Y haber escuchado la conversación con tus pacientes.

—¿Eso es todo?

—¿Tengo que lamentar algo más? —Por un segundo pareció incluso nervioso.

—Sí.

Después de treinta segundos pensando, chasqueó los dedos como si estuviera orgulloso de sí mismo.

—Siento haberte mirado el culo.

Arqueé las cejas.

—¿Cuándo me has mirado el culo?

Se encogió de hombros.

—Te lo miro cada vez que puedo.

No pude evitar reírme.

—Acepto tus disculpas.

Relajó un poco los hombros, visiblemente aliviado. Aquel hombre iba de duro, pero a veces su armadura era más fina de lo que parecía.

—¿Y si te invito a una hamburguesa en Joey's como ofrenda de paz? —Me guiñó un ojo—. Te compraré la más grande que puedas comer para que engordes un poco, así no volveré a mirarte el culo.

12

Emerie

—¿ *P*uedo hacerte una pregunta personal?

—No —fue la rápida respuesta de Drew.

—¿No? —Fruncí el ceño, confusa—. ¿Sabes? Por lo general, cuando dos personas quedan para comer y hablan, y uno de ellos le pregunta al otro si le puede hacer una pregunta personal, el otro dice que sí. Es una cuestión de educación.

—Tengo una regla. Cada vez que alguien me hace esa pregunta, digo que no.

—¿Por qué?

—Porque si tienes que preguntar si puedes preguntar algo, probablemente es algo que no voy a querer responder.

—Pero ¿no deberías incluso escucharlo?

Drew se reclinó en el respaldo de la silla.

—¿Qué quieres preguntarme, Emerie?

—Bueno, ahora no me apetece decírtelo.

Se encogió de hombros y bebió el último sorbo de su cerveza.

—Vale, no lo hagas.

—¿Te ha pasado algo que te haga ver las relaciones con tanta amargura?

—Pensaba que no querías preguntármelo.

—He cambiado de idea.

—Eres un coñazo, ¿lo sabes?

—Y tú el típico amargado, por eso tengo curiosidad por saber qué te ha hecho ser así.

Drew trató de ocultarlo, pero sus labios se movieron levemente en una sonrisa.

—Te diré por qué soy el típico amargado si tú me dices por qué eres un coñazo.

—La cuestión es que yo no me considero un coñazo.

—Quizá deberías hacer terapia. Alguien podría ayudarte a darte cuenta.

Arrugué la servilleta y se la tiré a la cara, acertándole en la nariz.

—Qué madura...

—En general no soy un coñazo. Tú sacas lo peor de mí.

Sonrió.

—Pero me fijo también en lo mejor: tu culo. Hablando de eso, si quieres, puedes desabrocharte la ropa para estar más cómoda.

Dios, menudo listillo.

—Jamás olvidarás la noche en la que nos conocimos ¿verdad?

—Ni por casualidad.

Bebí un sorbo de Merlot, no quería reconocerlo, pero me sentía llenísima por la inmensa hamburguesa que Drew había pedido. Sinceramente, estaba deseando llegar a casa y quitarme la falda, aunque no pensaba confesárselo a Drew.

—Volviendo a mi pregunta original, ¿por qué te muestras tan amargado con respecto a las relaciones?

—Me paso el día viendo divorcios. Sé que es un poco difícil mantener una actitud positiva cuando lo único que se ven son engaños, mentiras, robos y gente que comenzaron amándose y ahora solo quieren hacerse daño.

—Por lo tanto, es debido a tu trabajo. ¿No has tenido ninguna relación que acabó fatal?

Drew se me quedó mirando durante un rato mientras se frotaba el centro del labio inferior, sopesando su respuesta. Mis ojos siguieron el movimiento de su dedo.

«Joder, tiene unos labios impresionantes. Apuesto lo que sea a que es de los que saben besar».

Por suerte, llegó la camarera, interrumpiendo mis meditaciones.

—¿Quieren algo más? —preguntó.

Drew me miró.

—¿Un postre o algo?

—Estoy demasiado llena.

—Solo la cuenta, gracias —respondió a la camarera.

La joven se llevó los platos y, cuando se fue, hubo un incómodo silencio. Él no había respondido a mi pregunta y estaba segura de que iba a cambiar de tema.

—Estoy divorciado —dijo finalmente, sorprendiéndome—. Mi matrimonio duró cinco años.

—Guau… Lo siento.

—No es culpa tuya.

A pesar de saber lo mucho que le había costado compartir esa información y que debería dejar las cosas como estaban, fue inevitable no insistir.

—¿Era una relación a larga distancia?

—No en sentido físico. La amargura que mostré hoy solo es producto de mi experiencia en los divorcios. La principal razón de que tantas personas acaben en mi despacho es que no pasan tiempo juntos.

—Aunque no lo admitas, muchos de mis casos son similares. Un desencuentro matrimonial no siempre es por culpa de las relaciones a distancia, como la consulta de hoy. La mayor parte de mis pacientes no pasan suficiente tiempo juntos, o todavía se aferran a las vidas que llevaban antes de casarse.

—Apuesto que nuestros casos son similares. Ahora que lo pienso, quizá deberías repartir mis tarjetas para cuando tu intervención no funcione.

Abrí mucho los ojos.

—¿Estás de broma?

Una lenta sonrisa curvó sus labios antes de que se llevara la cerveza a la boca.

—Sí.

La camarera volvió con la cuenta y Drew sacó la cartera. Yo cogí el bolso, pero él me detuvo.

—La cena corre de mi cuenta. Es una ofrenda de paz como disculpa por haber sido un idiota, ¿recuerdas?

—Vale, gracias. Espero que seas un idiota más a menudo —bromeé—. Tengo que recuperarme de la pérdida de diez mil dólares.

Drew se levantó y rodeó la mesa hasta mi silla para ayudarme a ponerme en pie.

—Eso no será un problema. Soy idiota todos los días.

Y

La cerradura de la puerta del apartamento era complicada. Había que mover la llave y tirar de ella un par de veces antes de encontrar el punto correcto para poder girarla. Baldwin debió oír el tintineo porque la puerta de su apartamento —justo al lado del mío— se abrió de repente.

—Hola. Te estuve llamando para ver si querías ir a cenar, pero todavía no habías llegado a casa.

—Ah… Es que he cenado con Drew.

Baldwin me cogió las llaves de la mano. De alguna forma, siempre conseguía abrirla al primer intento. Me siguió al interior.

—¿Drew?

—Es el propietario del despacho que pensaba que había alquilado. ¿No te he contado que me permite utilizar una de las oficinas durante unos meses?

Baldwin asintió.

—¿Y ahora también sales con él?

Respiré hondo.

—No. Es que hoy se ha portado como un idiota y me ha pedido perdón invitándome a cenar.

—¿Por qué dices que se ha portado como un idiota?

Fui al dormitorio para cambiarme y continuamos hablando a través de la puerta entrecerrada.

—Realmente, no creo que haya sido un idiota. Solo tenemos opiniones muy distintas sobre las relaciones y cómo enfocarlas. Me ha escuchado mientras mantenía una sesión por videoconferencia y me dijo lo que opinaba sobre el consejo que les he dado a mis pacientes.

Después de quitarme la ropa y ponerme unas mallas y una camiseta, regresé al salón. Baldwin estaba sentado en el lugar que ocupaba habitualmente cuando venía a pasar el rato. Yo me arrellanaba en el sofá y él en una cómoda silla de cuero. A veces me hacía sentir como si fuera su paciente.

—No debería estar espiando tus sesiones. Son confidenciales.

—Ha sido culpa mía. Tiendo a levantar la voz en las videoconferencias y dejé la puerta entreabierta.

—¿Crees que debería pasarme por allí?

—¿Para qué?

—No sé. Para comprobar que todo está bien.

Baldwin estaba siendo un amor. Haberle dicho que alguien había sido idiota conmigo había hecho aparecer su lado más protector. Aunque la idea de que se enfrentara a Drew resultaba muy graciosa.

Eran polos opuestos. Baldwin era alto y delgado, bien educado, con el aspecto del profesor que era. Incluso usaba pajarita y gafas, lo que le hacía parecer mayor de los treinta y cinco años que tenía.

Drew era seis años más joven, alto, ancho y musculoso. También empleaba palabras malsonantes cuando le convenía, sin importarle quién se encontraba a su alrededor. A pesar de que jamás diría que Drew era tan amanerado como Baldwin, era todo un caballero bajo su dura fachada.

—No creo que sea necesario. Estoy bien. Es un poco brusco en su manera de decir las cosas, nada más. Es curioso, pero no lo había pensado hasta ahora, pero su apellido, Jagger, viene a significar eso. ¡Vaya casualidad!

Como sabía que a Baldwin le gustaba tomar una copa de vino al atardecer, entré en la cocina y abrí la nevera para sacar la botellas antes de que él hiciera algún comentario.

—¿Una copa de vino?

—Sí, gracias.

Se la serví y cogí también un botellín de agua.

—¿No me acompañas? —me preguntó cuando se la di.

Me dejé caer en el sofá.

—No, estoy demasiado llena. He cenado una hamburguesa enorme. Drew me ha pedido una *Deluxe* doble con queso.

—¿Ha pedido por ti? Con lo exigente que eres con la comida…

—Sabe que me gustan las hamburguesas. —Me encogí de hombros. Abrí la botella de agua—. ¿Qué has cenado? —pregunté.

—He pedido sushi.

Arrugué la nariz.

—Entonces me alegro de habérmelo perdido.

—Si hubiéramos cenado juntos, habría pedido algo distinto.

Baldwin siempre me decía que eligiera yo. Era una de las cosas que me gustaban de él. El sushi parecía ser su comida favorita cuando tenía una cita, por lo que no estaba privándole de nada.

—¿No has quedado esta noche? —pregunté. Normalmente evitaba sacar el tema de su vida amorosa. Me resultaba difícil verlo con otras mujeres, y conocer detalles sobre ellas me mataría. Pero esa noche me sentía menos reticente por alguna razón que se me escapaba.

—Tenía que corregir exámenes. Te habría gustado la respuesta de una estudiante.

—¿Cuál era la pregunta?

—Les pedí que me dieran un argumento sólido de por qué las técnicas de psicoanálisis de Freud eran defectuosas. Llevamos tres semanas estudiando a Grünbaum y Colby, por lo que debería de haberles resultado fácil.

—Sí, estoy de acuerdo. ¿Y qué te ha respondido?

—La señorita Balick se ha limitado a escribir: «Freud era un hombre».

Me reí.

—Creo que podría ser un argumento sólido. Es probable que la apoye con algunos puntos.

—Muy graciosa. Pero yo no lo creo.

—Siempre has sido un profesor muy exigente.

—Pero a ti siempre te he puesto buenas notas.

—Me las gané a pulso. —Lo que era cierto, pero me hacía pensar—. ¿Alguna vez has dado buena nota a alguien que no se la mereciera? ¿Quizá porque se habían esforzado mucho y te sentías mal por ello?

—Nunca. —Su respuesta no me sorprendió. Baldwin bebió un sorbo de vino—. Dime, ¿dónde quieres ir a cenar la noche del jueves?

—¿El jueves?

—Es tu cumpleaños.

—Oh, se me había olvidado… He estado muy ocupada últimamente, no me había dado cuenta de que se acercaba la fecha.

—Bueno, pues se acerca. Se me ha ocurrido que podríamos ir a Ecru. Es un nuevo restaurante francés en el Upper East Side. La lista de espera es de tres meses, pero el propietario es colega mío y me dijo que podría conseguirnos una mesa.

—Suena muy bien. Gracias. —Pero si soy sincera, hubiera preferido volver a Joey's a tomar otra gran hamburguesa grasienta. Baldwin era un entusiasta de la comida de autor y siempre trataba de ampliar mis horizontes. En ocasiones, incluso me han llegado a gustar algunos de esos platos de restaurantes de lujo.

Baldwin se quedó un rato y hablamos de todo un poco. Me contó que esperaba publicar un artículo, y yo lo nerviosa que me ponía conocer a dos de mis pacientes en persona. Después de trasladarme a Nueva York, algunos de mis pacientes de la zona habían preferido tener sesiones en persona. Siempre resultaba rara la primera visita, pero la cita que tenía al día siguiente me enervaba más que otras porque sospechaba que el marido podía estar maltratando a su mujer.

Cuando empezó a hacerse tarde, bostecé y me estiré. Entonces se me subió la camiseta, dejando a la vista parte de la piel del estómago. Los ojos de Baldwin se clavaron en ese punto y vi cómo tragaba saliva. Momentos como ese me hacían sentir muy confusa. No pretendía ser una experta en hombres, pero había salido con algunos y también había mantenido varias relaciones duraderas. En general, siempre había sido consciente de cuándo los hombres se sentían atraídos por mí, y hubiera jurado que Baldwin estaba interesado. No era nada nuevo. Lo había notado en más ocasiones. Y esa era una de las razones por las que seguía pendiente de él después de tantos años.

«A veces una chispa se convierte en un incendio».

Baldwin se aclaró la garganta y se levantó.

—Debería marcharme, es tarde.

—¿Estás seguro? ¿No te apetece tomarte otra copa de vino conmigo?

—Mañana por la mañana tengo una clase muy temprano.

—Vale. —Oculté mi decepción y lo acompañé hasta la puerta.

Baldwin me dio las buenas noches, pero luego se detuvo y se dio la vuelta. Por un breve instante mi imaginación se disparó... Lo vi volviendo a entrar y cerrando la puerta para quedarse.

—Mañana espero un paquete —dijo finalmente—. Si ves al mensajero, ¿podrías recogerlo? Llegaré tarde a casa.

—Claro. ¿Mañana es ese congreso de psicología del que me has hablado?

—No, es la próxima semana. Rachel tiene entradas para ir mañana a un espectáculo de Broadway.

—Oh, Rachel.

—La conociste la semana pasada en la cafetería.

—Sí, Rachel. —«Como si pudiera olvidarla...». La había visto por la mirilla saliendo del apartamento de Baldwin con la camisa que él había usado la noche anterior—. Te lo dejaré delante de la puerta. Divertíos.

Cuando se fue, me desmaquillé y me lavé los dientes. Por supuesto, a pesar de que había estado bostezando no hacía ni cinco minutos, cuando por fin podía irme a la cama estaba completamente despejada.

«Es la historia de mi vida».

Pensé en la conversación que había tenido con Drew al principio del día, parecía que hubiera pasado una semana.

Prolactinaman me había sugerido que me masturbara antes de acostarme. Pero no estaba de humor para pensar en Baldwin después de saber que tenía una cita con Rachel.

Aunque...

No tenía por qué imaginarme a Baldwin, ¿verdad? Me vino a la cabeza una imagen de Drew. Sin duda estaba suficientemente bueno...

«Pero no deberías...»

Me di la vuelta y me obligué a cerrar los ojos. Una hora después abrí el cajón de la mesilla de noche. Necesitaba desesperadamente dormir un poco después de un día duro.

Encendí el vibrador y cerré los ojos, tratando de relajarme con el zumbido.

Diez minutos después, estaba dormida y tenía una sonrisa en la cara.

13

Drew

Alexa había arruinado mi trabajo hacía ya mucho tiempo. Después del divorcio, encontré restos de mi matrimonio en cada amarga batalla que luchaba por mis clientes. Eso me recordaba cuánto tiempo había desperdiciado desde aquella primera noche, cuando dejé que mi polla tomara decisiones con respecto a Alexa en lugar de mi cabeza. Todos mis casos se convertían en algo personal y era como revivir las peores noches de mi vida cada día.

Con el tiempo, aprendí a relativizar las cosas en cierta medida, pero había perdido algo de ilusión en el camino. El trabajo se convirtió en una forma de ganar dinero, no era algo que me gustara hacer. Si bien ya no temía ir al bufete, no esperaba nada.

Hasta hoy.

Llegué incluso antes de lo habitual. Después de pasar por el gimnasio, entré en el despacho a las siete para revisar un expediente. Henry Archer era uno de los pocos clientes que realmente me caía bien. Su divorcio era incluso amistoso, porque era un tipo agradable. A las once tenía la reunión para llegar a un acuerdo. Todos estaríamos presentes. Por raro que fuera, tampoco despreciaba a la que pronto sería su exesposa.

Estaba en el cuarto de fotocopias cuando oí entrar a Emerie. Sus tacones repiquetearon mientras se acercaba por el pasillo con una caja de color marrón. Dejé lo que estaba haciendo y se la quité de las manos.

—Gracias. ¿Te puedes creer que a pesar de llevarla nadie me ha dejado un asiento en el metro?

—La mayoría de la gente es gilipollas. ¿Qué demonios llevas ahí? Pesa muchísimo. —Dejé la caja en su escritorio y la abrí sin pedir permiso. Dentro había un pisapapeles de cristal, pero bien podría ser de plomo—. Esto pesa un quintal. ¿Acaso te preocupa que un huracán atraviese la oficina y haga volar tus papeles?

Me lo quitó de las manos.

—Es un premio. Me lo dieron por un artículo que escribí para *Psychology Today*.

—Es un arma de peso. Me alegra que no lo tuvieras a mano cuando te encontré en el bufete la primera noche.

—Sí, te podría haber abierto esa bonita cabeza con él.

Sonreí.

—Lo sabía. Me consideras guapo.

Traté de ver qué más llevaba en la caja, pero me apartó de un manotazo.

—No seas curioso.

—Tú me has ayudado a vaciar las mías.

—Es cierto. Supongo que puedes mirar.

—Bueno, ahora ya no quiero.

—¿Sabes?, eres como un crío.

Había dejado el móvil sobre la fotocopiadora y lo oí sonar desde el pasillo. Fui a por él para responder, pero la persona que me llamaba colgó antes de que llegara. Después de terminar de hacer las fotocopias, cogí todos los papeles y fui de nuevo al despacho de Emerie.

—Hoy has llegado temprano —bromeé desde la puerta—. ¿Has seguido mi consejo para conciliar el sueño?

—No. —Emerie me respondió con rapidez… con demasiada rapidez. Años de trabajo en los juzgados me habían convertido en un experto en fijarme en los detalles. A veces, un matiz insignificante me llevaba por un camino que no esperaba y daba lugar a algo interesante. Quizá por eso me llamó la atención aquella sílaba y estaba dispuesto a seguir el rastro.

—Así que anoche no tuviste problemas para conciliar el sueño, ¿no?

Cuando vi que se ruborizaba y que trataba de concentrarse en la caja, supe que allí había gato encerrado. Por curiosidad, entré en su despacho y rodeé el escritorio para verle la cara, a pesar de que tenía los ojos clavados en las manos, con las que desembalaba sus pertenencias.

Incliné la cabeza para mirarla a los ojos.

—Anoche te masturbaste, ¿verdad?

Su rubor se hizo más profundo.

—¿Y tú? —repuso ella.

«Se ha puesto a la defensiva». Ambos sabíamos lo que significaba eso. Sonreí.

—Sí. Y esta mañana también. ¿Quieres saber lo que estaba pensando mientras lo hacía?

—¡No!

—¿No sientes ni la más mínima curiosidad?

Tenía la cara rojísima, pero me encantó que levantara la vista y se enfrentara a mí.

—Pervertido. ¿No tienes algún matrimonio que profanar?

—Venga, admítelo. Te masturbaste ayer por la noche y por eso has dormido bien y has venido a trabajar antes.

—¿Por qué quieres saberlo?

—Me gusta tener razón.

—Eres un egocéntrico increíble.

—Eso me han dicho.

—¿Dejarás el tema si te digo la verdad?

Asentí.

—Sí.

Me miró directamente a los ojos.

—Lo he hecho.

—¿El qué?

—¿Cómo que «el qué»? Ya sabes a lo que me refiero.

«Claro que sí».

—No, no estoy seguro. ¿Por qué no me explicas claramente a qué te refieres?

—Sal de aquí.

—Dime que te has masturbado y me iré.

—¿Por qué? ¿No te cabe en la cabeza la idea de que me haya masturbado?

—Creo que no quieres oír en qué estaba pensando esta mañana cuando me hice una paja.

Me reí. Emerie trataba de seguirme el juego, pero su voz

me decía que estaba más avergonzada y divertida que enfadada. Con una caballerosidad inusual en mí, decidí dejar el tema
antes de tentar a la suerte.

—Tengo una reunión a las once, que seguramente acabará
siendo un almuerzo con mi cliente. En el cajón superior de la
derecha de recepción hay menús, por si quieres pedir algo.

—Gracias.

—De nada.

Me detuve antes de volver a mi despacho.

—Otra cosa…

—¿Mmmm?

—¿Has pensado en mí mientras te masturbabas?

Lo había dicho solo por meterme con ella, pero la forma
en que se le encendió la cara me indicó que había acertado de
pleno.

«Bueno, joder… Venir a trabajar es ahora mucho mejor».

Una parte de mí —una parte muy grande, por supuesto—
quiso quedarse y presionarla más con aquel interesante dato,
pero de repente volví a ser un adolescente y noté que me em-
palmaba. Gracias a los sucios pensamientos de la pequeña miss
Oklahoma, la del culo estupendo, la chica había conseguido un
respiro después de todo.

—Ese no es el puto problema, lo es tu incapacidad para co-
cinar sin quemar la comida.

Oír ese tipo de declaraciones no era nada nuevo entre estas
paredes. Solo que esta vez no provenía de uno de mis clientes.

Acababa de regresar al bufete después de un almuerzo tar-
dío con Henry Archer y aquella furiosa voz masculina resonó
en el aire. La puerta del despacho de Emerie estaba entreabierta y me pregunté si debía asomarme para cerciorarme de que
todo iba bien. Escuché con atención, ella le pedía a la persona
que se tranquilizara y luego empezó a hablar una mujer. Así
que regresé a mi despacho concentrado en mis asuntos.

Quince minutos después, allí estaba de nuevo. Hablaba por
teléfono cuando esa misma voz flotó por el pasillo hasta mí.

—Ya no quería casarme contigo. Debería haberme separa-
do después de que perdieras a nuestro hijo.

Se me erizó el vello de la nuca. Lo que estaba diciendo aquel hombre era horrible, pero yo había oído escupir cosas más viles entre cónyuges durante un divorcio. No había mucho que pudiera impresionarme. Sin embargo, no fue lo que dijo, sino cómo lo dijo. En su tono se mezclaban la ira con una amenazadora intimidación en forma de insulto. No necesitaba verle la cara, mi instinto me decía que era algo más que un maltratador verbal. Por desgracia, también había visto bastantes maltratadores físicos en los últimos años. Había algo en la forma en la que gritaban que los distinguía de los que simplemente odiaban a su mujer y querían vengarse de ella.

Interrumpí al cliente con el que estaba hablando y fui a ver cómo estaba Emerie. Antes de que pudiera llegar a su oficina, oí que algo se rompía y corrí.

Cuando llegué a la puerta, el tipo estaba sentado en la silla mientras su mujer se encontraba a cuatro patas limpiando algo. Emerie estaba de pie.

—¿Qué está pasando aquí? ¿Va todo bien?

Emerie vaciló y buscó mi mirada mientras hablaba. Trataba de evitar una escena. Lo leí en sus ojos, lo percibí en su voz.

—El señor Dawson está un poco alterado y volcó el pisapapeles de cristal que tenía en el escritorio. —El premio que había traído en la caja estaba destrozado en el suelo.

—Vete a dar un paseo para tranquilizarte, amigo.

El muy idiota volvió la cabeza hacia mí.

—¿Estás hablando conmigo?

—Sí.

—¿Quién cojones eres tú?

—Soy el tipo que te está diciendo que vayas a dar un paseo para tranquilizarte.

Se levantó.

—¿Y si no lo hago?

—Yo haré que lo hagas.

—¿Piensas llamar a la policía porque se me ha roto un trozo de cristal?

—No, a menos que Emerie quiera que lo haga. Pero te pienso echar a la calle yo mismo.

Crucé los brazos sobre el pecho y mantuve el contacto visual. Los hombres que abusan de sus mujeres son unos cabrones. Me encantaba darles una patada en el culo, disfrutaba de cada minuto.

Unos segundos después, el hombre miró a su esposa.

—Estoy hasta los cojones de esta mierda de terapia.

Salió apresuradamente y me eché a un lado a fin de dejarle espacio para que pasara.

Tanto Emerie como su cliente permanecieron en silencio hasta que oímos el portazo.

—¿Estás bien? —pregunté.

Emerie asintió y, por primera vez, la mujer se volvió hacia mí para mirarme. En su mejilla tenía una mancha entre púrpura y amarilla que empezaba a desvanecerse. Apreté los dientes. Debería haber machacado a aquel hijo de puta mientras tuve oportunidad.

—Por lo general no actúa así. Tiene problemas en el trabajo últimamente.

«Claro que sí», pensé con ironía.

Emerie y yo nos miramos a los ojos una vez más; fue un intercambio tácito. Estábamos en la misma onda.

—Os dejo que habléis. —Cerré la puerta a mi espalda.

Durante la siguiente media hora trabajé en un expediente en el mostrador de recepción del vestíbulo, no quería que aquel gilipollas regresara sin que yo me enterara. Al rato, vi su cara al otro lado de la ventana. Fumaba un cigarrillo mientras esperaba a su mujer.

«Chico listo».

Emerie llegó al vestíbulo hablando con la señora Dawson.

—¿Qué te parece si hablamos mañana por teléfono? Aunque sea solo un cuarto de hora. Me gustaría saber qué resultados tiene la sesión de hoy.

La paciente asintió.

—Vale.

—¿A las diez?

—Perfecto, Bill se va a trabajar a las ocho.

Emerie asintió.

—¿Sabes qué? No hemos concretado la próxima cita. Déjame mirar la agenda y ahora vuelvo.

Cuando se alejó, me dirigí a la señora Dawson.

—¿Estará bien? —pregunté en voz baja y tranquilizadora.

Ella me miró a los ojos pero rápidamente desvió la vista al suelo.

—Sí, estaré bien. Bill no es un mal hombre. De verdad, solo está pasando un mal momento.

—Mmm…

Emerie regresó y le entregó una tarjeta con la cita.

—¿Te llamo mañana?

La joven asintió y se marchó.

Cuando la puerta se cerró, Emerie suspiró de forma ostensible.

—Lamento mucho lo ocurrido.

—No tienes nada que lamentar. No puedes evitar que tu paciente sea un capullo. He visto a muchos así.

—Creo que la maltrata.

—Estoy de acuerdo contigo.

—Y también creo que no volveré a saber de ella. Cortará cualquier relación porque le he hablado claramente sobre lo que sospecho que está pasando.

—¿Sospechas que no hablará contigo mañana y que no se presentará a la próxima consulta?

—No. Él no se lo permitirá. Ahora que lo conozco un poco, me sorprende que haya estado de acuerdo en venir. Mis sesiones de asesoramiento habían sido solo con ella hasta ahora.

—Es complicado.

Suspiró de nuevo.

—Espero que te llame.

—¿A mí?

—Apunté la cita en tu tarjeta de visita. He llegado a la conclusión de que necesita más un abogado matrimonialista que terapia de pareja.

—Muy bien. —Arqueé las cejas.

Recorrimos el pasillo.

—Me vendría bien un trago —confesó Emerie.

—¿En tu despacho o en el mío?

Me miró fijamente.

—¿Tienes alcohol aquí?

—Muchos días son una mierda.

Sonrió.

—En el mío.

Y

—Esto sabe a trementina —dijo Emerie, arrugando la nariz.

Tomé un sorbo.

—Es un Glenmorangie de veinticinco años. No se puede comparar una botella de seiscientos dólares con disolvente de pintura.

—Por ese precio podían haber añadido algo de buen sabor.

Me reí. Emerie estaba sentada detrás del escritorio y yo enfrente. Debía de haber abierto el resto de la caja porque había artículos personales nuevos en la mesa. Levanté lo que quedaba del pisapapeles que había roto el gilipollas de Dawson.

—Vas a necesitar una nueva arma.

—No creo que necesite ninguna contigo dispuesto a amenazar a mis clientes.

—Se lo merecía. Debería haberlo golpeado, como él a su esposa.

—Deberías, sí. Es un verdadero idiota. Un capullo integral.

Me gustaba que imitara el acento de Nueva York, aunque todavía parecía una chica de Oklahoma queriendo parecer neoyorquina.

Había dos nuevos marcos sobre el escritorio, y cogí uno. Era una foto de una pareja mayor.

—No te cortes —dijo con sarcasmo, sonriendo.

La estudié antes de volver a mirar a la pareja.

—¿Son tus padres?

—Sí.

—¿A quién te pareces?

—Dicen que a mi madre.

Estudié la cara de su madre. No se parecían nada.

—No veo el parecido.

Se acercó y me quitó la foto de las manos.

—Soy adoptada. Me parezco a mi madre biológica.

—Ah…, lo siento.

—No pasa nada. No es algo que guarde en secreto.

Me recliné en la silla mirando cómo ella contemplaba la foto. Había mucho respeto en su cara cuando volvió a hablar.

—Puede que no me parezca físicamente a mi madre, pero somos muy similares.

—¿Ah, sí? ¿Ella también es un coñazo?

Fingió ofenderse.

—No soy un coñazo.

—Nos conocemos desde hace apenas una semana. El primer día me estabas robando el despacho y me diste una patada cuando me acerqué. Unos días después, iniciaste una pelea porque hice un inocente comentario sobre los malos consejos que dabas a un paciente y hoy casi me zurro por tu culpa.

—El consejo no era malo. —Suspiró—. Supongo que el resto es cierto. He sido un coñazo, ¿verdad?

Terminé la bebida, me serví dos dedos más y llené el vaso de Emerie.

—Estás de suerte. Me gustan los coñazos.

Hablamos durante un buen rato. Emerie me contó que sus padres tenían una ferretería en Oklahoma, mientras me relataba una historia sobre la venta de suministros a un tipo que estaba detenido por retener a su esposa en un búnker subterráneo durante dos semanas, sonó el teléfono.

Iba a cogerlo, pero ella fue más rápida.

—Despacho del señor Jagger ¿en qué puedo ayudarle? —respondió con aquella voz sexy y melodiosa.

Se había desinhibido con las dos copas y eso me gustaba.

—¿Puedo preguntar quién le llama? —Cogió un bolígrafo y estuvo escuchando mientras se frotaba sin pensar el labio superior.

Mis ojos siguieron su movimiento. «Seguro que sabe bien». Sentí la repentina necesidad de inclinarme sobre la mesa y mordérselo. «¡Joder!». Eso no era una buena idea.

Sin embargo, todavía estaba mirándole los labios cuando se volvió hacia mí. Debería haberme detenido, pero la forma en la que movía la boca cuando hablaba me mantuvo cautivo.

—Está bien, señora Logan. Voy a ver si está disponible.

Eso me hizo volver a la realidad. Moví las dos manos, indicándole que no estaba disponible. Ella puso el teléfono en espera durante cinco segundos y luego volvió a hablar.

—Lo siento, señora Logan. Ha salido ya. —Una pausa—. No, lo siento. No puedo darle el número del móvil del señor Jagger, pero le diré que ha llamado.

Después de colgar me miró fijamente.

—¿Sabes de qué me acabo de dar cuenta?

—¿De que tu voz suena más sexy después de unas copas?

Parpadeó.

—¿Mi voz suena sexy?

Tragué la segunda copa de golpe.

—Sí. Has puesto voz sexy para responder al teléfono.

—No es cierto.

Me encogí de hombros.

—Lo que tú digas. Pero me ha gustado. ¿Qué ibas a decir?

—Ahora ya no me acuerdo. Creo que esas dos copas se me han subido a la cabeza.

—Y a los labios —murmuré.

—¿Qué?

—Nada.

—¡Oh! Ya me acuerdo de lo que iba a decir. —Me señaló con el dedo—. He respondido al menos a veinte llamadas telefónicas en tres días y he anotado un montón de citas, pero esa es la primera mujer que te llama. No tienes ninguna cliente llamada Jane, Jessica o Julie.

—Porque suelo llevar clientes masculinos.

—¿Cómo? —Me miró como si hubiera dicho que el cielo era púrpura.

—Tengo clientes varones. Ya sabes, son como las mujeres, solo que les va menos el drama y tienen grandes po... —Me interrumpí a media palabra al oír que abrían la puerta—. ¿Esperas a alguien?

—No. ¿Por qué?

—Se acaba de abrir la puerta. —Me puse de pie y fui por el pasillo—. ¿Hola?

Un tipo que nunca había visto antes asomó la cabeza por la esquina del vestíbulo.

—Hola, estoy buscando a Emerie Rose.

Entrecerré los ojos.

—¿Quién eres? —Me preocupaba que el gilipollas de Dawson hubiera vuelto en busca de problemas. Pero este tipo parecía haber causado el último problema cuando vio que los niños se metían con él en primaria.

Me di la vuelta hacia Emerie, que se acercaba a mí. Se reunió conmigo en la puerta.

—¿Baldwin? Me ha parecido oír tu voz. ¿Qué haces aquí?

—Quería sorprenderte.

El tipo traía unas flores que no había visto hasta ese momento. Eran del mismo color que la pajarita, que llevaba torcida. Parecía haberlas comprado en el chino de al lado, por siete dólares con noventa y nueve centavos.

—Qué detallista...

Emerie atravesó la puerta y se acercó al chico para darle un abrazo y un beso. Por alguna razón, me quedé donde estaba, observándolo todo.

Después de coger las flores, se acordó de que estaba detrás de ella.

—Baldwin, te presento a Drew. Drew, Baldwin es el amigo del que te hablé el otro día.

Me sentí confuso, y me lo leyó en la cara.

—El profesor adjunto en la universidad. ¿No recuerdas lo que te he contado sobre él?

«¿En serio? ¿Era este tipo?».

—Ah, sí... —Le tendí la mano—. Mucho gusto, Drew Jagger.

—Igualmente, Baldwin Marcum.

Hubo un extraño e incómodo silencio que Emerie rompió.

—¿No te parece un despacho precioso?

—Sí, es muy agradable.

—¿No habías quedado con Rachel?

—La función empieza dentro de hora y media, así que se me ha ocurrido pasar antes por aquí.

Baldwin siguió mirando a su alrededor hasta que vio la botella de Glenmorangie y los dos vasos vacíos en el escritorio de Emerie.

La miró.

—¿Es whisky? ¿A las cinco de la tarde?

Emerie no notó el desdén en su voz o se le daba bien ignorarlo.

—Hemos tenido un mal día —confesó ella.

—Ya veo…

—¿Quieres una copa? —pregunté, seguro de que iba a declinar después de examinarme por enésima vez—. Es un reserva de veinticinco años muy suave.

—No, gracias.

Había visto suficiente.

—Tengo que ponerme al día con el trabajo. Encantado de conocerte, Baldwin.

Asintió.

Una hora después, estaba recogiendo cuando los oí reírse. Los eventos del día todavía mantenían alto el nivel de testosterona en mis venas. Esa era seguramente la razón de que tuviera ganas de golpear a aquel tipo. Necesitaba una válvula de escape. «¡Joder! Necesito echar un polvo».

Llamé a la puerta de Emerie antes de abrirla.

—Me largo. Esta noche procura usar la técnica para dormir de la que te hablé para que mañana llegues también a tiempo.

Emerie abrió mucho los ojos tratando de ocultar la sonrisa.

—Sí, quizá haga precisamente eso.

Baldwin nos observó.

Me despedí con un gesto.

—Buenas noches.

Me alejé un paso antes de que Emerie me llamara.

—Drew…

—¿Sí? —me di la vuelta.

—Gracias por lo de hoy —dijo retorciéndose las manos—. No te lo he dicho, pero aprecio todo lo que has hecho.

—De nada, Oklahoma. —Di un golpe con los nudillos en el marco de su puerta—. No te quedes demasiado ¿vale?

—No lo haré. Me iré dentro de nada. Baldwin tiene planes para esta noche, así que me iré cuando se vaya él.

—¿Quieres que te espere? ¿Podemos volver a tomar una hamburguesa en Joey's?

Emerie iba a responder cuando se adelantó el señor Pajarita.

—En realidad, ha habido un cambio de planes de última hora. ¿Por qué no vamos a cenar?

—¿No vas a ir a un espectáculo con Rachel?

—Iremos en otro momento. No era consciente de que hubieras tenido un mal día. Puedes contármelo todo durante la cena.

Emerie me miró, confusa. Le facilité la decisión. ¿Quién era yo para interponerme en el camino de la feliz pareja?

—Que lo paséis bien.

Puede que estuviera pagado de mí mismo, después de todo, últimamente me habían dicho en más de una ocasión que tenía un ego enorme, pero hubiera jurado que el cambio de planes del amigo de Emerie había tenido algo que ver conmigo.

14

Drew. Fin de Año, cinco años antes

—¡*F*eliz aniversario!

Alexa se sentó en el sofá y hojeó la revista *People*. Me incliné para besarla en la mejilla y luego bajé más para rozar con los labios la frente de mi hijo de casi dos años, que dormía en su regazo. Estaba babeando y había dejado una gran mancha de saliva en el muslo de ella.

—Hace unos años, estar mojada en Fin de Año significaba algo muy diferente —dije en broma, señalando su pierna.

Suspiró.

—Me encantaría que pudiéramos salir. Es la primera vez que me quedo en casa en Nochevieja desde que era una niña.

Fin de Año era una fiesta importante para mi esposa. Tenía la misma expresión que un niño esperando que llegara Papá Noel y justo el día anterior alguien le hubiera dicho que no existía tal personaje. Habíamos planeado ir a una fiesta en el centro de Atlanta que ofrecía una amiga suya, no estaba muy enterado de los detalles, pero la canguro nos había fallado. Alexa se había quedado destrozada, aunque yo me alegraba para mis adentros. Era el primer fin de semana que tenía libre en un mes y, la verdad, quedarme en casa viendo películas y recibir el Año Nuevo dentro de mi esposa era lo que más me apetecía hacer.

Pero Alexa llevaba desde entonces de mal humor. Todavía le costaba adaptarse al estilo de vida que traía aparejado la maternidad. Resultaba comprensible. Después de todo, solo tenía veintidós años y todos sus amigos iban a salir de fiesta sin preocupaciones.

Tenía la esperanza de que hiciera nuevas amigas en las clases de Mommy and me a las que había asistido durante los últimos meses, o quizá se casara pronto alguna de las que ya tenía, se reprodujera y dejara de pensar que beber de forma responsable no significaba no derramar ni una gota de Goldschläger.

—¿Por qué no sales? Yo puedo quedarme con Beck esta noche.

Su expresión se iluminó.

—¿En serio?

No era exactamente la forma en la que había pensado pasar nuestro aniversario, pero Alexa lo necesitaba.

—Claro, estoy muerto. El niño y yo dormiremos como bebés. De todas formas, no pasamos demasiado tiempo a solas.

Alexa movió con suavidad la cabeza de Beck y la apoyó en un cojín antes de levantarse para darme un abrazo.

—Me muero por ponerme ese vestido que me he comprado. Lauren y Allison me envidian porque ahora me puedo permitir ir de compras a Neiman Marcus.

Forcé una sonrisa.

—Yo me muero por ayudarte a quitártelo cuando regreses a casa.

Había llevado a Alexa a casa de su amiga Lauren por la noche y me ofrecí a ir a recogerla, pero insistió en que pediría un taxi para que no tuviera que despertar al bebé. De todas formas, eso no fue un problema. El niño estaba completamente despierto, algo normal, considerando que eran ya las ocho de la mañana y mi esposa todavía no había vuelto a casa.

Beck estaba en la trona, rechupeteando un Cheerio, y lanzaba estridentes chillidos para llamar mi atención mientras tomaba la segunda taza de café. Respiré hondo para llenar las mejillas de aire y soplé en su dirección mientras seguía sentado. Por un momento, se quedó sorprendido por el sonido y por un segundo pensé que iba a llorar. Pero luego soltó una carcajada, lo que me hizo reír.

—Te ha gustado ¿eh, colega? —Me incliné hacia él y repetí toda la operación.

Mi hijo me estudió la cara como si fuera un extraño y volvió a emitir una risa. Después de que lo hiciera la tercera y la cuarta vez, me observó y trató de imitarme. Hinchaba sus pequeñas mejillas pero solo lograba expulsar un poco de aire con saliva. No me reí, pues no quería desanimarlo.

Después de cada uno de sus intentos, volvía a hacer lo mismo y él me observaba con atención antes de probar de nuevo. En un momento dado, cuando le tocaba a él y pensaba que por fin lo conseguiría, aspiró una gran bocanada de aire y... contuvo el aliento. Se puso rojo con una expresión de concentración. Ese era mi chico... «Si no tienes éxito, inténtalo con más fuerza». Me sentí orgulloso de él. Mi hijo iba a ser un buen trabajador.

Me miró, sopló un par de veces y volvió a reírse. Era mi turno, así que me acerqué, y cuando cogí aire me di cuenta de que en la última ronda no había intentado hacer una pedorreta, sino que estaba haciendo caca en el pañal.

Nos reímos durante diez minutos mientras se lo cambiaba. Aunque creo que se reía de mí y no conmigo.

Poco después, la pequeña máquina de fabricar caca volvió a funcionar. Lo miré sorprendido; no era exactamente como imaginaba mi vida tres años atrás, pero no la cambiaba por nada del mundo. Mi hijo lo era todo para mí.

Cuando dieron las diez, la irritación que sentía porque Alexa no hubiera vuelto a casa se convirtió en preocupación. ¿Y si le había pasado algo? Cogí el teléfono de la encimera de la cocina y comprobé que no tuviera mensajes de texto. Nada. Marqué su número, pero saltó el buzón de voz.

La ventana de la sala de nuestro apartamento en el tercer piso daba a Broad Street, una calle tranquila y arbolada de las afueras de Atlanta. La mayor parte del mundo había salido en Fin de Año, por lo que estaba todavía más tranquila de lo habitual. Razón por la que no pude evitar ver el brillante Dodge Charger de color amarillo con el número nueve pintado en la puerta que dobló la esquina. A pesar de que tenía las ventanas cerradas, pude oír el rugido del tubo de escape y el chirrido de las llantas cuando el conductor tomó la curva demasiado rápido.

«Menudo idiota...». Era un lugar peligroso. Alexa podría haber estado cruzando la calle con el cochecito y ese gilipollas los habría visto demasiado tarde. Meneé la cabeza mientras miraba el coche por la ventana hasta que se detuvo un par de edificios más allá. Permaneció al ralentí durante unos minutos. Luego se abrió la puerta del copiloto y asomaron unas piernas de infarto.

Vale, estaba casado, no muerto.

Entonces, vi a una mujer salir del coche y me di cuenta de que tampoco estaba haciendo nada malo.

La mujer que había salido del deportivo a cierta distancia de donde vivíamos era mi esposa.

15

Emerie

Llegué al despacho antes que Drew. Cuando entró, casi a las diez, lo saludé con ironía.

—¿Se te han pegado las sábanas? Quizá podría recomendarte algo que te ayude a dormir.

Me lanzó una mirada capaz de levantar rubores. Pero ni siquiera estaba segura de que me hubiera oído.

—Buenos días. —Desapareció en su despacho y, al instante, se puso a hablar por teléfono, o mejor dicho, a discutir. Después de que colgara, le di unos minutos para recobrarse y luego cogí los mensajes que había anotado esa mañana y me acerqué a la puerta.

Drew estaba de pie, detrás del escritorio, mirando por la ventana mientras tomaba un café. Sus pensamientos parecían a un millón de kilómetros de distancia. Estaba a punto de preguntar si todo iba bien cuando se dio la vuelta y tuve mi respuesta. No se había afeitado, él que siempre llevaba las camisas impecables parecía haber dormido con ella y tenía grandes ojeras.

—Tienes un aspecto terrible.

Forzó una sonrisa.

—Gracias.

—¿Va todo bien?

Se frotó la nuca y asintió.

—Son cosas personales. Todo se arreglará.

—¿Quieres hablar de ello? Me han dicho que soy una buena oyente.

—Lo último que necesito es hablar. Anoche estuve dos horas al teléfono. Estoy harto de hablar.

—Vale. Bueno… ¿qué otra cosa puedo hacer? ¿Qué necesitas?

A pesar de que parecía haber pasado por un infierno, hizo un gesto elocuente y arqueó una ceja.

—Dudo mucho que me necesites a mí para eso.

Sonrió.

—Te puedo asegurar que me ha ayudado a conciliar el sueño la noche pasada.

Hablamos un poco y luego señalé mi despacho.

—En unos minutos tengo una videoconferencia, por lo que no voy a poder responder al teléfono durante una hora. Después de eso, estaré libre hasta por la tarde.

—No importa. Me ocuparé de los teléfonos.

—Gracias. —Me di la vuelta, pero recordé lo que quería hacer esa mañana, antes de su llegada.

—¿Te importa si cuelgo una pequeña pizarra en la puerta de mi despacho? La pondré con masilla de quita y pon, así que no se estropeará la madera.

—Tú misma.

Después de responder a otra llamada, me las arreglé para colgar la pizarra antes de que llegara la hora de la videollamada. Mi plan era escribir cada mañana una declaración llamando a la reflexión, como había hecho hasta ahora en mi página web cuando mis consultas eran solo videoconferencias y llamadas telefónicas. Ahora que comenzaba a tener pacientes en el despacho, quería continuar con esa costumbre.

Como todavía no había sonado la alarma para la cita, me puse las gafas y abrí la agenda donde tenía recopiladas citas y reflexiones, que hojeé hasta encontrar una que me gustó.

La escribí con letra clara en la pizarra.

«Anular a otra persona no hace que tú brilles más.
Hoy voy a hacer que mi pareja brille por…………»

Di un paso atrás y sonreí mientras la releía.

«Dios, me encanta ayudar a la gente».

—Husmea en su correo. No me importa cómo mierda lo

averigües. Tengo que saber si estaba con un hombre esta mañana, antes de las dos.

No había visto a Drew desde primera hora, a pesar de que le había oído hablar alto y claro mientras lavaba la taza en el fregadero de la pequeña cocina que había junto a su despacho.

—Roman, te pagaré cinco de los grandes si consigues una foto íntima de ellos juntos. Deja una cesta de pícnic en la puerta si es necesario para sacarlos de su acogedor nidito de amor. —La voz de Drew resonó en la sala, seguida de una carcajada—. Sí, ya, claro. Y luego me la chupas, tío…

Drew entró en la cocina mientras secaba la taza.

—No he podido evitar oír parte de tu conversación.

—¿Sí? ¿Qué parte?

Sonreí.

—La mayor parte. ¿Eres muy amigo del investigador privado?

Drew cogió una botella de agua de la nevera y la abrió.

—Roman es mi mejor amigo desde que le robé la novia en sexto curso.

—¿Le robaste la novia y os hicisteis amigos?

—Sí. Él le pasó la varicela y ella a mí. A Roman y a mí nos dio fuerte y faltamos al colegio durante dos semanas. Acabamos jugando con la consola durante diez días seguidos.

—¿Y la novia? ¿No estuvo con vosotros?

—Hice un pacto con Roman. Nunca volveríamos a salir con la misma chica. La dejé el día que volvimos al colegio, y nosotros dos hemos sido amigos desde entonces.

—A tu manera, eres un sentimental.

Drew se rio.

—Así somos los dos. Roman es el que rebusca en la basura de una mujer por la noche para encontrar condones usados, y yo el tipo que le muestra lo que él encontró al abogado contrario durante el juicio de divorcio. Unos sentimentales.

Arrugué la nariz.

—¿Eso es verdad? Me parece repugnante… física y moralmente.

—¿Cómo puedes decir eso sin saber a qué se vio sometido mi cliente? La venganza puede ser muy dulce.

—¿Qué parte de la venganza es dulce? ¿Cuando los dos se sienten fatal en vez de solo uno?

Drew bebió un largo sorbo de agua y apoyó la cadera en la encimera.

—Me había olvidado de que eres la eterna optimista. Hablando de eso, ¿qué tal la cita de anoche?

—¿Cita?

—Con el señor Pajarita.

—Oh, la cena estuvo bien. Pero para mí no fue una cita.

—No hubo acción al final… ¿no?

—No es que sea de tu incumbencia, pero no. No ha pasado nada físico entre nosotros. La cena estuvo bien y hablamos mucho de trabajo. Baldwin está intentando conseguirme una plaza de adjunta en la Universidad de Nueva York, donde él trabaja. No sé si quiero entrar en el mundo académico, pero me gustaría enseñar a tiempo parcial y tener sesiones el resto del tiempo. De todas formas, después de la cena, nos despedimos en la puerta.

—¿Cómo es tu relación con ese tipo? ¿Está interesado en ti o no?

—No lo sé. Me lanza señales contradictorias. Como ayer por la noche. Se suponía que debía salir con Rachel, la mujer con la que está ahora, y luego se presenta aquí sin avisar, cambia de idea y me lleva a cenar en el último minuto.

—¿Alguna vez le has dicho lo que sientes?

—Nunca he encontrado el momento adecuado.

Drew me miró sorprendido.

—¿El momento adecuado? ¿Y ayer por la noche?

—Está saliendo con alguien…

—¿Y?

—No quiero interferir en su relación.

—No te he dicho que te lo tires, solo que le digas lo que sientes.

—¿Eso es lo que tú harías?

Drew se rio.

—En realidad, por lo general yo sí follo con mis citas y no hablo de mis sentimientos. Pero no es tu estilo.

Suspiré.

—Me gustaría que fuera mi estilo.

Arqueó las cejas.

—Puedo ayudarte en eso, si quieres intentarlo.

—¡Qué generoso de tu parte!

—Oh, soy muy generoso. Créeme.

Mi corazón se agitó un poco al ver la sonrisa maliciosa de Drew. Negué con la cabeza.

—¿Ves a lo que ha llegado mi vida? Yo, una terapeuta matrimonial, le pido consejo sobre mi relación a un abogado de divorcios.

—Eres idealista y yo realista.

Enderecé los hombros.

—Y ¿cuál es exactamente tu estado civil, si tan experto eres?

—Tengo muchas relaciones.

—¿Te refieres a relaciones sexuales?

—Sí, me gusta el sexo. De hecho, me encanta la parte que implica follar. Lo que no me gusta es lo otro.

—¿Te refieres a las relaciones?

—Me refiero a la parte en la que dos personas se conocen y empiezan a confiar la una en la otra, a compartir las rutinas diarias y luego uno de ellos empieza a joder al otro.

—No todas las relaciones son así.

—En todas, uno de los dos acaba jodiendo al otro. A menos que lo consideres solo un polvo. En ese caso, no hay falsas expectativas.

—Creo que tu divorcio y tu trabajo han contaminado tu punto de vista.

Se encogió de hombros.

—No me parece mal contaminado.

Sarah y Ben Aster eran un buen ejemplo de la razón por la que me gustaba hacer terapia de pareja. Empecé a tratar a Sarah después del nacimiento de su hijo y se dio cuenta con rapidez de que los problemas de su relación eran mucho más que el estrés que acompañaba tener un bebé. La pareja solo llevaba cuatro meses compartiendo piso cuando se quedó embarazada, lo que llevó a una boda rapidita y al período de luna de miel matrimonial normal truncado por la llegada de su hijo.

Después del torbellino de la situación, la pareja había comenzado a asentarse para descubrir que sus esperanzas y sueños eran muy diferentes. Ben quería una casa llena de niños, una casa en las afueras con un patio muy grande y que Sarah se quedara en casa. Ella, por el contrario, quería seguir viviendo en el pequeño apartamento que tenían en Upper East Side, volver al trabajo y contratar a una niñera.

Lo curioso era que los dos insistían en contar al otro cómo veían su futuro, y lo creían. El problema radicaba en la comunicación. Así que, aunque durante los últimos meses habían encontrado una forma de acercar posiciones buscando una casa en Brooklyn con un pequeño patio a poca distancia de Manhattan, todavía necesitaban trabajar el tema de la comunicación. Lo que me había llevado a la semana de ejercicios.

Les había pedido a Sarah y a Ben que redactaran una lista de cinco cosas que querían llevar a cabo durante el año siguiente. En esa sesión estábamos trabajando con la lista de Sarah. Leería a Ben uno de sus logros y él tendría que explicarle de nuevo a Sarah lo que creía que ella quería conseguir con ese plan. Era sorprendente ver cómo una pareja que llevaba casada dieciocho meses todavía podía malinterpretar las cosas.

—Quiero hacer un viaje a Carolina del Sur para ver a mi mejor amiga, Beth —anunció Sarah.

Miré a Ben.

—Vale. Explícame lo que acaba de decir Sarah.

—Bueno, que quiere ir a Carolina del Sur para visitar a su amiga soltera, Beth.

—Sí. Bueno, Sarah no ha mencionado que Beth está soltera, pero da la impresión de que eso es algo importante para ti. ¿Por qué te resulta significativo ese aspecto de Beth?

—Quiere alejarse. Lo entiendo y se merece un descanso. Pero quiere ir al sur y pasar tiempo con Beth para recuperar lo que tenía antes de que estuviéramos juntos, la vida libre, sin preocupaciones. Luego volverá y todos nos resentiremos.

Sarah le explicó entonces que echaba de menos tener más cerca a su amiga y que le gustaría solucionarlo con esa visita. Estaba claro lo que deseaba y que él interpretaba ese viaje de forma muy diferente. Pero después de hablar al respecto durante quince minutos, ella lo convenció con facilidad. La comunicación y la confianza estaban mejorando semana a semana entre ellos y al final de la sesión les sugerí espaciar las visitas y realizarlas cada dos semanas.

—¿Sabes de qué me acabo de dar cuenta? —dijo Sarah mientras Ben le ayudaba a ponerse el abrigo.

—¿De qué?

—Después de las sesiones por videoconferencia, siempre había una cita en tu página web que me impulsaba a hacer algo bueno por Ben. No las vamos a tener más.

Sonreí.

—En realidad, sí las tendremos. Aunque todavía siguen actualizándose en mi página web, podéis escribirla en la puerta. Como estaba abierta cuando habéis entrado no os habéis dado cuenta. Sin embargo, la leeréis al salir.

Sarah le dio la mano a Ben para leer juntos la pizarra. Luego, Sarah me miró con una expresión rara mientras Ben sonreía de oreja a oreja.

Después de que se fueran, me puse las gafas y me acerqué a la pizarra, preguntándome si habría escrito algo mal.

No lo había hecho, pero al parecer, Drew pensó que sería divertido completar la cita. Donde yo había escrito:

«Anular a otra persona no hace que tú brilles más.
Hoy voy a hacer que mi pareja brille por.............»

Ahora se podía leer:

«Chupársela a otra persona hace que su día sea más brillante.
Hoy voy a hacer que mi pareja brille chupándosela»

«Voy a matar a Drew».

16

Drew

—¡*E*res idiota!

—Steve, ahora te llamo. Creo que hay un tema que necesita un árbitro en la sala de juntas. —Colgué en el momento en el que Emerie entró en mi despacho para continuar su perorata—. Ese tipo de cosas pueden resultar divertidas para esos clientes que te contratan con el único objetivo de encontrar la basura de sus esposas, pero no con mis pacientes.

—¿Qué coño te pasa? —Parecía muy cabreada. Pero además… llevaba esas gafas mientras me gritaba. «Aquellas malditas gafas que me ponían tan cachondo». Y no lo había notado esa mañana, pero la falda le quedaba estrecha. Y el rojo le sentaba bien.

—¿Qué haces? —La vi inclinar la cabeza a un lado.

—¿A qué te refieres? ¿Qué estoy haciendo?

—Me estás dando un repaso. Lo acabo de ver. Estoy aquí para decirte lo idiota que eres y no se te ocurre otra cosa que comerme con los ojos. —Levantó las manos en el aire.

—Estaba admirando tus atributos, que es muy diferente a comerte con los ojos.

—¿En serio? —Puso los brazos en jarras—. ¿Donde está la diferencia?

—¿Qué diferencia?

—Repetir la pregunta no va a hacerte ganar tiempo para pensar la respuesta. ¿Qué diferencia hay entre admirar mis atributos y comerme con los ojos?

Solo había una manera de librarme de esto.

—Me gustan tus gafas.

—¿Mis gafas?

—Sí. ¿Las usas solo para leer?

Emerie se quedó en silencio mientras evaluaba mi nivel de imbecilidad. Finalmente, negó con la cabeza.

—¿Crees de verdad que puedo olvidarme de lo que has hecho con un simple cumplido?

«Eso espero».

—Creo que estás un poco enfadada.

—¿Un poco enfadada? —Elevó la voz.

Me senté en mi silla, divertido. Era muy fácil tomarle el pelo, y alejaba mi mente de otras cosas.

—No pensaba que a las pelirrojas les quedara tan bien el rojo.

Se miró la falda y luego a mí, algo perpleja, pero entrecerró los ojos.

—Deja de hacer eso.

—¿El qué?

—Intentar ablandarme diciéndome cosas agradables.

—¿No te gustan los cumplidos?

—Cuando son de verdad, sí. Me gustan. Pero cuando solo me los dicen para distraerme, no. No me gustan nada.

—No son simples cumplidos.

Me lanzó una mirada de advertencia como si no se creyera nada.

—¿Así que te gustan mis gafas de verdad?

—Hacen que tengas aspecto de bibliotecaria sexy.

Negó con la cabeza.

—¿Y la falda roja?

—Si te soy sincero, me importa una mierda el color, pero te queda apretada… y expone todas tus curvas.

Las mejillas de Emerie comenzaron a ponerse rojas. Y me pregunté qué aspecto tendría su piel clara después de lamérsela un poco.

—¡No escribas en mi pizarra! La leen mis pacientes. Tengo suerte de que aprecien mi trabajo y a mí, si no estarían dudando de mi profesionalidad por tu culpa.

—Sí, señora. —Hice un gesto burlón llevándome dos dedos a la frente, como si fuera mi sargento.

—Gracias.

Cuando se dio la vuelta, no pude reprimir mis palabras.

—Apuesto lo que quieras a que tu paciente consigue una mamada esta noche.

—Eso lo convertirá en uno de los tuyos.

Había decidido salir del trabajo a las seis; necesitaba un respiro.

—¿Vienes conmigo y con Roman a tomar una cerveza en Fat Cat's?

Emerie estaba sentada detrás del escritorio mirándose en un espejito de mano mientras se pintaba los labios en un intenso color rojo a juego con su falda. Después, cuando pasó la barra por el labio superior, me di cuenta de que entre aquellas cuatro rígidas paredes blancas parecía un lienzo de colores vivos.

«¡Joder, Jagger! ¿Un lienzo de colores vivos? ¿En serio?».

—Gracias, pero esta noche tengo planes.

—¿Una cita?

—Baldwin me va a llevar a un restaurante francés.

La tensión se mezcló con una buena dosis de celos inesperados en mis entrañas.

—Así que comida francesa ¿eh? No me gusta mucho.

—A mí tampoco. Pero a Baldwin le encantan los caracoles.

—Caracoles... —Me burlé—. Figúrate... —añadí entre dientes.

—¿Qué has dicho?

—Nada. —Lo que realmente quería decir era que los caracoles me recordaban a las babosas. Y que cuando el profesor Pajarita se los comiera, sería canibalismo. Ese tipo era un baboso... Pero me contuve—. Que lo pases bien esta noche.

17

Drew

—¿**C**uál es tu postura favorita?

Emily se subió a mi regazo y se colocó a horcajadas.

—Me gusta esta.

Tendría que regalarle a Roman una botella de Gran Platón Platinum por haber tenido una idea tan brillante aquella noche. Habíamos quedado en el pub de costumbre, pero luego insistió en ir a Maya, para probar las fajitas, pues le encantaba la comida mexicana. Emily DeLuca y su amiga Allison estaban allí, disfrutando de unos margaritas en la barra. Emily trabajaba como abogado en un bufete del centro al que me enfrentaba frecuentemente. Habíamos coqueteado un par de veces y había química entre nosotros. Pero para mí, la chispa no podía venir acompañada de un anillo en el dedo anular. Y era muy difícil no haber visto el pedrusco que llevaba puesto.

También era difícil no ver que esa noche no lo llevaba, sobre todo porque movió los dedos delante de mis narices antes de preguntarme si la invitaba a una copa. Incluso con ese gesto tan obvio, confirmé su ruptura antes de ir a por ella. No me importaba lo buena que estuviera una mujer, no me gustaba acostarme con mentirosas.

Emily se frotó contra mi polla cada vez con más fuerza y yo metí la mano por debajo de su falda para tocarle el culo. Luego recorrí con los dedos el encaje de sus bragas hasta la entrepierna, para aumentar la fricción. La oí gemir, así que la acaricié con más intensidad.

«Dios, me encantan los tangas...».

Subió las manos y se puso a desabrocharme los botones de la camisa mientras le chupaba el cuello.

—Desde la primera vez que te vi, supe que éramos compatibles. Espero que tengas una caja de condones. Después de montarte, quiero ponerme a cuatro patas y que me folles desde atrás.

La idea de ver el culo de Emily mientras me la tiraba era justo lo que necesitaba. Sobre todo porque me había pasado la última semana teniendo fantasías con el culo de otra mujer... Una en la que no debería pensar. Aunque la imagen del cremoso culo redondeado de Emerie con la huella rosada de mi mano en su piel mientras me clavaba en ella desde atrás había pasado a convertirse en mi fantasía favorita. Soñaba con correrme dentro de ella y luego mojar los dedos en mi semen goteante para esparcirlo sobre su piel como un bálsamo.

Cerré los ojos y tuve que hundir los dedos en el sexo de Emily para evitar pensar en otra chica. Porque follar con una mujer mientras piensas en otra es algo demasiado inmoral, incluso para mí.

Emily se incorporó lo suficiente para deslizar la mano entre nuestros cuerpos y cogerme la polla, que apretó con fuerza.

—Quiero que me folles ahora. —Se puso a desabrocharme los pantalones con frenesí mientras yo sacaba la cartera. De repente, recordé que no llevaba ningún condón allí. «¡Joder!».

—¿Existe la posibilidad de que lleves un preservativo encima? —le pregunté mordiéndole el lóbulo.

—No —repuso con la voz tensa—. Y este mes me he confundido con la píldora, así que por favor, dime que tienes uno en alguna parte del apartamento.

«Mierda, no lo tenía». Había terminado la caja que guardaba en la mesilla el mes pasado y no había llegado a reponerla. Desde entonces había utilizado la de emergencia que guardaba en el fondo de la maleta que había llevado a Hawái.

Pero tenía algunos en el cajón de arriba del escritorio del despacho. Al menos no tenía que salir a la calle y congelarme las pelotas. Gemí mientras me incorporaba. Encerré la cara de Emily entre las manos y la miré fijamente.

—Solo serán dos minutos, lo siento. Tengo que cogerlos en el despacho, está abajo.

—¿Quieres que vaya contigo? No me importaría echar uno rapidito encima del escritorio. Ahorraremos tiempo. —Chica lista. Pero... no creía que fuera buena idea llevarla a un lugar donde estaríamos rodeados por todo lo que me recordaba a la mujer que trataba de mantener fuera de mi mente.

Le di un casto beso y me la quité de encima.

—Quédate. El despacho está en la planta baja. Hay un guardia de seguridad todo el día y no quiero que te oiga cuando grites mi nombre.

El puto ascensor tardó siglos en llegar, por lo que al menos tuve tiempo de abrocharme el cinturón del pantalón antes de toparme con Ted, el portero de noche. Lo que debería era haberme puesto los zapatos. El suelo de losas de mármol estaba helado, y no quería que mi cuerpo se enfriara.

Ya dentro del bufete, me reprimí para no mirar la puerta cerrada del despacho de Emerie mientras recorría el pasillo. No necesitaba que nada me la recordara. Definitivamente no quería ver la pizarra donde escribía aquellas citas tan ñoñas para irrumpir después en mi oficina hecha un basilisco. «No, no voy a mirar». Como si fuera un niño de dos años, levanté la mano para no ver su espacio de reojo mientras abría la puerta de mi despacho.

Cuando rebusqué en el cajón del escritorio encontré tres condones sueltos. «Gracias a Dios». Me los metí en el bolsillo y salí al pasillo para dirigirme al vestíbulo. Casi pegué un brinco cuando oí un ruido.

«Deberías mirar».

«A la mierda». Que me robaran lo que quisieran. Ya lo vería por la mañana. En ese momento me esperaban cosas más importantes arriba.

Entonces lo oí de nuevo. Casi era... un estornudo.

¿Emerie estaba todavía aquí? Traté de seguir adelante, pero sabía que no sería capaz de concentrarme si pensaba que podía estar herida o algo así. ¿Y si se había caído al salir y estaba desangrándose en el suelo del despacho? Corrí hacia su puerta y la abrí de golpe.

—¡Drew! Me has asustado. —Emerie pegó un brinco en la silla y se llevó las manos al pecho.

—¿Qué coño haces aquí todavía? Pensaba que tenías una cita con el señor Caracoles.

—Y yo...

Al fijarme, noté que había estado llorando. Llevaba un pañuelo de papel en la mano y tenía la piel manchada.

—¿Qué te ha hecho? —Sentí la acuciante necesidad de estrangular a aquel idiota con su propia pajarita.

Contuvo un sollozo.

—En realidad nada. Acaba de cancelar la cena.

—¿Qué ha pasado?

—Hoy es mi cumpleaños y...

—¿Es tu cumpleaños? ¿Por qué no me has dicho nada?

—Esa fecha nunca ha significado mucho para mí. Suelo celebrar otro día mi cumpleaños.

—¿Otro día?

—El día que mis padres me llevaron a casa desde la agencia de adopción. Siempre he dicho a todo el mundo que puede que tuviera un cumpleaños, pero el día que me adoptaron fue el mejor regalo que he recibido nunca. Así que comenzamos a celebrar ese día en lugar del que es en realidad. Es una especie de dato nada más, un número.

—Eso está muy bien, pero aun así deberías haberme dicho que era tu cumpleaños. —No se me escapó que mientras Emerie apenas celebraba su cumpleaños, mi ex pensaba que el suyo era una especie de fiesta nacional. Era algo que siempre me había molestado mucho, incluso antes de que se torcieran las cosas.

Se encogió de hombros.

—De todas formas, estoy comportándome como una cría. Baldwin reservó mesa en ese restaurante francés tan importante en el que «es imposible conseguir reservas» y tenía que reunirme con él a las ocho.

—¿Qué ha pasado?

—Me ha enviado un mensaje diciéndome que Rachel estaba irritada porque la dejara plantada la otra noche para llevarme a cenar y cuando mencionó que iba a hacerlo otra vez, se cabreó más, por lo que tuvo que cancelar lo de esta noche.

Ese tipo era idiota perdido. Estaba definitivamente colado por Emerie. No me quedaba ninguna duda después de todo lo que me había dicho y de ver cómo reaccionó la otra noche cuando le sugerí a Emerie que viniera a cenar conmigo. Se mostraba territorial y no solo como amigo. Sin embargo, era como el perro del hortelano.

—Sé que sientes algo por él, pero me parece un memo.

—Solo tengo que pasar de él y seguir adelante.

—Creo que es una buena idea.

—Debería salir a celebrar mi cumpleaños, conocer a alguien en un pub y llevármelo a casa.

—Eso, sin embargo, no es una buena idea.

Suspiró.

—Lo sé. No soy el tipo de chica que va acostándose con desconocidos. Lo he probado y después estoy semanas odiándome. No vale la pena.

«Gracias a Dios».

La idea de que se ligara a un extraño para tirárselo me hacía sentir físicamente enfermo. Hablando de eso... mi ligue estaba arriba, esperándome.

—¿Qué vas a hacer esta noche? —pregunté.

—Terminaré de pasar este archivo y luego me iré a casa. De todas formas estoy cansada.

—Vale. No te quedes demasiado. Mañana celebraremos tu cumpleaños. Te llevaré a Joey's a almorzar.

Forzó una sonrisa triste.

—Suena bien. —Sus ojos cayeron sobre mis pies—. ¿Y tus zapatos?

—He bajado a coger algo.

—¿Te has quedado a trabajar hasta tarde y te has olvidado algo?

—No... Eee... Es que tengo compañía.

—Ah... —Su expresión, ya triste, se acentuó tanto como si le hubiera dicho que se había muerto un perrito. Esta vez, ni siquiera pudo forzar una sonrisa—. No dejes que te entretenga. De todas formas, me quedaré poco tiempo.

Me despedí, pero mientras me alejaba me sentí una mierda absoluta. ¿Por qué era como si me hubieran caído sobre los hombros cien kilos de golpe? No había sido yo quien la había dejado plantada, razoné al tiempo que subía la escalera. Ni siquiera me había dicho que fuera su cumpleaños.

Regresé al apartamento completamente perdido en mis pensamientos y me recibió Emily. Estaba en el umbral de la puerta que conducía a la salita, sin otra cosa encima que uno de esos conjuntos negros de lencería sexy con el tanga a juego y unos zapatos de tacón de aguja.

«Nada mejor que un par de turgentes copas D para animarte cuando estás en un momento bajo».

La vi inclinar la cabeza a un lado mientras cruzaba los tobillos. Sin duda, no se iba a quitar los zapatos, casi podía sentir cómo me los clavaba en la espalda.

—¿Qué tal?

Respondí sin palabras, acercándome y levantándola para que me rodeara la cintura con las piernas.

—Me puedes cabalgar luego, ahora mismo pienso follarte encima de la mesa de la cocina. ¿De acuerdo, Emerie?

Se rio entre dientes.

—Emily. Creo que tienes toda la sangre en la parte inferior de tu cuerpo y has perdido la capacidad de hablar.

«¡Joder!». La había llamado Emerie y ni siquiera me había dado cuenta.

—Será eso… —La llevé a la mesa y la senté encima para desabrocharme los pantalones, pero cuando volví a mirar su cara sonriente, vi a Emerie.

«Emerie».

No era a Emily a la que estaba a punto de follar.

Parpadeé un par de veces y clavé los ojos en su pelo castaño, en su piel oscura, los grandes ojos marrones. No se parecían en nada. Desvié la vista y me bajé la ropa interior mientras intentaba despejar la cabeza y concentrarme en el momento. Luego busqué sus labios y la besé.

Pero no podía quitarme la imagen de Emerie llorando en su despacho. Sus grandes ojos azules enrojecidos, su piel manchada por las lágrimas, triste por un idiota que seguramente estaba comiendo caracoles y podría despertarla con ruido al otro lado de la pared a las dos de la mañana.

«¡Joder!».

«¡Joder!».

—¡Joooooooder! —Me incorporé y me pasé la mano por el pelo, con ganas de arrancármelo de frustración.

—¿Qué? ¿Qué va mal?

Me puse los pantalones antes de responder.

—Es una cliente. Me llamó mientras estaba abajo; está fatal. Tengo que hacer algo.

—¿Estás de coña? ¿Ahora?

—No, lo siento, Emerie.

—Emily. —Se cubrió los pechos mientras se sentaba en la mesa.

—Sí, Emily. Lo siento. Tengo la cabeza en otro lado. —En Emerie, en vez de en Emily, que era donde tenía que estar.

—Estupendo.

Me di cuenta de que estaba enfadada. Y no podía culparla. Yo estaría cabreadísimo si una mujer me diera puerta cuando estábamos a punto de hacerlo. Pero no podía actuar de otra manera, solo me quedaba disculparme.

—Lo siento de verdad. Es una mujer muy sensible, o no haría esto.

—Entiendo…

Se vistió, y menos de cinco de minutos después de que entrara en el apartamento, donde me esperaba una mujer sexy y desnuda, estaba acompañándola al ascensor.

El viaje al vestíbulo fue muy incómodo. Una vez allí, me dio un beso en la mejilla y salió sin mirar atrás. Debería haberme sentido mal, pero lo único que notaba dentro era la ansiedad con la que me preguntaba si Emerie seguiría allí.

«Lo mejor sería que se hubiera ido ya».

18

Drew

—¡*D*ios mío! —Emerie estaba justo detrás de la puerta del bufete cuando la abrí. Si se hubiera encontrado un paso más cerca, le habría golpeado la frente con ella.

Se llevó las manos al pecho.

—¿Estás tratando de que me de un ataque al corazón?

—Bueno, aquí sigues.

—Estaba a punto de marcharme. ¿Qué te ocurre? ¿Va todo bien?

—Sí. Pero he decidido que vamos a ir a celebrar tu cumpleaños.

—No es necesario.

—Lo sé, pero es lo que quiero hacer.

Frunció el entrecejo.

—Creía que tenías compañía.

—Me he deshecho de ella.

—¿Por qué?

—¿Por qué qué?

—¿Por qué has plantado a tu cita? —La confusión que aparecía en su rostro se borró cuando se le ocurrió alguna especie de idea—. Ah…

Arqueé las cejas.

—¿Ah, qué?

—Ya lo has hecho con tu cita.

—Estaba muy lejos de hacerlo —gruñí. Luego señalé la calle con un gesto de cabeza—. Vamos. Te mereces celebrar tu cumpleaños de forma agradable. Ese idiota amigo tuyo no sabe cómo, pero vas a enterarte.

Sonrió de oreja a oreja.

—Suena muy bien.

—Nunca meto las bolas.

—Quizá por eso estás tan tensa. Quizá hace tanto tiempo que no echas un polvo, que te has olvidado de que las bolas no van dentro. —Sonreí cuando Emerie hacía que la número cinco rodara por delante del agujero de la esquina izquierda. Era la primera partida de billar que jugábamos y acababa de ponerme a tiro la quinta bola. Ella tenía razón, vaciaría la mesa antes de lograr meter alguna.

Entrecerró los ojos.

—¿Cómo sabes cuánto hace que no echo un polvo?

—Es que pareces un poco tensa.

Esperaba que protestara, pero en lugar de eso me sorprendió, literalmente, porque cuando estaba a punto de realizar la sexta tirada, me empujó.

—¡Cuidado! —gritó, haciendo que mi mano se desviara y que la bola blanca impactara contra otras dos sin que ninguna cayera en un agujero, que era lo que yo había previsto.

La miré; lucía una sonrisa de suficiencia. Como si estuviera muy orgullosa de sí misma.

—¿Es así como quieres jugar?

—¿Qué? Es que estoy tan tensa que no puedo evitarlo. A veces me guardo las palabras y otras se me escapan como el corcho de una botella de champán.

—Te toca. —Señalé el fieltro verde con la mano. Mientras se colocaba, rodeé la mesa y me puse detrás de ella. Emerie trató de fingir que no le molestaba, pero al final se dio la vuelta.

—¿Qué estás haciendo?

—Observo la jugada.

—¿Desde atrás?

Sonreí.

—Es la mejor vista.

—Vuelve a donde estabas. —Señaló con la mano el otro lado de la mesa de billar—. Creo que desde allí verás con más claridad.

La vi inclinarse de nuevo, tratando de precisar el tiro. No pude alejar los ojos de ese culo increíble.

—Eso depende de lo que esté mirando.

Cuando por fin movió el brazo, raspó el fieltro y desvió la bola.

—Pensaba que sabías jugar.

—Y sé.

—No lo parece.

—Me pone nerviosa que estés detrás de mí.

Me incliné sobre ella y le mostré cómo era la mejor manera de colocar la mano para mover el palo y que le costara menos acertar a la bola. Después de que tirara, me moví de nuevo al otro lado de la mesa. Mis intenciones hasta ese momento habían sido muy altruistas, al menos hasta que miré el escote de su blusa y me di cuenta de que le veía las tetas.

No pude moverme. Llevaba uno de esos sujetadores de media copa, por lo que podía ver perfectamente los dos globos redondos y su exquisita piel cremosa rodeada por encaje negro.

«Unas buenas tetas, a juego con un culo espectacular».

Me llevé la cerveza a los labios mientras esperaba a que tirara, pero seguí mirándola embobado. Lo único que acabó por distraerme fue ver cómo deslizaba el palo arriba y abajo entre los dedos.

Luego imaginé mi polla en el lugar del palo.

Me obligué a cerrar los ojos mientras tiraba y vacié la botella de Stella. Emerie logró darle a una bola, solo que hizo caer una de las mías en lugar de las suyas. Parecía tan contenta que no tuve corazón para decírselo.

—¿Eso significa que vuelvo a tirar?

—Claro. Voy a por otra cerveza, ¿quieres algo?

—Sí, pero no cerveza. Me llena demasiado.

—Vale. ¿Qué quieres beber?

—Sorpréndeme. Pide tú lo que quieras, y me lo traes.

Sin duda necesitaba alejarme un momento.

Había cola, pero era cliente habitual. Me reunía con Roman en el Fat Cat's para jugar al billar y hablar de negocios. Así que cuando Tiny —el camarero de dos metros de altura— me vio, me preguntó qué quería antes que a los demás.

—Una Stella y una copa de esas —dije, señalando un margarita.

Tiny esbozó una sonrisa.

—¿Roman está esta noche en contacto con el lado femenino de su naturaleza?

—No, seguramente está en casa, poniéndose en contacto consigo mismo. Estoy con… —¿Quién demonios era Emerie? No era un ligue. Tampoco era una compañera de trabajo aunque compartiéramos despacho. No podía decir que fuera mi empleada. Buscando una palabra, recurrí a la más sencilla— una mujer.

Sin duda, Emerie era una mujer.

Mientras esperaba, pensé algo que no se me había ocurrido ni una sola vez, ni siquiera había pensado en la posibilidad de que fuera una cita, porque no lo era. Era el tipo de lugar al que iba a pasar el rato y a ser yo mismo. Sin embargo, no me había pensado dos veces venir con Emerie. Era agradable pasar el tiempo con una mujer con la que sabía que estaría cómodo en una sala de billar en un sótano. Y mucho más, pensando en lo sexy que era.

Solo tardé unos minutos, pero cuando regresé a la mesa de billar, había un tipo hablando con Emerie. Me inundó una oleada de celos. Reprimí el impulso de decirle que se largara y opté por hacer que se sintiera incómodo hasta que se alejó. Entonces me acerqué y me quedé junto a ella.

—Aquí tienes —le dije—. ¿Quién es tu amigo? —pregunté ofreciéndole la bebida mientras miraba al imbécil.

—Es Will. Se ha ofrecido a darme algunas indicaciones.

—¿Ah, sí?

Will sostenía la copa con la mano izquierda. El dedo donde llevaba la alianza de boda todavía tenía la marca de esta. Esperé hasta que nuestros ojos se encontraron y luego bajé los míos hasta su dedo.

—Tenemos reservada la mesa de billar durante veinte minutos más. ¿Su esposa y usted quieren que les avisemos cuando terminemos?

Nada como una conversación de hombre a hombre.

Asintió con la cabeza en dirección a la barra.

—Quizá en otro momento. Me están esperando mis amigos.

«Un placer hablar contigo, Will».

Cuando terminamos la partida, nos sentamos a una mesa en la zona más tranquila. Se bebió el margarita con bastante rapidez y la camarera le trajo otro. Su estado de ánimo había cambiado; ya no estaba triste por el plantón que le había dado el profesor Pajarita, ahora se mostraba muy alegre gracias a la ayuda del alcohol.

—Dime, ¿cuál ha sido el mejor regalo de cumpleaños que has recibido? —preguntó.

—¿Yo? No lo sé. Según iba creciendo mi padre me regaló muchas cosas. Supongo que el coche que recibí cuando cumplí diecisiete.

—Qué aburrido… —Cuando tomó un sorbo de margarita, le quedó una línea de sal pegada al labio.

—Tienes… —Le señalé la boca— sal.

Ella subió la mano y se limpió el labio… en el lado equivocado.

Me reí y me incliné sobre la mesa.

—Ya lo hago yo. —Sin pensármelo dos veces, le quité la sal con el pulgar y me lo chupé. Quizás estaba engañándome a mí mismo, mi gran ego y todo eso, pero hubiera jurado que sus labios se separaron y, si me hubiera inclinado, hubiera oído que contenía la respiración.

«Joder. Seguro que es muy sensible en la cama».

Me aclaré la garganta.

—¿Y el tuyo? ¿Cuál ha sido tu mejor regalo?

—Mis padres me regalaron un vale para operarme de miopía cuando cumplí dieciocho.

—¿Miopía? Pero usas gafas…

—Oh, no me quedé el regalo. Fui a la consulta del médico y le expliqué que mis padres habían cometido un error y no quería operarme.

—Si no querías operarte, ¿por qué dices que es el mejor regalo que has recibido?

Tomó otro gran sorbo de margarita. Por desgracia, esta vez no se manchó de sal. Pensé fingir que sí lo había hecho, pero volvió a hablar con rapidez.

—Claro que quería operarme. Desde segundo grado Missy Robinson me llamó abuelita porque necesitaba gafas para ver la pizarra y leer. Sufrí ese mote durante toda la primaria. Odiaba tener que usar gafas. De hecho, durante mucho tiempo no las utilicé, a pesar de que así tenía que entrecerrar los ojos para ver y eso me daba dolores de cabeza.

—¿Me he perdido algo? ¿Tus padres te regalaron algo que sí querías pero lo devolviste?

—Mis padres no podían permitirse pagar esa operación. Costaba seis mil dólares y mi padre llevaba con el mismo coche veinte años. Pero fue el regalo más bonito que podían hacerme.

Tenía que añadir cariñosa a buenas tetas, culo de infarto y lengua aguda. Por no decir que esa boca tan aguda también era muy follable.

—¿Y ahora? Si pudieras tener lo que quisieras por tu cumpleaños, ¿qué sería? —Se rozó el labio mientras pensaba.

—Un baño.

—¿Un baño? ¿Uno de esos tratamientos de spa con barro o algo así?

—No. Solo darme un buen baño en una bañera chula. En el apartamento solo tengo ducha y echo de menos darme baños. Solía darme uno cada sábado por la mañana con los auriculares puestos. Me quedaba en el agua hasta que tenía la piel arrugada. Alcanzo una especie de felicidad paradisíaca.

Tomé un largo trago de cerveza y la miré de nuevo.

—Eres fácil de complacer.

Se encogió de hombros.

—¿Y tú? Si fuera tu cumpleaños y pudieras elegir un regalo, ¿qué sería?

Me tragué de inmediato mi primer pensamiento: «Beck». No quería que Emerie se pusiera triste en su cumpleaños, así que dije mi segunda elección.

—Una mamada no estaría mal.

Emerie estaba bebiendo y me roció de margarita cuando se rio.

Me limpié con una servilleta.

—Bien, por ahora he tenido sal y margarita.

Se volvió a reír.

—Lo siento.

Eran más de las dos de la madrugada cuando llegamos al apartamento de Emerie. Insistí en acompañarla hasta la puerta. Yo estaba algo entonado, pero creía que ella podía estar borracha.

—Shhh… —Se llevó un dedo a la boca para indicarme que hablara en voz baja, aunque era ella la que más ruido hacía. Señaló el apartamento de al lado mientras buscaba las llaves en el bolso—. Ahí vive Baldwin —agregó.

Sí, estaba borracha.

Le quité las llaves de la mano.

—Verte con otro hombre podría hacerle reaccionar.

Emerie se hizo a un lado para que pudiera abrir la puerta. Con un suspiro, apoyó la cabeza en mi brazo mientras metía la llave en la cerradura. Parecía estar atascada.

—No es celoso —aseguró arrastrando las palabras—. Y no me quiere.

Moví la llave unas cuantas veces hasta que conseguí hacerla girar.

—Bueno, entonces es idiota.

Abrí la puerta y le devolví las llaves, pero se le cayeron de las manos. Se rio cuando nos dimos un cabezazo al inclinarnos los dos para recogerlas. Oí que la puerta del apartamento de al lado se abría, pero Emerie no se dio cuenta.

Cuando Baldwin salió al descansillo y nos miró, me sentí muy posesivo. Emerie, que estaba de espaldas a él, seguía sin ser consciente de que teníamos compañía. Ella me sonrió con aquellos grandes ojos azules, y me pasó algo. Me incliné y le di un tierno beso en los labios, como cuando metes el pie en el agua para comprobar su temperatura.

El beso fue producto de la testosterona. Estaba siendo tan capullo como el idiota de al lado. Marcando con orina la boca de incendios, por así decirlo. Pero cuando me eché atrás y vi que tenía las pupilas dilatadas y los labios entreabiertos, me dejé llevar sin pensar en quién nos estaba mirando.

Era puro deseo. Me descontrolé. Mi boca cayó sobre la de ella otra vez, que separó los labios. Deslicé la lengua entre ellos y me perdí en su interior. Tenía un sabor salado y a tequila, pero era lo más delicioso que hubiera probado nunca. Y de repente, me sentí hambriento.

Tiré de ella hacia mí y la rodeé con los brazos. Baldwin, el tipo del que ella estaba enamorada, había desaparecido de mi mente y solo éramos Emerie y yo. Todo lo demás se esfumó mientras profundizaba el beso, y ella apretó los pechos con avidez contra mi torso. El sonido que emitió cuando puse la mano en aquel culo increíble me animó a seguir adelante. Solo quería apoyarla en la puerta y frotar mi polla contra ella. Y lo habría hecho, habría cedido, si el gilipollas de al lado no hubiera interrumpido el momento.

Baldwin se aclaró la garganta y, al oír el sonido, Emerie se apartó y se volvió hacia él: el tipo que la volvía loca y que acababa de verla besando a otro hombre. Ella se sobresaltó y odié la mirada de pesar que vi en sus ojos. No tuve ganas de hacerla sentirse más incómoda de lo que ya estaba.

Le encerré la cara entre las manos mientras me inclinaba hacia ella.

—Quizás esto lo espabile —le susurré al oído. Luego la besé en la mejilla—. Nos vemos en el despacho, cumpleañera.

19

Drew. Fin de Año, cuatro años antes

—¿*Q*uién es toda esa gente? —Roman estaba sentado en la oscuridad, en el balcón de mi apartamento, fumando un pitillo liado a mano y me escapé para estar con él unos minutos.

—Quizá lo sabrías si vinieras por aquí de vez en cuando. —Me senté a su lado y miré el mar de luces que era Nueva York—. Hace un frío de cagarte.

—¿Has visto las tetas de la rubia con el jersey azul?

—Es Sage. Una de las nuevas amigas de Alexa.

—No tiene una mente muy brillante. Le he dicho en broma que podía calcular su edad palpándoselas.

—No me estarás insinuando que te dijo que probaras, ¿verdad?

La punta del cigarrillo de Roman se iluminó en un color rojo brillante cuando dio una larga calada.

—Sí. Y después de un buen manoseo, me preguntó su fecha de nacimiento. —Soltó una serie de anillos de humo—. Le dije que ayer y vine a sentarme aquí.

Me reí. Jodido Roman. Siempre andaba buscando suerte o golpes. A veces me preguntaba qué era lo que más le gustaba realmente.

—Sí, Alexa tiene un don para hacer la misma clase de amigas.

—Bueno, parece que por lo menos está contenta en Nueva York.

Y desde fuera, por lo menos esta noche, eso parecía. Esto era, sin duda, mejor que lo que había ocurrido el año pasado, cuando ella salió y tuvimos una bronca descomunal al preguntarle por el tipo que la había llevado a casa. En esta ocasión, la fiesta era en nuestra casa, y allí estaban todos los amigos que había hecho en los cuatro meses transcurridos desde que nos mudamos a Nueva York desde Atlanta. Pero lo cierto era que todos los días se quejaba por haber tenido que dejar atrás a sus amigos.

—Ha hecho algunos amigos, sí, pero sobre todo está yendo a clases de interpretación y al gimnasio. Tenía la esperanza de que encontrara gente que tuviera cosas en común con ella, y quizá que estableciera algunos lazos con las mamás de las clases de Mommy and Me, pero dice que son unas zorras con ropa de marca.

—Sí, la del jersey azul es una de ellas, quizá te pida prestado a tu hijo para ir yo a clase.

Permanecimos en silencio durante unos minutos, disfrutando de la tranquilidad que ofrecía la noche despejada.

—¿Qué sabes de AJ? —me preguntó Roman con la voz grave.

AJ era el apodo de mi padre, abreviatura de Andrew Jagger. Ninguno usaba otro nombre, yo era Drew y él AJ.

—La cosa no pinta bien. Se le ha extendido al pulmón. Parece que le van a tener que quitar uno.

—Joder. Lo siento, amigo. AJ es demasiado joven para eso.

Cuatro meses antes, mi padre había ido a hacerse una revisión anual y el análisis reveló que sus enzimas hepáticas no estaban bien. Dos días después le diagnosticaron cáncer de hígado. A pesar de que las estadísticas no estaban de su lado —solo un quince por ciento de los afectados seguían con vida cinco años después del diagnóstico—, se había mostrado optimista. Había soportado meses de quimioterapia que le hicieron sentir enfermo como un perro, y el día después de terminar el tratamiento me comunicaron que tenía metástasis en el pulmón.

—Sí. Me alegro de poder estar aquí. Tiene muchos amigos y socios, pero sin nadie más cercano que cuidara de él, tenía que volver a Nueva York.

—Empezaba a pensar que no lo harías nunca.

—Creo que eso era lo que quería Alexa.

Siempre había tenido la intención de regresar a Nueva York para trabajar con mi padre en el bufete. Después de ser admitido en el colegio de abogados, Alexa me había pedido que nos quedáramos en Atlanta un año más. Eso significaba tener que ser admitido en el colegio de Atlanta, pero quería que fuera feliz mientras se acostumbraba a la maternidad. Así que accedí a quedarme un año allí, un año que se convirtió en dos, y hasta que mi padre enfermó. Estaba seguro de que el plan de Alexa era prorrogar la situación año a año.

—Le gusta la zona comercial y ha decidido recibir clases de interpretación. Al parecer es algo que siempre había deseado, pero no me lo había mencionado hasta que se apuntó a la primera clase. —Me encogí de hombros—. Da igual, si la hace feliz.

—¿Y a ti? —dijo Roman, mirándome—. ¿Ella te hace feliz?

—Es una buena madre.

—También mi madre, pero eso no significa que quiera follarla y pasar con ella el resto de mi vida.

—Tienes una manera inigualable de ver las cosas.

—Estoy tirándome a una monitora de yoga; agradécele todo eso de la mierda introspectiva.

—Seguro que es por eso por lo que estás con ella, y no porque pueda subir la pierna por encima de tu hombro.

—Las únicas ocasiones en las que cierra la puta boca y deja de iluminarme con esa sabiduría inútil es cuando tengo sus piernas sobre los hombros. Mi polla es como un tapón que contiene esas perlas que salen de su boca.

Me reí y le di una palmada en la espalda.

—Venga, vamos a la fiesta. Se me están congelando las pelotas y quiero echar un vistazo a Beck. Hay bastante ruido.

Atravesé la fiesta hasta la habitación de mi hijo. Era tan dulce que incluso sonreía en sueños. Vale, quizá fuera un tic, pero luego se le relajaba la boca y volvía a sonreír a los pocos segundos. Debía de estar soñando con sus coches y canicas, sus cosas favoritas durante los últimos meses. Le subí las mantas hasta la barbilla y le pasé los dedos por las mejillas. Dios, nunca en mi vida había querido tanto. Jamás se me ocurrió que pudiera amar a alguien así. Se me contrajo el corazón en el pecho al pensar por un instante que quizá mi propio padre me había mirado de la misma manera hacía veintitantos años. Tenía que ponerse bien. Quería que mi hijo lo conociera y que me ayudara a ser el mismo tipo de padre que había sido él para mí.

No era demasiado religioso, y la última vez que pisé una iglesia había sido el día de mi boda forzada con Alexa. Antes de eso… seguramente en algún funeral. Sin embargo, sobre la cuna de mi hijo colgaba una pequeña cruz. La miraba todos los días, pero nunca la había considerado un adorno.

«No se perdía nada por intentarlo».

De pie junto a la cuna de Beck recé una oración para que Dios protegiera a mi padre y a mi hijo.

Llevábamos cuatro meses en Nueva York y la cruz había estado colgada en la pared durante todo ese tiempo. Sin embargo, cuando abrí la puerta para volver a la fiesta, se cayó al suelo.

Esperaba que no fuera una señal.

20

Emerie

*S*entía la cabeza como si me hubiera atropellado un camión. Tenía tanta sed y la boca tan seca como que parecía que hubiese pasado la noche en un desierto; sin embargo, cada sorbo de agua me daba náuseas.

«Dios, no es de extrañar que no beba más a menudo».

La única cosa buena de la resaca era que estaba tan ocupada en sentirme como una mierda que no podía pensar en lo que había ocurrido la noche anterior.

Drew.

Ese beso.

¡Ese beso!

Baldwin.

Entré en el despacho conteniendo la respiración; era mucho más tarde que un día normal. No tenía ninguna sesión hasta por la tarde, pero tenía que transcribir las notas de algunos pacientes.

La idea de enfrentarme a Drew hizo que la resaca y las náuseas solo fueran una especie de calentamiento. Me sentí aliviada cuando doblé la esquina y vi que tenía la puerta del despacho cerrada. Sería inevitable que me sintiera torpe cuando lo viera, pero me resultaría más fácil cuanto mejor fuera mi estado físico. Así que evitarlo el mayor tiempo posible me parecía una opción magnífica.

Ya dentro del despacho, colgué el abrigo en el perchero detrás de la puerta y coloqué el portátil en el enchufe de carga. Hasta que no estuve sentada detrás del escritorio y miré la superficie, no vi la nota. La había escrito Drew, a mano.

Tengo que pasar el día en Jersey. No estaré de vuelta hasta por la noche. Necesito que me hagas un favor y subas a mi apartamento. He dejado una nota con las instrucciones en la cocina. Ático Este. La tarjeta para el ascensor y la llave de la puerta están en el cajón superior.

Gracias,

D.

Era muy extraño. Traté de acomodarme y responder a algunos correos electrónicos, pero la curiosidad no me permitió esperar mucho más tiempo. Menos de cinco minutos después, y tras coger la llave y la tarjeta, atravesé el vestíbulo del edificio. Mientras subía en el ascensor miré las luces del techo deslumbrada. Sabía que Drew vivía en el edificio, pero nunca había mencionado que fuera en el ático. ¿Qué quería que hiciera en su apartamento? ¿Tendría gato?

Las brillantes puertas del ascensor se abrieron cuando llegué a la planta superior. Al salir, vi que solo había dos puertas, el ático este y el oeste. A diferencia de mi casa, la llave giró con facilidad en la cerradura. Drew me había escrito que volvería por la noche, sin embargo, me sentí obligada a llamar como si pudiera estar dentro. Abrí la puerta.

—¿Hola? ¿Hola? ¿Hay alguien en casa?

El ático estaba en silencio. Tampoco me recibió ninguna pequeña criatura peluda. Cerré la puerta y empecé a buscar la cocina.

«¡Joder!».

El apartamento de Drew Jagger era impresionante.

Pasé por delante de una elegante cocina con la boca abierta, a poca distancia estaba el salón, con una cristalera con vistas a Central Park digna de cualquier película. Después de admirar el paisaje durante unos minutos, aparté los ojos y regresé a la cocina. En la encimera de granito había una nota.

Al final del pasillo, primera puerta a la derecha.

«¿Qué?».

Solo había un pasillo. Me sudaban las manos cuando cogí el picaporte. ¿Por qué estaba tan nerviosa?

No sabía qué esperar, así que abrí la puerta muy lentamente. Y me encontré... ¿un cuarto de baño vacío? Todavía sostenía la nota en la mano, por lo que comprobé la indicación. «Primera puerta a la derecha». Pensé que había cometido un error y me dispuse a cerrar la puerta, pero vi una nota en el espejo del lavabo. Encendí la luz y eché un buen vistazo antes de leerla. Era un cuarto de baño magnífico. Más grande que mi habitación. Volviendo sobre mis pasos, arranqué la nota del espejo.

En la bolsa que hay en la encimera tienes algunos artículos de baño. El mando a distancia del jacuzzi está también en la bolsa. Feliz cumpleaños con retraso. Disfruta del día.

PD. Hay pastillas para la resaca en el botiquín.

Sin saber por qué, se me llenaron los ojos de lágrimas. El abogado capullo que no creía en las relaciones tenía un lado muy tierno.

Tenía la piel arrugada como una pasa. Me había quedado literalmente dormida durante veinte minutos en la bañera, escuchando a Norah Jones. Drew había comprado sales efervescentes, burbujas de baño de lavanda y dos pequeñas velas de lavanda. La extraña sensación de despojarme de la ropa y usar la bañera en una casa desconocida se desvaneció con rapidez cuando me metí en el agua caliente.

Llevaba allí dentro más de una hora y media y el agua estaba empezando a enfriarse, pero todavía quería probar los chorros de hidromasaje. Abrí el desagüe unos minutos y luego añadí un poco de agua para que estuviera más caliente. Entonces cogí el mando a distancia y presioné un par de botones, haciendo que la bañera volviera a la vida.

«Mmm..., esto es una maravilla».

Pulsé el botón para aumentar la presión de los chorros que recibía en la espalda y cubrí el que me daba en los pies con el puente del pie derecho, como si fuera un masaje.

Y realmente era igual que uno. ¿Cuándo había sido la última vez que alguien me dio un masaje? ¿Un hombre concretamente? Hacía mucho tiempo. «Demasiado». Probablemente por eso cerré los ojos para disfrutar de la sensación y me puse a pensar en lo que notaría si los chorros impactaran en otros lugares más privados de mi cuerpo.

Lo que hizo que volviera a pensar en Drew.

Ese beso.

«Ese beso».

Suspiré. No me había dado cuenta de que Baldwin había salido al descansillo y de que Drew solo lo hacía para darle celos. Me había parecido demasiado real. Como si estuviera muy excitado. Y la forma en la que se apretó contra mí, sosteniéndome con fuerza... Había pensado en que era por el deseo que le provocaba el beso, pero a pesar de la sorpresa, mi cuerpo había reaccionado al instante. Y por eso, cuando descubrí que solo lo había hecho porque Baldwin estaba mirándonos, para darle celos, me inundaron un sinfín de emociones contradictorias.

También estaba confusa por otra razón. Era como si estuviera más preocupada por el giro que estaba dando la relación entre Drew y yo que por lo que pensara Baldwin.

Como tenía a ese hombre metido en la cabeza, decidí enviarle un mensaje de texto. Ni siquiera estaba segura de que le gustara ese tipo de intercambios, pues nunca le había visto prestar demasiada atención al móvil, salvo para responder a las llamadas.

> EMERIE: Esto podría convertirse en mi regalo favorito
> de cumpleaños. Gracias.

Mi corazón se aceleró cuando vi que empezaba a escribir una respuesta.

> DREW: ¿Supera a una operación de miopía que devolviste?
> Eres muy fácil de complacer.

Me reí mientras apartaba el pie del chorro y abría las piernas para sentir la presión del agua.

EMERIE: Ha sido todo un detalle por tu parte. Esta bañera es
una pasada.
DREW: ¿En serio? ¿Estás dentro de la bañera
en este momento?
EMERIE: Sí.
DREW: No puedes decirme esas cosas. Estoy en mitad de un
juicio y ahora solo voy a poder imaginarte desnuda en el agua.

Empecé a escribir la respuesta, pero me detuve. Drew esta imaginándome desnuda; se me puso la piel de gallina al pensarlo, a pesar de que estaba cubierta por el agua tibia. Sabía que me estaba tomando el pelo, pero aun así, había algo excitante en ello y quería disfrutarlo.

EMERIE: ¿Y te gusta lo que imaginas?
DREW: He tenido que recolocarme la bragueta por debajo
de la mesa. ¿Tú qué crees?

Me gustaba la idea de que Drew Jagger tuviera una erección al pensar en mí. Mi cuerpo empezó a excitarse con sus mensajes de texto de la misma forma en la que había reaccionado a su beso de anoche. Intenté pensar en algo ocurrente para responder, pero los puntos saltarines se pusieron a mover de nuevo mientras él escribía.

DREW: ¿Qué tal fueron las cosas anoche con el profesor
Pajarita después de que me fuera?

Ante la mención de Baldwin, me golpeó también la otra sensación que me había invadido anoche, fue como un jarro de agua fría; el recordatorio de que Drew solo estaba siendo amigable. Aunque, por un minuto, también había pensado que lo decía en serio.

EMERIE: No hay mucho que contar.

Por alguna razón dejé caer que Baldwin me había preguntado si podía salir conmigo esta noche para compensar el plantón.

Los mensajes de Drew, que habían ido llegando con rapidez, se detuvieron durante unos minutos. Un rato después empezó a escribir de nuevo.

DREW: Diviértete. Tengo que centrarme en el caso.

No volví a saber nada más de él después de eso. Me quedé unos minutos más en la bañera y luego regresé al despacho. Las consultas de la tarde transcurrieron sin complicaciones y el resto del día me dediqué a actualizar diferentes expedientes atrasados. Baldwin me envió un mensaje para decirme que había hecho una reserva en algún lugar de nombre impronunciable para las siete, por lo que me fui del despacho a las cinco y media para arreglarme antes de la cena.

Me cambié la falda y la blusa que me había puesto para trabajar por un vestido negro. No era necesario que le pidiera información sobre el restaurante al que iríamos: sabía que sería de lujo. A diferencia de Drew, Baldwin no frecuentaba salas de billar en sótanos, ni comía hamburguesas grasientas en Joey's. Lo curioso era que, en realidad, no tenía ganas de ir a un sitio tan elitista esa noche. Mientras me ponía las pequeñas perlas en las orejas, me irrité conmigo misma por fingir que quería estar con Baldwin en esos lugares. Lo cierto era que había ocultado mi falta de ganas por algunas cosas que le gustaban para tener una razón para pasar más tiempo juntos.

Cuando Baldwin llamó a la puerta un poco antes de las siete, todavía seguía molesta. La emoción que sentía normalmente en esos casos había sido reemplazada por irritación. Me enfurecía que me hubiera dejado plantada por la última mujer con la que se acostaba, y también me enfadaba haber fingido que me gustaban las mismas cosas que a él cuando claramente no mostraba ningún interés por mí. Abrí y lo invité a pasar mientras retiraba el móvil del cargador y elegía un *clutch*. Desde el dormitorio, oí que sonaba su móvil y que Baldwin respondía.

Escuché parte de la conversación antes de regresar al salón.

—Posiblemente a eso de las once.

Entré en la cocina y abrí el bolso que había llevado al

trabajo, para pasar mis pertenencias a la pequeña cartera de noche negra.

—Vale, sí. Sé que es tarde, pero podremos hablar luego.

Miré mis mensajes esperando a que Baldwin terminaba la conversación. Había recibido uno de Drew hacía solo diez minutos.

DREW: Estoy de regreso. ¿Todavía andas por el bufete? Tengo que escribir una moción cuando vuelva, va a ser una noche muy larga. Voy a pedir algo al chino. ¿Te apetece?

Empecé a responderle, pero me detuve cuando Baldwin colgó.

—¿Preparada? —preguntó.

—Claro. —Cogí de nuevo el bolso y me acerqué al armario para elegir un abrigo. Baldwin, siempre caballeroso, me lo quitó de las manos y se puso a mi espalda para ayudarme a ponerlo—. ¿Tienes que trabajar después de la cena?

—Mmm…

—Lo digo por la llamada que has recibido. Te he oído quedar con alguien más tarde.

—Oh, era Rachel. Los dos tenemos fiestas de trabajo este fin de semana, y ella quiere que la acompañe al suyo y venir al mío. Le he dicho que hablaríamos de ello cuando nos viéramos esta noche.

La pequeña burbuja de ira que guardaba en el pecho se rompió finalmente. Por curioso que resultara, no estaba cabreada con Baldwin, sino conmigo misma. Me giré para mirarlo.

—¿Sabes qué? Lamento decírtelo en el último minuto, pero llevo todo el día con un intenso dolor de cabeza y ha empeorado. Me temo que no voy a ser muy buena compañía esta noche.

Baldwin me miró desconcertado, con el ceño fruncido.

—¿No quieres ir a cenar?

—Esta noche no, lo siento. ¿Nos vemos en otra ocasión?

—No lo había pretendido, pero me di cuenta de inmediato de que había utilizado la misma frase que Baldwin me dijo cuando canceló la cita la noche pasada. «¿Nos vemos en otra ocasión?».

Cuando se fue, me acordé de que no había enviado el mensaje que le había empezado a escribir a Drew. Moví el dedo para borrar «Ya he salido. Gracias por preguntar», y escribí otras palabras sin darme tiempo para pensarlo.

EMERIE: Tomaré moo shu pork.

21

Drew

—*P*arece que he elegido el día equivocado para no venir al despacho.

Emerie se había quitado el abrigo, dejando a la vista un ceñido vestido negro. Sonrió. «¡Maldita sea!». La noche pasada me había pasado el trayecto en taxi hasta casa tratando de convencerme de que la había besado por su propio bien. Que la estaba ayudando. Que no la había besado porque fuera hermosa, inteligente y, a pesar de que no sabía jugar al billar, no había protestado cuando la llevé a un sótano para echar una partida. Había sido solo porque el profesor Pajarita necesitaba un empujón para dar un paso en la dirección correcta. Y casi me llegué a convencer a mí mismo.

Pero llevaba todo día pensando en ello. ¿Y si al intentar estimularlo a él para que actuara me estaba impulsando a mí mismo? Emerie se había derretido contra mí con aquel beso. Había sentido su rendición, oí sus gemidos, y todo eso me indicaba que sentía exactamente lo mismo que yo. La maquinaria estaba preparada y lista para… «echar un buen polvo».

Tenía que haber acabado con el caso hacía ya cuatro horas. Sin embargo, me llevó casi el doble por culpa de la falta de concentración. Luego, llamé a Ivette y cancelé la cita que habíamos concertado un mes antes. «Yvette, la azafata que no quería compromisos y tarareaba mientras me hacía una mamada». La mujer ideal.

—Iba a salir y hubo un cambio de planes —explicó Emerie.
Asentí.

—Ven a comer. Se te está enfriando el moo shu.

Se sentó en una de las sillas que había al otro lado de mi escritorio.

—Me parece que has pedido mucha comida. ¿Esperamos a alguien más?

—Has tardado tanto en responder, que pedí de más por si todavía estabas aquí. No sabía si te gustaba el pollo, la ternera o las gambas, así que puedes elegir de todo un poco. El chico que anotó el pedido casi no hablaba inglés. Cuando llamé para incluir lo que querías, pensé que era más fácil añadirlo que tratar de modificar el anterior. —Le deslicé un recipiente por encima de la mesa—. No hay platos, ni tenedores. Espero que sepas usar los palillos.

—Ya sabes que soy muy mala con los palillos.

Miré al techo.

—Puedes subir a mi apartamento a buscar un tenedor. Pero yo llevo sin comer desde las seis de la mañana, por lo que iré empezando.

Sonrió mientras sacaba los palillos del envoltorio.

—Lo intentaré. Pero no te rías de mí.

No fue tarea fácil. Esa mujer tenía dos manos izquierdas con los palillos. Se le caía más de lo que se metía en la boca. Pero establecimos con rapidez un pacto tácito. Cada vez que dejaba caer un trozo de carne de cerdo al acercarla a los labios, yo sonreía y ella ponía los ojos en blanco. Era tan divertido como insultarla, pero solo requería la mitad del esfuerzo.

—Dime, ¿qué pasó entonces anoche con el profesor Pajarita?

Suspiró y se enderezó en la silla.

—Nada. Me pidió que cenáramos esta noche para compensar el plantón de ayer.

Me quedé paralizado con los palillos a medio camino de la boca.

—¿Y te ha dejado colgada otra vez?

—No. De hecho, he sido yo la que lo ha dejado plantado.

Me metí una gamba en la boca.

—Estupendo. Te has desquitado. ¿Cómo te sientes?

Una sonrisa surcó sus hermosos rasgos.

—En realidad, bastante bien.

—¿Por eso estás así vestida?

Asintió.

—Se suponía que íbamos a ir a un restaurante de lujo para celebrar mi cumpleaños con un día de retraso. Vino a mi apartamento a recogerme y lo oí hablando por el móvil con Rachel, diciéndole que pasaría por allí después de cenar.

—¿Te pusiste celosa y cancelaste todo?

—En realidad, no. Me irrité conmigo misma. Llevo tres años aceptando las migajas que me ofrece ese hombre, jamás me verá como algo más que una amiga o vecina. Y me merezco algo mejor.

No podía estar más de acuerdo.

—Tienes toda la razón.

Suspiró.

—Tengo que seguir adelante.

Cogí una gamba con los palillos y se la ofrecí.

—¿Una gamba?

—Vale. Pero dámela tú o dejaré un reguero de salsa por todo el escritorio.

Arqueé una ceja.

—Será un placer. Abre la boca.

Se rio.

—Tienes la facultad de convertir algo inocente en algo muy guarro.

—En realidad es un don.

Le acerqué los palillos y ella separó sus hermosos labios para que pudiera darle de comer. Cuando cerró la boca alrededor de las varillas de madera, sentí como si lo hiciera alrededor de mi polla. Me la imaginé succionando mi erección, tragándola con aquellos labios perfectamente pintados. Cuando notó el sabor de la gamba en la lengua, cerró los ojos y gimió de gusto. En ese momento necesité recolocarme los pantalones… Otra vez.

Tragué saliva mientras la observaba.

—¿Cuánto tiempo ha pasado desde que mantuviste relaciones sexuales por última vez?

Tosió, casi ahogándose con la gamba.

—¿Perdón?

—Me has oído bien. Sexo. ¿Cuándo fue la última vez?

—Ya conoces mi historial. Hace un año que no tengo ninguna relación.

—¿Te refieres también a ninguna relación sexual? Cuando me lo dijiste pensé que te referías a que no habías salido con nadie en serio.

—Y no lo he hecho.

—Sabes que no todos los polvos tienen por qué implicar una relación seria, ¿verdad?

—Claro que lo sé. Pero no me van los rollos de una noche.

—¿Qué?

—Ya sabes… A nivel emocional, tengo que sentirme a gusto con esa persona. Necesito sentirme atraída físicamente por él, pero también es preciso que seamos capaces de llevarnos bien después de hacerlo, y es necesario que no sienta que me aprovecho de la relación. No me importa tener solo sexo, pero antes tengo que llegar a un entendimiento.

Asentí.

—Me parece bien. —En ese momento más o menos perdí la cabeza. Es la única manera de verbalizar la línea de pensamientos que siguió mi cerebro y que expliqué tan ricamente con palabras—. ¿Y cómo lo aplicas al trabajo?

—¿Al trabajo? —Parecía confusa, y yo pensando que había sido muy claro…

—A acostarte con un compañero. Es que creo que deberíamos tener sexo.

22

Emerie

—*E*stás loco.

—¿Porque creo que debemos follar? ¿Por qué lo consideras una locura?

—Somos casi opuestos. Tú piensas que una relación es el período de tiempo que las parejas pasan juntas echando un polvo.

—¿Y?

—Yo creo en el amor, en el matrimonio, y en el trabajo.

—No estoy hablando de eso, sino de sexo. Ya sé que hace mucho tiempo que no lo haces, pero es cuando un hombre y una mujer…

Lo corté en seco.

—Sé lo que es el sexo.

—Bueno. Y yo. Y quiero tenerlo contigo.

—Eso es una locura.

—¿No te sientes segura conmigo?

—¿Segura? Sí. Supongo que sí. Sé que no permitirías que me pasara nada.

—¿Te sientes atraída por mí?

—Sabes perfectamente que estás muy bueno.

—Si los dos tenemos claro de qué se trata, no sentirás que nos aprovechamos el uno del otro. —Drew se reclinó en la silla—. Cumplo todos tus criterios. —Me guiñó un ojo—. Además tengo una bañera que es una pasada. Lo que es un plus. Ahora que lo pienso, quizá deberías pensártelo mejor. Soy un partidazo.

No pude dejar de reírme por lo absurdo que era todo.

—¿Ves? Otra ventaja. Te hago reír.

No andaba desencaminado. Si era sincera, durante las últimas dos semanas, Drew Jagger había removido muchas cosas en mi interior, cosas que no había sentido desde hacía mucho tiempo. Me mordí el labio. Notaba como si mi estómago fuera una secadora con media carga y la ropa rebotara por doquier. No podía creer que estuviera considerando su sugerencia.

—¿Cuándo fue la última vez que estuviste con una mujer?

—El día antes de conocerte.

—Hace solo unas semanas. ¿Estabas saliendo con ella?

—No. La conocí mientras estaba de vacaciones en Hawái.

—¿La llegaste a conocer antes de acostarte con ella? —No sabía por qué le hacía esa pregunta.

Drew dejó el envase sobre la mesa.

—Me hizo una mamada en el cuarto de baño menos de media hora después de que nos conociéramos en el restaurante.

Arrugué la nariz.

—¿Querías que te mintiera?

—Creo que no. Aunque hubiera preferido que no fuera esa tu respuesta.

Asintió.

—Preferías creer que había habido romance en tan exótico entorno. Que fue más de lo que fue. Solo se trató de sexo entre dos adultos que querían disfrutar. No siempre tiene que haber algo más.

Terminé la comida china y me eché hacia atrás, apoyando las manos sobre el estómago lleno.

—A pesar de que resulta muy tentadora tu oferta... —sonrió—, sobre todo por la bañera, creo que no es una buena idea. Pasamos demasiado tiempo juntos para que solo sea sexo.

Drew se llevó el pulgar a la boca y se frotó el labio inferior.

—Puedo ponerte de patitas en la calle.

—Entonces, sin duda, querría tener sexo contigo. Porque nada me excita tanto como estar en la calle —bromeé con ironía.

Drew rodeó la mesa y cogió mi envase vacío para tirarlo con el suyo a la basura. Sentí que luego se detenía detrás de mí. Inclinó la cabeza hacia mi hombro y me hizo cosquillas en la nuca cuando habló.

—Si cambias de opinión, ya sabes dónde encontrarme.

A pesar de que no me apetecía estar sola, poco después de acabar de cenar le dije a Drew que tenía que irme a casa para terminar un trabajo. En el mensaje que me había enviado antes decía que le esperaban horas de trabajo, y no quería entretenerlo. Además, necesitaba tiempo para asimilar la propuesta que me había hecho. Aunque era un tanto extraña, no podía afirmar que la idea de follar con él no me resultara atractiva.

Aunque en el despacho las cosas volvieron a la normalidad entre Drew y yo durante los días siguientes, y por normalidad me refiero a que siguió ridiculizando a mis pacientes y yo le sugerí que se metiera por el culo su falta de ética, después de aquella noche, entre Baldwin y yo apareció la tensión. Le había oído abrir y cerrar la puerta por la mañana; cuando luego llamó a la mía, actué de forma muy madura: fingiendo que no estaba en casa.

No sabía por qué lo evitaba cuando en realidad él no había hecho nada malo. Así que al día siguiente, cuando volvió a llamar, respiré hondo y me porté como una adulta.

—Estoy preocupado por ti —me dijo.

—¿Sí? No quería que te preocuparas. Estoy muy ocupada con el trabajo.

—Imagino que eso es bueno. Me alegro de que el traslado esté funcionando bien.

«No todo iba sobre ruedas, pero bueno…».

—Sí. La verdad es que estoy contenta por cómo avanza el trabajo en la consulta.

—¿Estás libre para desayunar? Tenía la esperanza de que pudiéramos charlar un poco y me pusieras al día de todo lo que te ha ocurrido.

Lo estaba, pero mentí. Miré el reloj y vi que eran las siete y media.

—De hecho, tengo una sesión a las ocho y media, y todavía no he terminado de arreglarme.

—¿Y para cenar?

—Estoy bastante ocupada. —Sonreí débilmente—. Quiero quedarme hasta tarde para transferir todas las anotaciones de los casos.

Baldwin frunció el ceño.

—¿Y si almorzamos juntos? Podemos hacerlo en tu despacho, si quieres.

No parecía dispuesto a aceptar un no por respuesta.

—Mmm... Claro.

Después de que se fuera, se me ocurrió que quizá fuera mejor quedar con él en algún restaurante cercano que comer en la oficina, así que le envié un mensaje. No es que me preocupara que le molestara a Drew ni nada de eso, pero era imposible calcular qué podía salir por la boca de mi compañero de despacho.

> «No es lo que dices, sino cómo lo dices.
> Hoy voy a decirte que te .... y te demostraré
> que te lo digo en serio».

Añadí esa cita a la pizarra, la puse también en mi web y luego revisé los archivos de los casos del día. Tenía varias sesiones de terapia por la tarde y quería estar preparada por si regresaba tarde de almorzar. Baldwin me envió un mensaje para decirme que había reservado mesa en un restaurante de la calle 7, de esos en los que te ponen servilletas de tela y les lleva su tiempo preparar los platos. No tenían hamburguesas normales, las suyas eran de ternera Kobe con semillas de hinojo cocido en grasa de pato, o algo igual de exótico que justificara que te cobraran veinticinco dólares por cada una.

Media hora antes de la comida, Baldwin me sorprendió presentándose en el despacho en lugar de reunirse conmigo en el restaurante como habíamos planeado.

—¿Pensaba que habíamos quedado en ese sitio de la calle 7?

—Estaba por el barrio, así que se me ha ocurrido pasar a buscarte.

Le dije que entrara para poder recoger el abrigo y apagar el portátil. Drew llevaba la misma maratón telefónica de todos los días y, por supuesto, terminó justo en ese momento. Entró en mi oficina sin pensar que iba a encontrarse con alguien allí dentro.

—¿De qué humor estás? Estaba pensando en ir a por unos perritos calientes. Te apetece acompañarme a... —Se interrumpió al ver a Baldwin—. No sabía que tenías compañía.

Percibí que tensaba la mandíbula. Baldwin le caía realmente mal.

Por supuesto, Baldwin no iba a ayudar a la causa. Respondió con sarcasmo.

—Sí. Tenemos una reserva para comer en un lugar donde la comida está caliente de verdad.

Drew me miró y me transmitió con los ojos todo lo que no podía decir en voz alta. Luego se dio la vuelta y regresó a su despacho.

—Disfrutad mucho de esa comida *caliente* —se despidió por encima del hombro mientras se alejaba.

Casi habíamos salido cuando Baldwin se detuvo para leer mi cita diaria.

—¿A tus pacientes les gusta esta clase de cosas? —preguntó, volviéndose hacia mí.

Me puse a la defensiva.

—Sí. Además, pongo la misma cita en mi web, a través de la cual se conectan los pacientes para las sesiones de asesoramiento por videoconferencia. Ofrecerle a la gente una cita inspiradora y permitirles que hagan una sugerencia sirve para que su relación tenga un refuerzo positivo en las sesiones.

—Imagino que depende de lo que estés sugiriendo...

Me resultó extraño que no le gustara, porque la idea se me había ocurrido después de asistir a una de sus conferencias. No me parecía normal que pareciera tan perturbado al ver que la utilizaba.

Me acerqué y leí la cita.

«Drew».

Lo iba a matar.

La había modificado... Otra vez.

Yo había escrito:

«No es lo que dices, sino cómo lo dices.
Hoy voy a decirte que te ...., y te demostraré
que te lo digo en serio».

Él la había cambiado y ahora ponía:

«No es lo que haces, sino cómo lo haces.
Hoy va gustarte que te lo haga. Y lo digo en serio».

23

Emerie

—*T*engo un regalo de cumpleaños para ti —dijo Baldwin mientras esperábamos en el vestíbulo del restaurante a que el *maître* atendiera a la gente que teníamos delante.

—¿En serio?

Sonrió y asintió.

—Tienes una entrevista para un puesto de profesora adjunta dentro de dos semanas. Es solo para dar una clase, pero por lo menos estarás dentro.

—¡Oh, Dios mío, Baldwin! —Sin pensar, le rodeé el cuello con los brazos y le estreché con fuerza—. Muchas gracias. Es el mejor… —Estaba a punto de decirle que era el mejor regalo que podría haber pedido este año, pero luego recordé lo que me había ofrecido Drew y me detuve—. Es increíble. Muchas gracias.

El *maître* nos llevó hasta la mesa y estuvimos la hora siguiente hablando sobre el trabajo y la persona que me iba a entrevistar. Era agradable ponerse al día con Baldwin, pero no disfrutaba de su compañía. Me di cuenta de que durante el último mes, la frustración que me provocaban los sentimientos que tenía hacia él había comenzado a interferir en nuestra amistad. Había llegado el momento de que avanzáramos o nos conformáramos con lo que ya teníamos.

Al terminar de comer, el camarero se llevó nuestros platos y Baldwin pidió un café *espresso*. Entonces, cruzó los dedos sobre la mesa y dejó de hablar de trabajo.

—¿Estás saliendo con ese abogado con el que compartes el despacho?

—No. El beso del otro día fue el resultado de beber demasiados margaritas.

Baldwin frunció el ceño antes de asentir.

—Bien, me alegro. No creo que sea el tipo de hombre con el que deberías liarte.

—¿Qué quieres decir?

Sí, estaba cabreada con Drew y pensaba echarle un buen sermón cuando regresara al despacho, pero no pensaba permitir que Baldwin lo criticara cuando ni siquiera lo conocía.

—Me parece demasiado… no sé… vulgar.

—Es muy directo, sí. Y a veces incluso brusco. Pero cuando lo conoces te das cuenta de que es un tipo muy reflexivo.

Baldwin me escrutó fijamente.

—Bueno, me alegro de que no haya nada entre vosotros. Ya sabes que me gusta protegerte.

Era irónico, en el poco tiempo que había pasado desde que había conocido a Drew, me sentía como si fuera él quien se mostraba protector conmigo.

La puerta del despacho de Drew estaba cerrada cuando regresé a la oficina. Agudicé el oído para asegurarme de que no estaba hablando por teléfono y la abrí de par en par.

—¡Eres idiota!

—Eso ya me lo has dicho. ¿Qué tal el almuerzo con el profesor Pomposo?

—Delicioso —mentí. La hamburguesa del chef ni siquiera estaba buena.

—Baldwin ha leído lo que has escrito en la pizarra. Tienes que dejar de meterte conmigo.

Sonrió.

—Pero es que es muy divertido picarte. Y no me dejas que me meta de otra manera, así que tengo que tener algún tipo de alivio.

—Estoy segura de que piensa que no soy demasiado profesional con mis clientes.

Drew se encogió de hombros.

—¿Por qué no le has dicho que lo he escrito yo?

—Ya no le caes muy bien… No quiero que la cosa empeore.

—Me importa una mierda lo que piense de mí. ¿Por qué te importa a ti lo que piense de mí?

Esa era una buena pregunta. Aunque no tenía respuesta para ella.

—Lo hace y punto.

Se me quedó mirando y luego se puso a frotar aquel maldito labio inferior con el pulgar.

—¿Quieres saber lo que pienso?

—¿Tengo alguna otra opción?

Drew rodeó su escritorio y apoyó las caderas en la parte delantera.

—Creo que te gusto, por eso te importa lo que piense ese idiota.

—En este momento no me gustas mucho.

Sus ojos cayeron en mis pechos.

—A una parte de ti sí le gusto. —Bajé la vista para encontrarme los pezones duros y erectos. Las malditas puntas de mis tetas parecían querer atravesar la seda de la blusa. «Traidoras».

Crucé los brazos.

—Aquí hace frío.

Drew se impulsó desde la mesa y se acercó unos pasos.

—No hace nada de frío. De hecho, creo que hace calor. —Se llevó la mano al nudo de la corbata y se lo aflojó.

«¡Maldito sea! ¿Por qué tengo que considerarlo tan sexy?».

El corazón me retumbaba dentro del pecho.

Dio otro paso más. Ahora no nos separaban ni treinta centímetros.

—Creo que le gusto a tu cuerpo y que tu cabeza lucha contra ello. Quizá los dos deberíamos enfrentarnos como adultos… desnudos… en la cama.

—Y yo creo que estás loco. Como soy psicóloga, es probable que mi diagnóstico sea más exacto.

Dio otro paso.

—Así que si te quito la falda y te pongo la mano entre las piernas ¿no te encontraré mojada?

Noté la piel caliente; no sabía si era por escucharle decir a Drew que quería tocarme en mi parte más íntima o por la necesidad acuciante de que lo hiciera. No podía levantar la vista y mirarlo, pero tampoco logré no hacerlo. Así que clavé los ojos en su pecho, notando cómo subía y bajaba. Cada vez que tomaba aliento la respiración se le hacía más profunda, y la mía se acompasó con la suya.

—Mírame, Emerie. —Su voz era profunda y confiada. Drew esperó hasta que nuestras pupilas se encontraron para cerrar con un pequeño paso la brecha que nos separaba—. Tienes tres segundos para salir de mi despacho. De lo contrario, me estarás dando permiso para hacer lo que quiera.

Tragué saliva. Mi voz se quebró mientras le sostenía la mirada.

—He venido aquí para gritarte.

—Me gustas mucho cuando estás enfadada. —Se interrumpió—. Uno.

—¿Te gusto cuando me enfado?

—Me excita. Dos.

—No harás nada cuando llegues a tres si te digo que te detengas.

Se acercó más todavía.

—Claro que no. Confía en mí. Pero tendrás que decirme que pare. —Se detuvo—. Última oportunidad.

Me quedé paralizada mientras decía el último número.

—Tres.

Antes de que pudiera objetar nada, la boca de Drew cayó sobre la mía. Su labio inferior era suave y grueso. Llevaba mirándoselo durante semanas, y de repente era en lo único que podía pensar. Le agarré por la corbata y lo acerqué todavía más mientras se lo chupaba. Él respondió con un gemido y me rodeó con los brazos. Me puso las manos en las nalgas mientras me levantaba del suelo y me las toqueteó con fuerza.

Se me subió la falda cuando le envolví la cintura con las piernas. Noté que daba unos pasos hasta que me apoyó la espalda en la pared. Luego me inmovilizó contra ella con las caderas para tener las manos libres.

«Dios mío, conoce todos los trucos».

Me empezó a chupar el cuello y oí el tintineo de la hebilla al pasar por las presillas.

«Ese ruido».

Era fuerte y lleno de desesperación. Si no hubiera estado ya mojada, me habría derretido después de escucharlo.

—¿Tienes más citas hoy?

—Solo por videoconferencia. ¿Y tú?

—Gracias a Dios... —Me sujetó los bordes de la blusa con las dos manos y tiró con fuerza. Los botones de perlas rodaron por el suelo. Empujó hacia abajo la parte delantera del sujetador y se inclinó para capturarme un pezón con la boca. «Con dureza».

—¡Oh, Dios! —Arqueé la espalda. Me dolía pero quería más. Le agarré los pantalones, pero me sujetaba de modo que no podía moverme. Sin embargo, tenía que hacer algo. Así que hundí los dedos en su pelo y tiré con fuerza mientras cogía aire. Jamás en mi vida me había sentido tan excitada; quería provocarle dolor, algo nada propio de mí, porque me gustaba el sexo dulce y cariñoso, pero esto era necesidad carnal, pura y sin adulterar.

Tenía el cuerpo tan el límite, tan cerca de un clímax febril que casi no noté cuando movió la mano entre mis piernas. Me deslizó las bragas a un lado y hundió los dedos en mi humedad.

—Sabía que estabas empapada. —Luego los deslizó en mi interior y solté un fuerte gemido.

Hacía demasiado tiempo.

Demasiado.

—Drew —advertí. Si no bajaba la velocidad, acabaría corriéndome—, ve más despacio.

—Ni de coña —gruñó—. No pienso ir más despacio hasta que te corras en mis dedos. Entonces me tomaré mi tiempo para lamer cada gota de este coño apretado. Pero hasta ese momento, no pienso ir más despacio. —Hundió de nuevo los dedos y giró la muñeca buscando el ángulo correcto, lanzándome hacia el borde. Gemí mientras alcanzaba el éxtasis, sin sentir ni pizca de vergüenza porque hubiera conseguido que me corriera en menos de cinco minutos.

—Dios, Emerie... Eres lo más sexy que he visto nunca.

Estaba a punto de decirle que podía conseguir que ocurriera otra vez, cuando resonó una voz en el despacho.

—Reparto de UPS. ¿Hay alguien?

Υ

Drew tenía algunas camisas colgadas detrás de la puerta de su despacho, así que cogí una mientras él salía a atender al repartidor de UPS. Aunque nos habíamos quedado quietos, esperando que se fuera, debió habernos oído porque empezó a recorrer el pasillo que conducía al despacho, lo que había obligado a Drew a salir a su encuentro a regañadientes.

Me abroché frenéticamente la camisa masculina —diez tallas mayor de lo que yo necesitaba— para cubrirme. Como si Drew fuera a permitir que el repartidor se acercara a saludar o algo así. Dos minutos antes había estado más excitada que nunca, lo que había hecho que el impacto fuera terrible. «¿Qué había estado haciendo?».

Estaba claro: Drew era muy sexy y me sentía atraída por él. No lo podía negar. Pero esto era un error. Esperábamos cosas diferentes de la vida. El hecho de que disfrutara de su compañía y que pasara la mayor parte del día con él haría que me resultara muy difícil separar sexo y sentimientos. Era como una droga, que a pesar de saber que no era buena me convertiría en una adicta con rapidez.

Estaba abrochándome el último botón cuando Drew volvió al despacho.

—El tipo de UPS se ha creído que estaba haciéndome una paja.

—¿Qué? ¿Por qué?

—Tenía un paquete para ti y me preguntó si estabas aquí. No quería que te pidiera que lo firmaras, así que le respondí que no, que estaba solo.

—¿Y? ¿Cómo has llegado a la conclusión de que ha creído que estabas masturbándote?

—Cuando me pasó la tablet para que firmara, noté que tenía los ojos clavados en esto —señaló hacia abajo. Tenía un bulto considerable, y realmente se podía ver el contorno de su polla apuntando hacia arriba a través del pantalón. La cremallera estaba abierta también y asomaba por la bragueta parte del faldón de la camisa.

Me cubrí la boca con las manos para reprimir la risa.

—¡Oh, Dios mío! —Entonces lancé una segunda mirada a los pantalones.

«Sí, oh, Dios mío...». La polla de Drew era tan ancha y larga que parecía un bate de béisbol. No me había dado cuenta de lo fijamente que se la estudiaba hasta que se rio.

—Deja de mirármela así o no podré reprimirme e ir despacio cuando me la chupes dentro de poco.

«Dios, qué bruto».

«Dios, quiero chupársela».

Negué con la cabeza y me obligué a mirarlo a los ojos, que le brillaban de diversión.

—¿Necesitas hacer algo antes de que subamos?

—¿De que subamos?

—Al ático. Quiero asegurarme de que la primera vez que me hunda dentro de ti no nos interrumpe nada.

—Pero… no creía que….

Drew me interrumpió antes de que terminara la frase apretando los labios contra los míos. Cuando nos separamos para coger aire, me sentía mareada. Me miró a los ojos.

—No pienses. Hoy no. Piensa mañana. Si quieres que sea cosa de una vez, vale, lo acepto. Pero hoy va a pasar.

Mi cerebro dijo no, pero asentí.

Sonrió.

—¿Vale?

—Vale.

Hundió la mano en el bolsillo y sacó las llaves.

—Coge tu móvil y el portátil. Sube a mi casa y cancela todo lo que tengas pendiente hoy. Yo haré lo mismo y nos reuniremos dentro de quince minutos.

—¿Por qué no podemos hacerlo los dos aquí?

—Porque tengo una erección enorme y verte con mi camisa no me ayuda en absoluto. Es muy difícil reprimirme cuando la forma en la que te derrites cuando te corres está grabada a fuego en mi cerebro. Tengo que conseguir un poco de control para no quedar en ridículo.

—Ah…

Sonrió.

—Sí, ah… —Luego me dio un casto beso en los labios y me puso en camino con una palmada en el culo—. Ve.

24

Emerie

$\mathcal{N}$o tenía nada sexy a mano, así que me las arreglé lo mejor que pude. Postergué las llamadas a los pacientes y me dediqué antes a peinarme y maquillarme. Por suerte, llevaba puesto un sujetador de encaje negro muy bonito con el tanga a juego, así que me quité la falda y opté por esperar a Drew vestida solo con su camisa, que desabroché para dejar a la vista el sujetador. Satisfecha con el aspecto que ofrecía, me fui al salón para ver el horario de la tarde en el portátil y cancelar las citas.

Estaba mirando por la ventana, en medio de la última llamada, cuando oí que se abría la puerta del ático. La calma que me había permitido reprogramar las citas con los pacientes se vio alterada al instante por un aleteo de mariposas en el estómago.

Tess McArdle estaba contándome una historia sobre su última cita médica, algo que no tenía ninguna relación con la sesión, y pensé que sería mejor no darme la vuelta para mirar a Drew. Pero aun así tuve dificultades para finalizar la conversación al saber que él estaba allí. De hecho, no podía apartar la mirada de su reflejo en la ventana. Dejó las llaves en la encimera y vació los bolsillos. Sacó algo —que sospeché que era un preservativo— de la cartera, y se me acercó por la espalda sin apartar los ojos del cristal.

Hice todo lo posible para interrumpir la llamada con la señora McArdle, pero la mujer no pillaba ninguna indirecta. Drew estaba tan cerca de mí que podía sentir el calor de su cuerpo, aunque no me tocó. En su lugar, empezó a desnudarse.

Primero se deshizo de la camisa. Tenía un torso tan escultural como sexy. Pude apreciar todas las líneas cinceladas de su abdomen. Si era tan perfecto a través del reflejo en la ventana, no quería imaginar siquiera cómo sería cuando lo mirara directamente.

Luego se quitó los zapatos y los calcetines, antes que los pantalones. No pude apartar los ojos de sus dedos mientras se desabrochaba el botón y la cremallera; los pantalones cayeron al suelo. Dio un paso y los echó a un lado. Contuve el aliento cuando llevó los dedos a la cinturilla de los bóxer y dejé escapar un audible suspiro cuando se los bajó con rapidez por las piernas.

—¿Emerie? ¿Estás ahí? ¿Estás bien?

«¡Joder! ¡Joder!». No había prestado atención a ninguna de las palabras que había dicho la señora McArdle en el último minuto, y me había oído jadear.

—Sí. Lo siento, señora McArdle —me disculpé completamente aturdida—. Una... Una araña gigante acaba de aparecer en mi escritorio y me ha pegado un susto.

Drew sonrió en el reflejo. Estaba disfrutando; quizá demasiado. Agarrándose la polla, empezó a acariciársela sin dejar de mirarme.

—Señora McArdle, lo siento, tengo que dejarla. Está a punto de entrar un paciente.

Drew se inclinó para besarme el cuello del lado que no estaba el teléfono.

—Oh, sí, alguien muy paciente está a punto de entrar... —me susurró al oído. Luego metió la mano por debajo de la camisa y me dio una palmada en el culo—. Voy a follarte contra la ventana.

Apreté los muslos, pero eso no evitó el ramalazo de placer que sentí entre las piernas. Cuando bajó la mano para deslizarla y extender la humedad de mi vulva hasta mi culo, comenzaron a temblarme las piernas. No estaría pensando en meter aquello tan enorme allí ¿verdad? Nunca lo había hecho y no estaba segura de que lo mejor fuera empezar con algo tan gigantesco.

Continuó masajeándome, esparciendo mis jugos por todas partes. Cuando por fin corté la llamada de la señora McArdle, estaba más mojada que cuando me masturbaba y usaba lubricante. Dejé caer el móvil al suelo sin importarme si se rompía y me apoyé en Drew mientras él deslizaba dos dedos en mi interior.

—Mojada y preparada para mí. —Su voz era ronca y susurrante, y me ponía a cien; con las palabras, el tono, la forma de decirme lo que me iba a hacer sin describirlo explícitamente—. Me encanta tu cuerpo.

Y a mí me encantaba la forma en la que me hacía sentir.

—¿No… no nos ve nadie? —Apenas podía hablar, pero cuando me obligué a abrir los ojos, vi a gente en la calle. Sabía que estábamos muy arriba, pero aun así…

Continuó deslizando los dedos dentro y fuera de mí.

—¿Importa? Si existiera la posibilidad de que alguien nos viera, ¿me dirías que parara ahora mismo?

—No —respondí con sinceridad. No podría decírselo ni siquiera aunque nos estuviera viendo una multitud dispuesta a juzgarnos y valorar nuestro rendimiento. Habíamos llegado ya demasiado lejos.

—Bien… —Retiró los dedos de mi interior y, antes de que comprendiera lo que estaba pasando, me quitó la camisa. Bueno, literalmente, la desgarró haciendo que los botones rebotaran por el suelo.

—¿Tienes algo en contra de los botones?

—Tengo algo en contra de que uses ropa.

De alguna forma, se las arregló para deshacerse de la camisa, el sujetador y las bragas en un tiempo récord y luego alzó mi cuerpo en llamas contra el frío cristal de la ventana.

—Quizá nos vea alguien desde allí abajo. —Deslizó una mano entre mi pecho y el vidrio y me pellizcó el pezón—. Quizá haya un hombre en uno de los edificios de enfrente. —Señaló con la barbilla los edificios que quedaban en diagonal, en la calle perpendicular al parque—. Tal vez nos esté espiando con unos prismáticos mientras se acaricia la polla, imaginando que se encuentra delante de ti mientras yo estoy detrás.

—¡Oh, Dios! —La ventana estaba muy fría, y mi cuerpo ardía.

Drew trazó un camino con su aliento a lo largo de mi hombro, siguió subiendo hasta llegar al cuello y la oreja.

—Córrete para mí, Em.

Llegados a ese punto, habría saltado por la ventana si me lo hubiera pedido. Separé las piernas, afianzándome, mientras él me rodeaba la cintura con un brazo, apretando mi culo contra su cuerpo, y obligándome a arquear la espalda, me bajó lentamente para sumergirse en mi interior.

Empujó dentro y fuera unas cuantas veces, cada envite más profundo que el anterior hasta que estuvo totalmente hundido en mí. Nunca había estado con un hombre que la tuviera tan grande, y cada embestida dilataba mi cuerpo para que lo envolviera como un guante.

—Joder… Qué placer… Tu coño me aprieta y vibra a mi alrededor. Quieres que te llene ¿verdad? Quieres exprimirme la polla ¿no?

¡Dios! Adoraba que me hablara así. Gemí y me empujé contra él, haciendo que se sumergiera todavía más.

—Sí. Drew. Por favor.

El ruido de nuestros cuerpos húmedos al golpear uno contra otro rompía el silencio y resonaba en todo el apartamento. Aquel exquisito sonido hizo que aumentara el ritmo de forma frenética y empezó a moverse con más fuerza para hundirse en mí hasta el fondo. Cada ronco jadeo que emitía al estrellarse contra mí me enviaba más cerca del borde. Cerré los ojos para perderme en el placer de mi cuerpo, pero cuando los abrí, me vi en el reflejo con él, y nuestros ojos se encontraron. Me corrí con intensidad sin romper ese contacto visual, soltando un largo gemido.

—¡Dios! Eres preciosa… —dijo entre dientes mientras embestía una última vez. Luego noté una sensación pulsante en mi interior, mientras se corría, diciéndome una y otra vez lo hermosa que era.

Después de eso, aminoró el ritmo antes de deslizarse fuera de mí para poder deshacerse del condón. Cuando regresó, todavía seguía apoyada contra la ventana.

Me sorprendió cogiéndome en brazos.

—¿Qué haces?

—Llevarte a la cama.

Apoyé la cabeza contra su hombro.

—Estoy agotada.

Sonrió.

—No me refería a dormir. Hablo de follarte correctamente la próxima vez.

—¿Correctamente? —grazné.

—Sí. Necesito diez minutos, pero luego me tomaré mi tiempo. Quiero ver tu expresión cuando te derritas en mi cama.

—¿Diez minutos? —Yo necesitaba por lo menos un par de horas.

Drew se rio y me besó en la frente.

—Nos daremos un baño después de la segunda ronda. ¿Qué te parece?

«Maravilloso».

—¿También me llevarás a la bañera si estoy demasiado cansada para una segunda ronda?

—No te preocupes. Yo haré todo el trabajo. Puedes descansar, disfrutar de mi lengua y soñar con ese baño.

—Y pensar que ayer dije que no a todo esto.

—Será la última vez que me digas que no.

—¿En serio?

—Puedes apostar lo que quieras. Ahora que sé lo bueno que es cuando estamos juntos, podrás intentar negarte, pero te haré cambiar de opinión.

—Te he dejado una marca. —Drew cogió agua caliente y la dejó gotear sobre mi pezón, que sobresalía de la superficie.

Estábamos juntos en la bañera, yo sentada entre sus piernas.

—¿Dónde?

—Aquí. —Se refería a una marca roja que no me había visto en el pecho.

—Bueno. Probablemente no la verá nadie.

Se puso rígido.

—¿Probablemente?

—Me refiero a que quedará tapada por el sujetador, por lo que incluso aunque me desnude delante de alguien, como en el médico o en el gimnasio, nadie lo verá de todas formas.

—Porque no estarás pensando en follar con otro tipo antes de que desaparezca ¿verdad?

Incliné la cabeza para mirarlo.

—¿Esto va a ser algo de más de una vez?

Me miró a los ojos.

—Sí.

—Entonces, vale. Nadie más que tú verá esa marca, así que no te preocupes.

Se relajó.

—Bien. Sobre todo porque no es la única marca que te he dejado.

—¿Qué? ¿Dónde hay más?

—Aquí. —Me tocó la clavícula—. Aquí. —Señaló un punto debajo de la oreja—. Y estoy seguro de que hay más en el interior de los muslos.

Me reí.

—Bueno, esas sin duda no me importan, pero no puedes ir dejándome señales en el cuello donde pueden verlas los pacientes. La mayoría están pasando momentos difíciles en sus relaciones y no tienen por qué sufrir la prueba de que me lo paso tan bien por las noches.

—Entiendo. Me limitaré a dejar marcas en las tetas, los muslos, el coño y el culo.

—Tienes una boca muy sucia, ¿lo sabías?

Me pellizcó un pezón.

—No parecía importarte cuando estaba dentro de ti.

—Ya, bueno… —No podía decir que no tuviera razón. Además noté que se me habían sonrojado las mejillas.

Drew se rio.

—Has montado sobre mi boca y todavía te sonrojas cuando digo tetas y coño.

—Cállate. —Le eché agua.

Drew encendió los chorros y me relajé entre sus brazos, disfrutando del masaje del agua. El sonido era como un murmullo y tenía un efecto calmante en mí. Aunque se me había colado algo en la mente durante la última hora y no podía bloquearlo.

Después de un rato, los chorros se hicieron más lentos y yo me puse más nerviosa.

—¿Puedo hacerte una pregunta?

—Dado que tienes el culo apretado contra mis pelotas, supongo que no es una pregunta que quiera responder si no la has hecho hasta ahora.

«Exacto».

La hice de todas formas.

—¿Por qué te divorciaste?

Suspiró.

—Casi tenemos la piel arrugada. ¿Seguro que quieres oír lo que pasó? Nos darán las nueve y todavía no habré acabado de contarte toda la mierda que ocurrió con Alexa.

«Alexa». Ya la odiaba, y solo conocía su nombre.

—Dame una versión corta.

—La conocí durante el último curso en la universidad. Se quedó embarazada cuando llevábamos tres meses acostándonos.

«¿Drew tiene un hijo?».

—Guau… ¿Os casasteis por eso?

—Sí. Puede que viéndolo retrospectivamente no fuera la decisión más inteligente. Pero parecía buena chica e íbamos a tener un hijo. Además, ella tenía una vida muy diferente, pues había padecido una infancia dura y sin dinero, así que quería mantenerla a ella y a mi hijo.

—Muy noble por tu parte.

—Creo que confundes nobleza con inocencia.

—No, para nada. Creo que es increíble que quisieras asegurarte de que tuvieran una buena vida.

—Sí, bueno… En la versión larga ella no es la chica dulce que fingía ser al principio, pero seguí intentando que el matrimonio funcionara.

—¿Qué te impulsó a terminar con ella?

Drew se mantuvo en silencio un buen rato.

—Se terminó —dijo cuando volvió a hablar con la voz quebrada— la noche en que tuvo un accidente de tráfico y llevaba a mi hijo en el coche.

25.

Drew. Fin de Año, tres años antes

Miré fijamente la cruz que había en la pared, en la habitación de mi hijo. Hacía un año exactamente que ese objeto me había inspirado para rezar. La cuna sobre la que colgaba había sido sustituida por una cama infantil en forma de coche de carreras. Pero rechazaba aquella cruz después de que Dios me diera un temprano indicio de que le importaba muy poco mi deseo de que mi padre recuperara la salud. Había muerto tres días antes.

Tras de asistir por la mañana a los servicios funerarios, algunas personas habían llegado a nuestro nuevo hogar para almorzar. Agradecía que ya se hubieran ido todos, pues necesitaba silencio. También quería tomarme un par de copas en paz.

Movía el líquido color ámbar en el vaso cuando se abrió la puerta, pero no me molesté en darme la vuelta. Unos brazos me rodearon la cintura desde atrás y unas manos se entrelazaron sobre la hebilla de mi cinturón.

—¿Qué haces aquí? Beck está en el Play Place con la niñera, no volverán hasta dentro de un par de horas.

—Nada.

—Ven al salón, te daré un masaje en los hombros.

El último año había sido difícil entre Alexa y yo. No compartíamos demasiado y la novedad hacía tiempo que había desaparecido de nuestra relación. Teníamos tres cosas en común: a los dos nos gustaba el sexo; el dinero que yo ganaba, ella lo gastaba; y nuestro hijo. Pero en los últimos meses entre las diez horas diarias que pasaba trabajando y las noches y los fines de semana cuidando de mi padre, que literalmente moría ante mis ojos, incluso el sexo había pasado a un segundo plano.

Antes de que el declive de mi padre se acelerara en picado, traté de interesarme por las nuevas aficiones de mi esposa para que tuviéramos algo más en común. Pero aparte de asistir a alguna obra de teatro de sus clases de interpretación, no era fácil nada más. Intenté actuar con ella, pero me reprochaba que no ponía el corazón en la actuación, probablemente porque me importaba un comino. Iba a ver los ensayos, pero me decía que mi presencia la ponía nerviosa. Con el tiempo, me di por vencido. Sin embargo, durante los últimos días, ella había sido un apoyo increíble.

Me di la vuelta y la abracé al tiempo que la besaba en la parte superior de la cabeza.

—Sí, vamos. Tengo los hombros rígidos.

Quince minutos después, cuando la tensión comenzaba a desaparecer, Alexa hizo que me enervara de nuevo.

—Esta noche tenemos que ir a la fiesta de los Sage.

—He enterrado a mi padre hace dos horas. Era el único padre que he conocido, dado que mi madre se largó con su amante cuando yo era un poco mayor que nuestro hijo. No estoy de humor para una fiesta.

—Pero es nuestro aniversario. Y es Fin de Año.

—Alexa, no pienso asistir a una fiesta esta noche ¿vale?

Dejó de frotarme los hombros.

—No es necesario que te comportes como un idiota.

Me incorporé.

—¿Idiota? ¿De verdad esperas que vaya a una fiesta el día del funeral de mi padre? ¿Y el idiota soy yo?

La oí resoplar. Los cinco años que había de diferencia entre nosotros parecían veinte en ese momento.

—Necesito salir. Los últimos meses han sido muy deprimentes.

Ella no me había ayudado a cuidar a mi padre. Los fines de semana, mientras yo me ocupaba de él, ella salía con sus amigos, por lo general de compras o a comer por ahí, Dios sabía dónde. Su egoísmo era ya muy evidente para mí.

—¿Qué parte de los últimos meses te ha resultado tan deprimente? ¿Vivir en Park Avenue y gastarte miles de dólares en compras cada semana? ¿O quizá que la niñera no pudiera ocuparse del niño por lo que te perdiste las clases de interpretación y las comidas con tus amigos? Ya sé, ¿no serían los viajes de tres semanas a Atlanta para visitar a tus inmaduras amigas, volando en primera clase y alojándote en el St. Regis en lugar de en casa de tu hermano? Sí, todo ha sido muy deprimente.

—Mis amigas no son inmaduras.

Me reí de forma burlona. Estaba a punto de responder, pero decidí que prefería tomar otra copa a continuar con la conversación. De todo lo que le había dicho, ¿solo le dolía que considerara inmaduras a sus amigas? Desde luego tenía un sentido de la prioridad muy retorcido. Entré a la cocina, que estaba comunicada con el salón donde ella todavía seguía sentada, y me serví otra copa.

—Vete a esa fiesta tú sola, Alexa.

El sol estaba poniéndose cuando abrí los ojos. Alexa se había llevado a Beck al centro comercial para comprarse ropa y yo me había hundido en el sofá después de terminar la bebida y la discusión con ella. Me incorporé y me pasé los dedos por el pelo. No debería haberme sorprendido que Alexa quisiera ir a la fiesta. No permitiera Dios que se perdiera una, en especial la de Fin de Año. Debería haber sospechado antes el desinterés que sentía por mí.

Me gruñó el estómago. No recordaba la última vez que había comido algo sólido. ¿Quizá la víspera? Había cenado en ese restaurante italiano entre las sesiones de la mañana y los servicios en la funeraria. Me puse a revolver en la nevera y encontré uno de los platos que habíamos pedido para el mediodía. Mientras me lo comía, comenzó a sonar el teléfono y me acerqué para ver quién era en la pantalla. Se trataba de un número local que me resultaba muy familiar. Descolgué al tercer timbrazo, cuando mi mente había identificado ya el origen y por qué lo conocía.

Me habían llamado desde ese número de vez en cuando durante los últimos meses, cada vez que la salud de mi padre daba un giro a peor. Intentaban localizarme desde el hospital Lenox Hill.

Y

El taxista me gritó mientras corría hacia la puerta de urgencias. Al parecer, había salido tan rápido que me había olvidado de cerrar la puerta.

—Mi esposa y mi hijo han tenido un accidente de tráfico. Los han traído en ambulancia… —grité a través del agujero de la ventanilla a la mujer que trabajaba detrás del grueso cristal de plexiglás.

—¿Apellido?

—Jagger.

Levantó la vista y arqueó una ceja.

—Con esos labios tengo que preguntarle. ¿Alguna relación con Mick?

—No.

Me hizo una mueca, pero señaló la puerta a la izquierda.

—Box 1 A. Le avisaré.

Un fuerte trauma abdominal. Eso era lo que nos había dicho el médico dos horas antes. Alexa había recibido un par de puntos en la cabeza, pero Beck no había sido tan afortunado. El lugar del coche donde iba había recibido todo el impacto de la colisión cuando a la furgoneta de una floristería se le estropearon los frenos y se saltó un semáforo en rojo en un cruce. El conductor desvió el volante para evitar el choque, pero terminó empotrado contra el asiento del copiloto del coche de Alexa, donde iba la silla de Beck.

Los médicos nos habían asegurado que las lesiones no ponían en peligro su vida, pero la ecografía había mostrado algunos daños en el riñón izquierdo, algo que debían operar de inmediato. Beck dormía plácidamente mientras yo estaba sentado junto a su cama. Alexa estaba siendo examinada en la habitación de al lado.

Después de que viniera el médico y me pusiera al tanto de los riesgos del procedimiento, la enfermera trajo una serie de formularios para que los rellenara. El consentimiento médico, la ley de privacidad, las autorizaciones de los seguros… El último era un documento para aceptar una transfusión de sangre.

La enfermera me explicó que no había tiempo antes de la operación de Beck para analizar nuestra sangre. Sin embargo, podíamos donar sangre y almacenarla para el futuro, por si fuera necesaria. Rellené el formulario, lo firmé y le pregunté a la enfermera si podía llevárselo a Alexa para que lo firmara. No quería dejar a Beck solo por si se despertaba.

Las horas siguientes, mientras mi hijo estaba en el quirófano, fueron un infierno. El cirujano tardó dos horas en salir a hablar con nosotros. Se bajó la mascarilla al vernos.

—No ha sido tan sencillo como pensábamos inicialmente. Los daños en el riñón eran más grandes de lo que mostraba la eco. En este momento estamos intentando reparar la laceración, pero la parte más difícil está en la zona de las venas y arterias que conectan con la aorta. Necesito que entiendan que si lo logramos hacer bien, no tendremos que quitarle el riñón. Si no es así, habrá que someterlo a una nefrectomía total o parcial.

Trató de convencernos de que se podía hacer vida normal con un solo riñón. Sabía que había mucha gente solo con uno, pero si nacíamos con dos era por algo, y quería que mi hijo los tuviera, si era posible.

Alexa y yo apenas habíamos hablado, aparte de asegurarme de que se encontraba bien. Estaba concentrado en Beck y una parte de mí la culpaba del accidente. No es que fuera así, pero si no hubiera estado tan preocupada por comprarse otro puto vestido para salir por la noche, nada de eso habría ocurrido.

—He visto una máquina junto a los ascensores, ¿quieres un café?

Alexa asintió.

Cuando regresé con dos vasos, mi mujer estaba hablando con la enfermera.

—Oh, Jagger. Aquí tiene la tarjeta con el tipo de sangre, por si alguna vez lo necesitan. Se la entregamos a todos los donantes.

—Gracias. ¿Soy compatible con Beck?

—Déjeme ver. —Se acercó a los pies de la cama donde colgaba el informe—. Usted es tipo O negativo —informó, mientras hojeaba las páginas—, lo que significa que puede donar sangre a cualquiera. —Se detuvo en una hoja rosa—. Beck está de suerte. No ocurre a menudo que un padrastro sea donante universal.

—Soy su padre, no su padrastro.

La enfermera dejó el diagrama a los pies de la cama y cuando volvió a mirar su portapapeles apareció en su cara una expresión de perplejidad.

—Usted es tipo O. Beckett es AB. —Frunció el ceño—. ¿Está diciéndome que Beckett es su hijo biológico?

—Sí.

La mujer miró a Alexa y luego a mí mientras negaba con la cabeza.

—Es imposible. Genéticamente una persona con su grupo sanguíneo no puede tener un hijo con grupo AB.

Me sentía agotado, había sido un día infernal. Había enterrado a mi padre, mi esposa y mi hijo habían tenido un accidente. Debía haber entendido mal.

—¿El laboratorio ha cometido un error?

La enfermera negó con la cabeza.

—Suelen ser muy fiables… —Nos miró a Alexa y a mí—. Pero les diré que extraigan una nueva muestra.

Después salió prácticamente corriendo de la habitación.

Me volví hacia mi esposa, que tenía la cabeza gacha.

—Es un error del laboratorio ¿verdad, Alexa?

Casi vomité cuando levanté la vista. No tuvo que decir ni una puta palabra para que lo supiera.

En el laboratorio no habían cometido ningún error.

¡Ningún puto error!

«Beck no era hijo mío».

26

Emerie

—¿ *T*ienes un hijo? —Estiré el cuello hacia atrás para mirar a Drew. Seguíamos en la bañera y no me resultaba fácil moverme sentada entre sus piernas.

Asintió con los ojos cerrados antes de abrirlos para observarme. Había tanto dolor en su expresión, que se me encogieron las entrañas previendo lo que vendría después.

—Es una larga historia. ¿Qué te parece si salimos y preparamos algo de comer mientras te la cuento?

—Bueno.

Drew salió primero para coger unas toallas. Se secó de pies a cabeza, incluyendo un masaje de tres segundos en el pelo con la toalla, luego se la envolvió alrededor de la cintura y me tendió la mano.

Su expresión seguía siendo muy seria y quise aligerar el ambiente. Era evidente que la historia que iba a contarme sobre su hijo no resultaría fácil.

Me agarré a su mano y di un paso fuera de la bañera.

—En este momento podrías interpretar un anuncio de crema para afeitar, y yo seguramente parecería una rata mojada. —Tenía el pelo pegado a la cara, y me alegré de que el espejo estuviera empañado para no poder verme reflejada en él. Drew me rodeó con una toalla y empezó a secarme—. Proporcionas unos servicios de acicalamiento muy agradables —bromeé, mientras se inclinaba para secarme una pierna y luego la otra.

Me guiñó el ojo.

—Están incluidos en el precio.

—Además, el precio es espectacular.

—Son servicios completos.

Cuando me secó por completo —tenía las tetas y la entrepierna muy secas por el tiempo que se entretuvo allí—, me envolvió con la toalla alrededor del pecho y sujetó la esquina. Siguió mostrándome su cara más dulce cuando entrelazó los dedos con los míos para atravesar el cuarto de baño.

Ya en la cocina, sacó un taburete de debajo de la isla de granito y palmeó la parte superior.

—Siéntate.

Giré en él un par de veces mientras Drew sacaba varias cosas de la alacena y de la nevera. Al recordar lo que habíamos hecho contra el cristal unas horas antes, dejé de dar vueltas y miré hacia la ventana. Fuera estaba oscuro y podía ver las luces de la ciudad con mucha claridad.

—¿La gente puede ver… realmente el interior? —Una mezcla de pánico y vergüenza me subió por las mejillas al recordar cómo había tenido los pechos apretados contra el vidrio. En ese momento, me había parecido excitante que alguien pudiera vernos, añadiendo cierto morbo al acto en sí. Pero sin duda no quería terminar en YouTube porque algún degenerado nos hubiera filmado desde su ventana con un teleobjetivo.

Drew se rio.

—No. El vidrio es especial. No te pondría en peligro. —Se estiró por encima de mi cabeza para coger una sartén y me besó en la frente cuando bajó—. Además, no me gusta compartir lo mío.

La primera parte de su declaración hizo que mi yo más racional suspirara aliviada, y la segunda me derritió.

Drew seguía cubierto solo con la toalla, en su caso envuelta alrededor de su estrecha cintura, y me dediqué a recrearme en la imagen que ofrecían los músculos de su espalda mientras cortaba cebolla, cuando vi una cicatriz. Cruzaba en diagonal uno de sus costados desde la espalda hasta el torso. La marca tenía un color más claro que el resto de la piel bronceada. No era nueva, pero le había ocurrido algo grave.

—¿Te han tenido que operar?

—¿Mmm? —Echó un poco de mantequilla en la sartén y se volvió con las cejas arqueadas.

Hice una señal.

—Lo digo por la cicatriz.

Por su cara pasó un destello de algo. Tristeza, pensé. Se dio la vuelta para responder.

—Sí, hace unos años.

Quizás estaba examinándolo todo demasiado, estudiando cada paso que daba, pero no podía evitarlo. Trataba de montar un puzle mentalmente sin saber lo que desvelaría la imagen completa.

Drew picó un montón de alimentos, sin dejar que lo ayudara. Y finalmente me puso en el plato dos magníficas fajitas, que podrían proceder de cualquiera de esos restaurantes de lujo a los que le gustaba ir a Baldwin.

«Baldwin».

No podía perder otros tres años suspirando por un hombre que jamás correspondería a mis sentimientos. Aunque no debía olvidar que Drew solo estaba interesado en el sexo. Desarrollar sentimientos hacia él no era una opción.

Sin embargo… eso no evitaba que sintiera cierta conexión con Drew. Como si hubiera habido una razón para que me timaran y terminara en su bufete en Nochevieja. Era estúpido, lo sé. No tenía ni idea todavía de qué lazo existía entre nosotros, pero estaba decidida a averiguarlo.

Hablamos poco mientras cenábamos y luego lo recogimos todo. No habíamos manchado muchos platos como para poner en marcha el lavavajillas, así que yo lavé mientras él secaba. Nos compenetrábamos bien, y no pude evitar pensar que era interesante que a pesar de que nuestras opiniones y consejos no podían ser más diferentes, físicamente nos entendiéramos tan bien.

—¿Quieres beber algo? ¿Una copa de vino? ¿Otra cosa? —preguntó cuando la cocina estuvo ordenada.

—No, gracias. Estoy demasiado llena.

Asintió.

—Venga, vamos al salón.

Drew colocó los cojines en el sofá, poniendo uno en un extremo.

—Túmbate —indicó, señalándolo.

Se quedó de pie hasta que me acomodé. Luego me levantó las piernas y se puso mis pies en el regazo.

—¿Tienes cosquillas?

—¿Te tomarás como un desafío que te diga que no?

Me lanzó una sonrisa de medio lado.

—No. Te iba a dar un masaje en los pies.

Sonreí y levanté un pie en el aire, ofreciéndoselo.

—No tengo demasiadas cosquillas. Pero cuando se admite tal cosa ante la gente, todo el mundo siente la necesidad de clavarte los dedos en las costillas hasta ponértelas moradas para tratar de demostrar que mientes.

Drew empezó a frotarme el pie. Tenía los dedos fuertes y cuando se puso a mover los pulgares con precisión en el talón, justo en el punto donde descargaba habitualmente todo el peso, solté un gemido.

—¿Te gusta?

—Me encanta... —suspiré.

Después de unos minutos, me relajé por completo, fue entonces cuando Drew comenzó a hablar en voz baja.

—Cuando Beck tenía cinco años, mi exmujer tuvo un accidente con el coche.

«¡Oh, Dios!».

—Lo siento. Lo siento muchísimo.

Drew frunció el ceño... Luego se dio cuenta con rapidez de qué estaba pensando.

—Oh, joder, no. Eso no significa que... Beck está bien.

Me llevé la mano al pecho.

—Dios, me has dado un susto... He pensado que...

—Sí. Lo he visto. Lamento que lo hayas pensado. Tuvimos cierto temor después del accidente, pero tú ni siquiera sabes que pasó por tres operaciones quirúrgicas.

—¿Tres? ¿Qué fue lo que ocurrió?

—Una furgoneta de reparto se estrelló contra el coche de Alexa y se lo abolló de mala manera.

—Qué horror...

—Beck iba en la silla de seguridad y parte de la puerta del coche se desgajó y le cortó, lacerándole el riñón. Los cirujanos intentaron reparar la herida, pero por el tamaño del desgarro y la ubicación, tuvieron que extirparle parte de él. El día del accidente le practicaron una nefrectomía parcial del riñón izquierdo.

—Guau… Lo siento.

—Gracias. —Estuvo callado un minuto y luego continuó—. Mientras estaban operándolo, las enfermeras nos invitaron a donar sangre. Yo me sentía tan impotente, que quería hacer todo lo que pudiera.

—Claro.

—De todas formas, Beck tiene un grupo sanguíneo raro y examinaron la nuestra a ver si podíamos ser donantes. Resultó que su grupo no coincidía con ninguno de los nuestros.

—No sabía que se podía tener un hijo y que ninguno de los dos padres no pudiera donarle sangre.

Drew me sostuvo la mirada.

—Y no se puede.

Tardé unos instantes en darme cuenta de lo que quería decir.

—Descubriste que Beck no es tu hijo…

Asintió.

—Estuve en el parto, así que no me cabía duda alguna de que sí era hijo biológico de Alexa.

—No sé qué decirte. Qué horror… ¿Ella no sabía que no eras el padre?

—Lo sabía. No quiso admitirlo, pero lo sabía desde el principio. Beck nació un poco antes de tiempo, pero ahora sé que no se adelantó. —Negó con la cabeza—. Es posible que de no ser por el accidente, nunca lo hubiera sabido.

—¡Dios mío, Drew! Y te enteraste mientras lo estaban operando. Eso debió de ser horrible en el estado de nervios que ya tenías.

—Sí. No fue un buen día. Pero al final, resultó que solo fue el primero de muchos. Durante las siguientes semanas todo fue de mal en peor.

—¿Qué ocurrió?

—Alexa y yo ya no estábamos bien antes del accidente. Lo cierto es que nuestro matrimonio hacía aguas, pero mi relación con Beck…

Negó con la cabeza durante unos segundos, y lo vi tragar saliva. Intuí que estaba luchando para contener las lágrimas. Todavía sostenía mis pies entre los dedos, pero había dejado de moverlos. No sabía qué debía decirle o hacer, pero quería ofrecerle consuelo. Así que me incorporé y me senté en su regazo. Le rodeé con los brazos y lo estreché con todas mis fuerzas.

Después de unos minutos, lo solté.

—No es necesario que me cuentes nada más —dije en voz baja—. Quizás en otro momento.

Drew esbozó una sonrisa triste.

—Ese día cambió lo que sentía por Alexa, pero no lo que sentía por Beck. Seguía siendo mi hijo.

—Por supuesto.

—De todas formas, pocos días después de la operación, Beck comenzó a tener fiebre. La herida sanaba, pero él cada vez estaba más enfermo. Le inyectaron antibióticos para tratar una posible infección relacionada con la operación, pero no sirvió de nada. Los médicos tuvieron que volver a abrir y eliminar lo que quedaba de riñón. Mientras tanto, el otro empezó a mostrar signos de que tenía problemas para funcionar correctamente. No es algo raro después de extirpar un riñón o parte de él, al otro le cuesta asumir todo el trabajo durante un tiempo.

—Pobrecito. Cuánto dolor debió pasar… El accidente, la operación, empezar a ponerse bien y otra vez al quirófano.

Drew soltó un profundo suspiro.

—En realidad los días que daba guerra eran más reconfortantes que los que estaba demasiado débil para hacer nada. Ver a tu hijo tendido en la cama de un hospital y no poder ayudarle es la peor sensación del mundo.

—No quiero ni imaginarlo.

—Una semana después, las cosas no iban mucho mejor. La infección había desaparecido, sí, pero el riñón sano seguía sin funcionar bien. Empezó diálisis, lo que hizo que se sintiera mejor y que recobrara la salud, pero además empezaron a sugerirnos que lo pusiéramos en una lista de espera para un trasplante por si las cosas seguían igual.

—La gente se pasa años en esas listas. Y ver cómo un niño de cinco años tiene que someterse a una máquina de diálisis cada dos días era muy duro. Así que me hice una prueba para hacer una donación. Y para mi sorpresa, a pesar de que no era su padre biológico, mi riñón podía valerle. Cuando estuvo lo suficientemente fuerte para pasar de nuevo por el quirófano, le doné uno de mis riñones, que sustituyó al suyo. De esa forma, volvía a tener dos, y si el que le quedaba no volvía a funcionar con normalidad, tenía el doble de posibilidades.

Recordé lo que había visto en su costado.

—¿Por eso la cicatriz?

Asintió.

—Resumiendo: el trasplante fue un éxito y su otro riñón volvió a funcionar perfectamente unas semanas después. Ahora está sano como un toro. Pero en su momento lo pasé muy mal.

Lo que me estaba relatando tenía muchas lecturas. Por mi mente pasaban diferentes pensamientos, pero uno sobresalía por encima de los demás.

—Eres un hombre hermoso, Drew Jagger. Y no me refiero a tu aspecto físico. —Me incliné y le dibujé una línea de besos de un extremo a otro de la cicatriz.

—Solo lo piensas porque me he saltado la parte en la que mandé a Alexa a la mierda y me deshice de todas sus pertenencias mientras no estaba en casa —se burló, aunque me di cuenta al instante de que no lo decía en broma.

—Se lo merecía. Tendría que llevar un cinturón de castidad; zorra estúpida.

Drew echó la cabeza hacia atrás y me miró con diversión.

—¿Ese es el consejo que me habrías dado si hubiera acudido a tu consulta en busca de asesoramiento?

Lo pensé un instante. «¿Qué habría hecho?».

—Solo trabajo con parejas que realmente quieren salvar su relación. Si hubiera oído vuestra historia, si hubiera visto tu mirada, no os hubiera aceptado como clientes. En mis sesiones busco más que nada la verdad. Cuando empecé, acudió a mí una pareja que llevaba casada veintisiete años, eran ricos, con una gran vida social y dos hijas mayores. El hombre era homosexual y vivía como creía que debía por haber crecido en un ambiente ultraconservador y muy religioso. Esa fue su vida hasta los cincuenta y dos años, pero entonces salió del armario y le dijo a su mujer que quería la separación. Se sentía fatal, y solo había tardado tanto en dar el paso porque la quería, pero no como un marido debe amar a su esposa. Mi consejo fue que se separaran y los ayudé a superarlo.

—Joder… Ojalá hubiéramos estado compartiendo entonces el despacho. Podría haberle conseguido un buen acuerdo —bromeó Drew.

Le di una palmada en el pecho.

—Pensaba que solo representabas varones.

—¿Cuánto dinero tenían? Quizá hubiera hecho una excepción…

Me reí.

—¿Por qué solo representas hombres? ¿Por lo que te hizo tu ex?

Drew negó con la cabeza.

—No, es que me llevo mejor con ellos.

Era una respuesta vaga y tuve la sensación de que era reacio a responder.

Entrecerré los ojos y lo miré.

—Dime la verdad, Jagger.

Me miró fijamente.

—Es posible que no quieras oírla.

—Bueno, ahora tengo tanta curiosidad que da igual si quiero o no oírla, tienes que decírmela.

Apretó los dientes.

—Es que ellas jodían por venganza.

—¿Perdón?

—Cuando representaba a mujeres, estaban siempre tan cabreadas que querían vengarse.

—Así que… se sentían amargadas. Es normal en un divorcio.

Me miró con cierta vergüenza.

—Querían vengarse de su marido conmigo.

—¿Te acostabas con tus clientas?

—Ahora no me siento orgulloso, pero acababa de divorciarme y también estaba cabreado. Follar puede ayudar mucho a liberar temporalmente toda esa rabia.

—¿Mantener relaciones sexuales con tus clientas no va contra el código deontológico de los abogados o algo así?

—Como acabo de decirte, no estaba en mi mejor momento.

Me di cuenta de que Drew no solo se sentía avergonzado, sino que lamentaba de verdad la forma en la que había actuado, y había sido sincero conmigo cuando podía haberme mentido.

No me correspondía a mí juzgar su pasado. Lo único que debía considerar era la sinceridad que había mostrado.

—Así que follabas por venganza ¿eh? —Traté de ocultar la sonrisa.

Asintió brevemente con la cabeza y me estudió con expresión cautelosa.

—Bueno, creo que eres un mujeriego, un egoísta, un idiota centrado en sí mismo.

Eché la cabeza atrás.

—¡Qué coño…! Querías que fuera sincero.

—Pero, sinceramente, no pensaba que pudieras haber sido tan imbécil.

Estaba a punto de responderme de nuevo cuando me incliné hacia él y esbocé una sonrisa.

—¿Te he cabreado?

—¿Estás tratando de cabrearme?

—He oído que follar por venganza es muy útil para liberar temporalmente la rabia.

Sin darme tiempo a reaccionar, Drew me levantó de su regazo y me tumbó en el sofá.

Se inclinó sobre mí.

—Genial. Entonces tendré que esforzarme para cabrearte día tras día. Así tendremos un montón de trabajo para gestionar los problemas de ira.

27

Drew. Fin de Año, dos años antes

*L*os jueces odiaban los casos en Fin de Año. Yo sabía de sobra lo que estaba haciendo mi ex. Pensaba que la jugada de arrastrarme al tribunal el día de nuestro aniversario iba a molestarme. ¿Realmente era tan idiota? ¿De verdad pensaba que iba a quedarme sentado en casa suspirando durante tres meses después de que hubiera decidido que me iba a divorciar? Había conseguido lo que quería de ella: mi libertad y la custodia compartida de nuestro hijo. Independientemente de que fuera o no mi hijo biológico, no iba a cambiar lo que sentía por él. Era mi hijo. Ninguna prueba de paternidad me iba a decir lo contrario.

Lo más inteligente que Alexa había hecho nunca fue no oponerse a la custodia compartida. Después de que me ofreciera a pagar una elevada pensión por el niño a pesar de que técnicamente podría haberme escaqueado por completo, se mostró muy ansiosa por compartir la custodia. Mi ex solo estaba interesada en el dinero. Era algo que ya comprobé mientras estábamos casados.

La había llamado media docena de veces para saber qué cojones había hecho, pero por supuesto no me respondió. Su lado más manipulador había dado la cara unos días después de que yo hiciera sus maletas y llevara sus pertenencias a un piso de alquiler a unas manzanas. Un alquiler que seguía pagando. Si no fuera por Beck, lo habría arrojado todo por la ventana y me habría limitado a cambiar las cerraduras. Pero quería tener a mi hijo cerca y no se merecía vivir en lo que Alexa podría permitirse.

—Nochevieja. ¿A qué pobre infeliz estás exprimiendo antes de comenzar el año? —bromeó George, el oficial del juzgado de familia, mientras examinaba mi documento de identificación. Había trabajado con Roman, cubriendo algunas operaciones de vigilancia nocturna y nos habíamos hecho amigos.

—Yo soy el pobre infeliz, mi ex sigue siendo una bruja.

Asintió con la cabeza. Lo sabía todo sobre mi situación después de una noche de cervezas con Roman. Me devolvió el carnet de identidad.

—¿Vas a ir a la fiesta de Roman esta noche? —me preguntó.

—Me muero de ganas. Buena suerte hoy.

Alexa y el idiota de su abogado, Wade Garrison, ya estaban sentados en la sala cuando llegué al pasillo. Era difícil no reírse al ver su falda por la rodilla y un escote tan subido que podría estrangularla. Todo porque yo tenía en mi poder mil fotografías de las fiestas a las que asistía durante los fines de semana, con faldas que se confundían con cinturones anchos y tanta piel de sus tetas a la vista que parecía una prostituta. Eran un regalito de Roman después de la separación, por si las necesitaba algún día.

Mi ex mantuvo la cara al frente, negándose a mirarme. Si sabía algo de Alexa, era que evitaba mirar a los ojos cuando se comportaba de la manera más ruin.

El oficial de sala anunció el número de nuestro expediente y me aseguré de entrar antes que ellos, por lo que forcé a Alexa a mirarme a los ojos cuando le abrí la puerta.

—¿A qué fiesta de fraternidad vas esta noche? —susurré—. Será mejor que te pongas tu mejor sujetador, empiezan a caérsete las tetas. Seguramente por la lactancia materna.

Me miró y esbocé una amplia sonrisa.

—¿Qué tenemos aquí, amigos? He leído el caso y no entiendo por qué comparecen ante mí, haciéndome perder mi precioso tiempo —dijo el juez Hixton.

—Eso me gustaría saber a mí también —intervine.

El juez miró al otro lado de la sala.

—Abogado, ¿por qué no nos ilumina?

Garrison se aclaró la garganta. ¿Cómo demonios iba a poder hablar con el cuello tan apretado? Parecía que tenía que aumentar la talla.

—Señoría, en realidad tenemos que pedir permiso para

presentar otra prueba, junto con una declaración jurada de un laboratorio de Nueva York.

El juez hizo una señal para que el alguacil recogiera los documentos.

—¿Se ha informado al abogado contrario?

—No, señoría. La declaración la recibimos anoche. De hecho, tenemos la copia del señor Jagger.

El alguacil distribuyó los documentos, tanto al juez Hixton como a mí, y los dos nos tomamos unos minutos para leerlos. Me salté la petición y los resultados del laboratorio, así que fui derecho a la declaración jurada. Solo tuve que leer media página.

> Nosotros, Alexa Thompson Jagger y Levi Archer Bodine, sabiendo y entendiendo las consecuencias alternativas, derechos y responsabilidades que trae aparejada esta declaración y en plena posesión de nuestras facultades, juramos:

> Yo, Alexa Thompson Jagger, soy la madre biológica de Beckett Archer Jagger, tal y como se demuestra en el certificado de nacimiento número NYC2839992 de Nueva York.

> Yo, Levi Archer Bodine, soy el padre biológico de Beckett Archer Jagger, según el análisis del laboratorio antes citado en el caso 80499F.

> Por tanto, la paternidad es reconocida a Levi Archer Bodine con una certeza de al menos el 99,99%.

> En consecuencia, solicitamos que se corrija el certificado de nacimiento para identificar a Levi Bodine como padre. También deseamos pedir los derechos parentales, incluida la custodia compartida y las visitas.

—Jagger —dijo el juez Hixton en tono de simpatía—, ¿quiere un par de días para responder a la alegación?

Me aclaré la garganta para luchar contra las lágrimas, tenía el corazón lleno de ira y dolor. Sentía como si el mundo acabara de abrirse bajo mis pies.

—Por favor, señor juez.

Lo que vino después estuvo en mi recuerdo envuelto en una neblina. Garrison pidió visitas temporales para Bodine, que el juez negó con el fin de permitir que se revisara la legitimidad de las pruebas presentadas. Fijó una nueva fecha dos semanas después y bajó el martillo para dar por finalizada la sesión con un golpe.

Todavía seguía en el mismo sitio después de que Alexa y su abogado salieran de la sala.

Levi Archer Bodine. Ese hombre compartía un nombre con nuestro hijo. Alexa había escogido su nombre. Me había sugerido que utilizáramos los de nuestros padres y había insistido en que quería que el segundo nombre del niño fuera Archer.

«Siempre he soñado con tener un niño llamado Archer», me había dicho.

Mentirosa de mierda.

Pero ¿por qué me resultaba tan condenadamente familiar ese nombre?

«Levi Archer Bodine».

«Levi Archer Bodine».

«Levi Bodine».

Sabía que lo conocía de algo.

Por fin, el alguacil se acercó y me dijo en voz baja que tenía que salir de la sala para poder llamar al siguiente caso.

Aturdido, atravesé el juzgado. Pasé ante un puñado de personas que conocía sin saludarlas. Oí sus voces, pero no logré entender lo que me decían. Cuando salí, el aire fresco despejó la neblina. Justo a tiempo para ver que Alexa entraba en un brillante Dodge Charger de color amarillo con el número nueve pintado en una puerta.

28

Drew

—*S*u clienta debería estar más preocupada por perder la licencia médica que por pasar un tiempo en las Islas Vírgenes. Un paciente la grabó inclinada sobre la camilla de la consulta mientras él le hacía un examen rectal con la polla, Alan. Cuando repartan los bienes comunes, ten en cuenta que ese vídeo es uno de mis activos. Mi cliente gastó veinte mil dólares para hacerse con él, pero en la sala, su valor es cien veces mayor.

Estaba sentado en la sala de negociaciones del bufete intentando llegar a un acuerdo con el abogado de la parte contraria, Alan Avery. Nos habíamos enfrentado en los suficientes casos como para que él supiera que yo no iba de farol. Roman había descubierto que existía esa cinta de vídeo, antes incluso que la doctora Appleton. Y ahora el señor Appleton quería una buena pensión alimenticia y todos los bienes conyugales.

—¿Es tu nueva secretaria? —me preguntó él.

Emerie estaba en un extremo de la sala, firmando el recibí de un paquete de UPS. La falda se ceñía a las curvas de su trasero de una forma perfecta.

—No, compartimos despacho durante un tiempo —repuse de forma cortante.

—¿Está casada?

—¿Podemos centrarnos en el caso? —Cerré el archivo bruscamente—. Mi cliente no le va a dar a la doctora Megustaporelculo ni un solo dólar.

—Eso es ridículo. Su marido ha sido una carga para ella durante años. Ha sido ella la que pagó todos los bienes gananciales con lo que ganaba en la consulta.

—Sí, ya, bueno… Dale las gracias por el regalo de despedida. Puede ganar un poco más. Seguro que es una proctóloga muy popular.

—Es otorrinolaringóloga.

—¿En serio? En el vídeo parece que su especialidad son los exámenes rectales.

—En serio ¿por qué estás tan gilipollas? Te has levantado con el pie izquierdo.

—Quiero acabar con esta mierda de una vez. Estoy ocupado —me quejé.

Unos minutos después, Emerie apareció en el umbral de la puerta.

—Lamento interrumpirte, pero tienes una llamada telefónica urgente, Drew.

—¿Quién me llama?

Emerie vaciló.

—No lo sé. Es una mujer, pero no me ha dado su nombre.

—Dile que vuelva a llamar. Si no se ha dignado a dar el nombre, no debe ser tan importante.

Emerie clavó los ojos en los míos.

—Tiene mucho acento sureño. Creo que de Georgia.

«Genial. La puta Alexa».

Me levanté.

—Discúlpame un momento —le dije a Alan.

—Tómate tu tiempo, tu compañera de despacho y yo podremos conocernos mientras estás fuera.

«Jodidamente fantástico».

Dejé la puerta del despacho abierta cuando entré para descolgar el teléfono.

—Drew Jagger.

—La mujer que me ha respondido al teléfono estaba cabreada.

Solté un suspiro de irritación.

—¿Qué quieres, Alexa? Estaba en medio de una negociación.

—Voy a quedarme en Atlanta dos semanas más.

—Me importa una mierda lo que hagas. Me toca el viernes, y ya que lleva ahí una semana más de las dos que acordamos, mi hijo estará conmigo tres semanas.

—Puedes venir a visitarlo aquí.

—No puedo dejarlo todo para irme a Atlanta cada dos semanas porque quieres salir con tus amigos. Beck tiene que volver a casa, a la escuela, debe seguir una rutina.

—También tiene que conocer a su padre.

Sabía exactamente a qué se refería.

—¡Que te jodan, Alexa! Ya conoce a su padre.

—Me refiero a su padre biológico. Levi quiere conocerlo mejor. Es importante.

Sentí que me aumentaba la tensión.

—¿De verdad? Si tan importante es, ¿por qué no se lo dijiste hace siete putos años, cuando te enteraste de que estabas embarazada? ¿Por qué no ha intentado conocer a nuestro hijo cuando sabe la verdad desde hace más de dos años? Por no mencionar que todavía no te ha prestado apoyo económico.

Me pasé los siguientes diez minutos de mi vida intentando convencer a Alexa inútilmente. En beneficio de Beck, me mostré paciente y no le colgué. No confiaba en que mi ex no jugara la única carta que le quedaba: llevarme de nuevo ante el juez para quitarme las visitas. Incluso después de que se hubiera probado la paternidad de Levi y de que apareciera su nombre en lugar del mío en el certificado de nacimiento, el paleto de su exnovio aún no había intentado conocer a Beck. Habíamos resuelto fuera del juzgado un acuerdo de custodia y me había mostrado de acuerdo en pagar la pensión de alimentos a pesar de que podría haber pedido que la suspendieran legalmente cuando me fue negada la paternidad. Pero en el fondo de mi mente estaba esperando que cayera el golpe final, sobre todo porque al parecer Alexa volvía a tener contacto con Levi. Era mi hijo quien no conocía a ese hombre.

Saber que Alexa tenía eso a su favor hacía que me contuviera para no hacerle la vida imposible, como colgarle en este momento.

Después de un minuto en silencio, Alexa llegó al punto que quería desde el principio. Me di una colleja mental por haber picado el cebo tan fácilmente.

—Si tantas ganas tienes de que Beck regrese a Nueva York, podemos llegar a un acuerdo.

—¿Qué quieres, Alexa?

—Bueno, Levi tiene una carrera la semana que viene y yo quiero quedarme aquí con él.

Por alguna razón, no albergaba tanta ira hacia Levi como hacia Alexa. De hecho, parte de mí lo sentía por aquel idiota. Ella se había referido a él como cerdo y mono de grasa, si no recordaba mal, y lo había dejado plantado para pescar a un marido con una cuenta bancaria más abultada. Pero ahora el mono de grasa era piloto de carreras en la Nascar, así que ya lo consideraba lo suficientemente bueno para hablarle otra vez.

—¿Y?

—Bueno, dado que él tiene que ir a la carrera. Supongo que si vienes aquí y te llevas a Beck contigo, podría quedarme sola unas semanas antes de volver a Nueva York. Aunque ando un poco mal de dinero en este momento y necesito efectivo para pasármelo bien en la Nascar.

—Compraré los billetes para Beck y para mí —dije, aunque quería mandarla a la mierda—. Te enviaré un mensaje de texto con la hora de llegada del vuelo y llevarás al niño al aeropuerto. Te daré entonces mil dólares y no se te ocurra recurrir a mí en busca de más.

—Muy bien.

Después de colgar, permanecí sentado ante el escritorio durante un minuto, tratando de serenarme. Esa mujer hacía que quisiera darme a la bebida antes del almuerzo. Un par de minutos no me ayudaron demasiado, aunque me las arreglé para aplacar la ira lo suficiente y regresar a la sala de reuniones, donde me encontré a Alan hablando con Emerie. Ella se estaba riendo de algo que él le había dicho.

—¡Qué pronto has terminado! ¿No necesitas hacer más llamadas? Emerie y yo estábamos conociéndonos mejor.

—Quizá deberías haberte pasado los últimos quince minutos tratando de encontrar la manera de que la clienta te pague la factura cuando consiga que se quede sin licencia para ejercer la medicina.

—Jagger, me encanta constatar que la llamada ha mejorado tu estado de ánimo.

Refunfuñé algo del tipo «que te den por culo» mientras volvía a sentarme.

—¿Drew? —dijo Emerie—. Antes de volver al trabajo, ¿podemos hablar un momento?

Asentí con la cabeza y la seguí a su despacho. Cerré la puerta cuando estuvimos dentro.

—Alan parece un buen tipo.

—Es un mujeriego. —En realidad no tenía ni idea de si lo era o no.

Emerie sonrió.

—Entiendo por qué… También es muy guapo.

La miré.

—¿Quieres tirarte a Alan?

—¿Eso te molestaría?

—¿Estás tomándome el pelo? Porque acabo de hablar con mi ex y ya tengo un ánimo de mierda sin que tú me digas que te interesa el primer hombre que ha entrado en el bufete después de levantarte de mi cama esta mañana.

Emerie se dirigió a su escritorio y apoyó en él la cadera.

—Guarda esa emoción para luego. Conseguiremos canalizarla de forma adecuada.

Al instante me acerqué a ella. Le clavé los dedos en las caderas mientras la sostenía entre mi cuerpo y el escritorio.

—Estupendo. ¿Quieres que te folle cabreado? Estoy más que dispuesto a satisfacer tu capricho en este momento.

—Alan está esperándote.

—Alan puede escuchar cómo gritas mi nombre mientras te meto la polla.

Aquel impulso me golpeó con la fuerza de una pared de ladrillo y, de repente, me apoderé de su boca. Me tragué su jadeo mientras deslizaba una mano desde su cadera hasta un pecho, que palpé por encima de la blusa. Cuando me rodeó con los brazos y me agarró el culo, llevé mi otra mano a su cuello para inclinarle la cabeza en el ángulo adecuado para besarla mejor. Olía de una forma increíble, se le puso la piel de gallina bajo mis dedos y su cálida boca sabía a algo jodidamente bueno.

Jadeábamos los dos cuando el beso se interrumpió. Emerie parecía un poco aturdida y yo algo drogado.

—¿Qué agenda tienes esta tarde?

Se lo pensó durante un momento.

—Mi última sesión es por videoconferencia de tres a cuatro. ¿Y tú?

—Te espero en mi despacho a las cuatro y un minuto. —Nuestro beso había hecho que se le corriera el lápiz de labios y usé el pulgar para quitar la mancha antes de frotarle el labio inferior—. Píntate de nuevo los labios antes de venir. Quiero follar esta boquita pintada de rojo brillante.

Emerie todavía parecía algo sorprendida mientras le colocaba la ropa y la mía. Bajó la vista a mi bragueta; no podía hacer mucho para disimular el bulto. Esperaba que mi adversario no me mirara la polla cuando regresara. Aunque... pensándolo bien, era de esperar que lo hiciera.

Tras recobrar la compostura, le di un rápido beso.

—A las cuatro y un minuto —le recordé.

Tragó saliva y asintió.

—¿Drew? —dijo finamente cuando ponía la mano en la manilla.

Me di la vuelta.

Hizo un gesto señalando la boca.

—Estás un poco manchado de... lápiz de labios. Aquí.

Sonreí.

—Bien.

DREW: Vuelo 302 de American Airlines. Llegada a las
5:05 h pm del viernes. Regreso a las 6:15 h pm
Comprueba la puerta y nos vemos allí.
ALEXA: ¿Puedes llegar más tarde? Me voy a encontrar
con un atasco enorme para volver a casa.

Como si me importaran algo los problemas de mi ex con el tráfico.

DREW: No.

Supuse que tendría un mensaje de texto en respuesta, pero en cambio fue su nombre lo que parpadeó en mi pantalla.

Respondí de mala gana.

—No puedo cambiar los vuelos.

En ese momento se entreabrió la puerta de mi despacho y Emerie captó rápidamente mi atención al deslizarse en el interior y cerrar a su paso. Había perdido la noción del tiempo, por lo que miré qué hora era en la esquina superior de la pantalla del portátil: las cuatro y un minuto.

Alexa empezó a divagar sobre que había comprobado los vuelos de la semana próxima para comprar el billete de vuelta y los precios eran demasiado altos. Pero yo no lograba concentrarme en sus palabras, solo podía ver a Emerie cerrando la puerta y acercándose a mí. Tenía un pícaro brillo en los ojos mientras empezaba a desabrocharse la blusa.

Al llegar a mi sillón, puso las manos encima de la parte de arriba del respaldo y la giró para que la mirara. Casi se me cayó el teléfono cuando se humedeció los labios y se arrodilló lentamente delante de mí.

«¡Dios!».

Empezó a desabrocharme los pantalones y hasta que Alexa no se puso a chillar a través del teléfono no me volví a acordar de que seguía allí.

—¿Drew? ¿Estás ahí? —gritó.

—¿Cuánto necesitas?

—Otros mil dólares. —Si ella supiera que le habría entregado cien mil solo para que colgara y poder concentrarme en meter la polla en la boca de Emerie…

—Muy bien, te los daré. No vuelvas a llamarme. —Colgué y lancé el teléfono encima del escritorio, y volví los ojos a la hermosa vista que tenía delante. Emerie alzó los párpados y me di cuenta de que llevaba los labios pintados en un color rojo intenso.

«Joder… Sí…».

Me bajó la cremallera de los pantalones y levanté las caderas para que pudiera quitármelos. Me sentí feliz de ayudarla a que se deshiciera a la vez de los bóxers. Mi erección saltó libre y la rodeó con sus pequeñas y delicadas manos. Las deslizó un par de veces hasta que apareció en la punta una pequeña gota de líquido preseminal.

No pude apartar la mirada de ella cuando se inclinó para lamerme. Cerró los ojos mientras sacaba la lengua y la pasaba por mi piel, luego se humedeció los labios.

—Joder… —gemí.

Ella me lanzó una sonrisa maliciosa.

—¿Sigues cabreado?

—Mi ira se está disipando con mucha rapidez.

No estaba seguro de si se tomaba su tiempo o de si mi mente me jugaba una mala pasada, pero cuando abrió la boca, me pareció que todo transcurría a cámara lenta. Se desplazó hacia mi polla, asomó la lengua y luego cerró los labios pintados de aquel brillante rojo «fóllame» alrededor de mi glande. Me contuvo dentro de la boca y tragó todo lo que pudo de mi longitud.

—¡Dios! ¡Joder!

Fue de lo más curioso, pero en lugar de sentirme aliviado al estar dentro de su boca, pues sabía que no tardaría demasiado tiempo en alcanzar la liberación, de repente me sentí cada vez más tenso. Me enfadaba descubrir que se le daba tan bien hacer mamadas y estaba molesto porque había aprendido con otro tipo.

Se retiró lentamente y succionó con fuerza mientras deslizaba los labios por mi longitud, posando la lengua sobre mis venas palpitantes. Luego, después de sacarla casi por completo, volvió a tragársela. Cada vez que subía y bajaba sentía una emoción diferente, dudando entre si enfadarme porque fuera tan buena en eso o darle gracias a Dios por ello.

Alternaba entre tragarme profundamente y acariciarme en la base mientras me rodeaba la punta con la resbaladiza superficie de la lengua. Si hubiera estado dentro de ella, me habría resultado embarazoso terminar tan pronto. Incluso así, me reprimí durante cinco minutos antes de advertirle que iba a explotar.

—Em… Voy a… —Mis palabras fueron mitad gemido mitad grito, pero ella me entendió—. Em… —dije una vez más. Pero en lugar de retirar la cabeza y liberarme la polla, buscó mis ojos y me sostuvo la mirada mientras me introducía una vez más hasta el fondo.

Era jodidamente preciosa. Sus pupilas azules clavadas en mí, sus pálidas y cremosas mejillas ahuecadas al succionar mi erección con los labios rojos cerrados alrededor. Enredé los dedos en su pelo y grité su nombre una vez más mientras me derramaba en su garganta. Entonces ella gimió cerrando los ojos y se tragó hasta la última gota de semen.

Incapaz de hablar, me agaché y la levanté para sentarla en mi regazo y poder enterrar la cara en el hueco de su cuello. Cuando recuperé el resuello, besé su piel.

—Ha sido... increíble. Me resulta extraño agradecértelo, pero joder, gracias.

Se rio. El sonido me hizo curvar los labios como un idiota.

—De nada.

La sostuve en el regazo durante mucho tiempo. Cuando por fin me circuló la sangre por el cerebro, me acordé de lo que había hablado con Alexa.

—Quédate esta noche conmigo. Mañana por la tarde tengo que volar a Atlanta y saldré pronto del bufete.

—Oh... ¿Cuánto tiempo vas a estar fuera?

—Solo esa noche. Es una larga historia. Pero iré allí a recoger a mi hijo y volveré con él en el vuelo siguiente. Alexa va a quedarse allí una semana más y no quiero que Beck venga solo.

—Qué guay, ¿no? Lo vas a tener para ti solo toda la semana.

—Sí —dije sin ni siquiera pensar—. Lo vas a adorar. Es un verdadero caballero.

Sonrió.

—Me encantará pasar aquí la noche, y estoy deseando conocer a tu hijo.

Nunca le había presentado mi hijo a ninguna mujer, pero por alguna razón quería que Beck conociera a Emerie. Quizá la mejor mamada que había disfrutado en mi vida no me dejaba pensar con claridad, pero presentía que era necesario que la conociera.

29

Emerie

*F*ui la primera en despertarme. Aunque generalmente lo hacía la última, Drew seguía durmiendo a pesar de que eran casi las siete y media de la mañana. Estaba tumbado boca abajo, con la sábana enredada alrededor de la cintura y cubriéndole el culo. Había puesto los brazos por encima de la cabeza, escondidos debajo de la almohada mientras dormía, con la cara hacia mí. Se le notaba la sombra de la barba incipiente y tenía el pelo todavía más ingobernable que cuatro horas antes, cuando nos quedamos dormidos, pero aun así, me parecía más sexy, si cabe.

¿Era posible? Probablemente, cuanto más lo apreciaba, más me gustaba. Sabía que era positivo que el hijo de Drew pasara con él la próxima semana. No iba a ser difícil que me encandilara con él rápidamente, aunque lo que menos necesitaba era saltar de un hombre que no estaba interesado en mí a otro que no estaba interesado en mantener una relación.

Vibró mi móvil en la mesilla de noche y lo cogí antes de que el zumbido despertara a Drew. Después de poner la contraseña, vi que había recibido un nuevo mensaje de texto.

> BALDWIN: ¿Vemos *Casablanca* esta noche? Puedo comprar albóndigas marroquíes en Marrak, de la calle 53.

Suspiré. Era una de nuestras aficiones. Nos encantaba ver películas y organizar cenas temáticas acordes a la película. En la universidad nos turnábamos: uno elegía la película y el otro se encargaba de la comida adecuada al contexto. El día que elegí *Sweet Home Alabama*, él compró pollo frito al estilo sureño. Cuando Baldwin se inclinó por *Cadena perpetua*, llevé sándwiches de mortadela.

Dos semanas antes, me hubiera lanzado de cabeza a disfrutar una de esas noches de cine con Baldwin, pero ahora me costaba decidirme. No era que estuviera saliendo con Drew, e incluso aunque fuera así, Baldwin no sentía ningún interés por mí, salvo como amiga. Entonces ¿por qué me parecía que estaba mal aceptar? Quizá porque estaba desnuda en la cama de otro hombre, soñando en hacer planes con él. Eso era lo que no estaba bien. Apagué el móvil y decidí que ya respondería la invitación de Baldwin cuando lo hubiera podido pensar un poco más.

Dado que mi vejiga estaba llena, decidí ir al baño. Antes de marcharme preparé café. Tenía que pasar por mi apartamento para cambiarme de ropa y darme una ducha para estar de regreso a las nueve.

Cuando terminé, dejé una nota debajo de una taza de té vacía sobre la encimera de la cocina y me fui a coger el metro.

Dos paradas después, me di cuenta de que me había dejado el móvil sobre la mesilla de Drew. Por lo menos no tendría que ir muy lejos para recuperarlo, solo era necesario que volviera al trabajo.

El teléfono del bufete estaba sonando cuando entré allí unos minutos antes de la hora de la cita. Me acerqué al mostrador de recepción y respondí.

—Despacho de Drew Jagger, ¿en qué puedo ayudarle?

—Necesito hablar con Drew. —Solo había oído una vez la voz de Alexa, pero supe que era ella. No había muchos clientes con acento sureño y esa actitud.

—¿Podría decirme quién le llama? —pregunté con fingida suavidad.

—No, no puedo.

«Zorra...».

Miré por encima del mostrador a la base del teléfono y vi que el indicador de la línea del despacho de Drew estaba de color rojo; hablaba con alguien.

Sonreí antes de responder.

—El señor Jagger no está disponible en este momento. ¿Quiere dejarle algún mensaje?

Resopló.

—Dígale que llame a Alexa. —Y colgó.

Oí que Drew seguía al teléfono al pasar por delante de su puerta y escribí una nota para dejársela sobre la mesa antes de que llegara mi paciente. Pero justo cuanto iba a entrar, colgó.

—Buenos días. —Sonreí mientras me acercaba a él—. Te han dejado un aviso mientras hablabas.

—Yo también tengo un mensaje para ti —dijo, reclinándose en el sillón con una expresión muy seria.

—Ah...

Deslizó mi móvil hacia mí por encima del escritorio.

—Recibiste una llamada y se me ocurrió que estabas comprobando si te habías dejado el móvil en mi casa, así que respondí.

Solo había dos personas que acostumbraban a llamarme tan temprano. Dado que Drew estaba actuando de una manera muy extraña, supe que no se trataba de mi madre.

—¿Quién era?

Apretó los dientes.

—Baldwin. Quería saber si encarga las albóndigas marroquíes para esta noche o no.

«Joder. Suena todavía más raro que cuando recibí el mensaje». Tenía que explicárselo.

—Esta mañana me envió un mensaje preguntándome si veíamos *Casablanca* y cenábamos juntos. Tenemos la costumbre de encargar comida que coincida con el tema de la película. Todavía no le he respondido, imagino que por eso ha llamado.

—Bueno, pues está esperando tu respuesta. —Su expresión era ilegible.

Nos miramos el uno al otro mientras me pasaba un pensamiento tras otro por la mente, intentando adivinar qué esperaba que dijera o hiciera. Por suerte, sonó el timbre. Miré el reloj, aliviada de que el primer paciente de la mañana llegara unos minutos antes de tiempo.

Drew se puso en pie.

—¿Es para ti?

—Creo que sí. Tengo citada a una pareja a las nueve. Iré a abrir.

—Abro yo. Tengo una conferencia después, por lo que mi puerta estará cerrada, pero no quiero que la gente piense que estás sola.

Me tendió el móvil mientras pasaba junto a mí.

—No hagas esperar al profesor Pajarita más tiempo.

Por irónico que resultara, el problema que tenía la pareja que acababa de salir de la consulta era que no se decían lo que realmente querían. No se abrían el uno al otro. Lauren quería más sexo oral y le daba vergüenza pedirlo. Su prometido, Tim, quería que fuera ella la que tomara la iniciativa más a menudo. A pesar de que Drew y yo no teníamos ningún problema en el dormitorio, no sabía qué era lo que quería de mí. Sin embargo, aquí estaba yo, que aconsejaba a la gente las claves para que una relación tuviera éxito, escondiéndome de él en mi despacho para no terminar la conversación que habíamos empezado.

Permanecí sentada detrás del escritorio durante media hora más, frustrada y cabreada conmigo misma. No podía decirse que Drew fuera el tipo de hombre que no soltaba lo que le pasaba por la mente. ¿Por qué no me hablaba de lo que le parecía que cenara con Baldwin? ¿Y por qué me importaba tanto lo que él pensaba si solo estábamos follando?

Cuanto más tiempo permanecía sentada delante del escritorio, más frustrada me sentía. Necesitaba tener claro lo que estaba ocurriendo entre nosotros. Y si no lo conseguía saber antes de que se fuera por la tarde, me iba a carcomer por dentro. Así que decidí seguir el consejo que estaba dando a mis pacientes, que no era otro que aclararlo todo mientras seguía molestándome.

Me detuve delante de su puerta y respiré hondo antes de entrar. Estaba hablando por teléfono.

Me miró a los ojos.

—Deja que lo piense, ¿vale? Te llamaré la semana próxima, ¿de acuerdo, Frank?

Cuando colgó, se reclinó en la silla de la misma forma que aquella mañana e hizo un gesto con la barbilla.

—Emerie…

—Drew…

Nos sostuvimos la mirada.

Al ver que no decía nada, puse los ojos en blanco.

—¿En qué punto estamos?

—¿Ahora mismo? Pues en mi despacho. Acabas de entrar y pareces un poco cabreada.

Entrecerré los ojos.

—Sabes de sobra a qué me refiero.

—No estoy seguro…

—¿Estamos…? —Moví la mano, señalándolo a él y luego a mí—. ¿Solo estamos durmiendo juntos?

—Pasamos la mayor parte del día juntos, compartimos casi todas las comidas y cuando se trata de dormir, yo diría que hacemos tantas cosas en la cama que dormir… dormimos más bien poco.

A él parecía hacerle gracia. A mí no.

—¿Mantenemos una relación… exclusiva?

Se levantó y rodeó el escritorio. Cualquier rastro de diversión había desaparecido de su rostro.

—¿Estás preguntándome si me parece bien que te tires a otro tío?

—¡No! —¿O sí? ¿No? ¿Quizá? En ese momento no quería acostarme con nadie más. Por extraño que fuera, ni siquiera me atraía la idea de dormir con Baldwin. Sin embargo, lo que quería saber era si estaba bien o mal que pasara tiempo con otro hombre.

—Entonces ¿qué estás preguntándome?

—No… no lo sé.

Se hizo un largo silencio. Podía ver girar los engranajes de su mente mientras me miraba, frotándose el labio inferior con el pulgar. Un rato después, se apartó del escritorio y me levantó la barbilla con el dedo buscando mis ojos.

—No tengo pensado acostarme con nadie más —dijo muy serio, observándome con intensidad—. Y espero lo mismo de ti. Creía que lo habíamos dejado claro ayer, en la bañera.

—Vale. —Me salió un hilo de voz.

—¿Esto es por el mensaje que te di antes?

Asentí.

—¿Quieres saber lo que me parece que pases la noche sola en tu apartamento viendo una película y cenando con el Pajaritas?

Volví a decir que sí moviendo la cabeza.

—Vale. —Miró hacia otro lado mientras pensaba la respuesta—. Me gustas —dijo finalmente—. Me gusta que escuches la mierda de la gente durante todo el día y todavía pienses que hay una razón para intentar arreglar sus problemas. Me gusta que te conformes con cualquier cosa, como quedarte en casa y ver películas clásicas o jugar al billar. Me gusta cómo se te iluminan los ojos cuando hablas de tus padres. Me gusta cómo me siento cuando estoy dentro de ti y la forma en la que susurras mi nombre cuando estás a punto de correrte. Me ha gustado que me hicieras café antes de marcharte esta mañana y hasta me gusta que te preocupe lo que piense sobre que cenes con el profesor Pomposo.

Hizo una pausa.

—Imagino que todo eso significa que, para mí, esto es algo más que un folleteo. Dicho esto, no pienso decirte que no me gusta nada la idea de que te acurruques en el sofá a ver una película con un capullo del que llevas enamorada tres años. Pero tampoco pienso pedirte que no pases más tiempo con él. Es una decisión que debes tomar tú sola y a mí me parece bien así porque sé que mis problemas de confianza proceden de experiencias que no tienen nada que ver contigo.

Tragué saliva. Eran demasiadas cosas para asimilar a la vez. Y suponía un compromiso mucho más grande de lo que esperaba de él.

—Vale.

—¿Todo aclarado? Porque tengo cuatro horas para hacer el trabajo de ocho antes de subirme a un avión para reunirme con mi ex en el aeropuerto, algo que me apetece una mierda porque va a estar todo el rato quejándose del tráfico, y recoger a mi hijo, para luego recorrer de nuevo esos mil quinientos kilómetros de vuelta a casa con él. Y necesito que me quede libre al menos media de esas cuatro horas para poder follarte inclinada sobre el escritorio. Porque aunque me has hecho el café esta mañana, no te has quedado el tiempo suficiente para que me corriera dentro de ti. Y tengo intención de remediarlo antes de ir al aeropuerto.

Era posible que me diera vueltas la cabeza, pero de una cosa estaba segura: no había nada que quisiera tanto como que Drew consiguiera rematar el trabajo pendiente y llevar a cabo sus planes.

Me puse de puntillas y lo besé en los labios.

—Venga, ¿qué haces ahí parado? Tienes mucho que hacer.

30

Drew

—Mira qué piernas más largas tiene.

A la mierda la genética, este niño era sin duda hijo mío. Beck estaba estudiando a una azafata de vuelo que poseía las extremidades más largas que hubiera visto nunca. La joven se estiró para guardar un equipaje en el compartimento superior, justo encima de nosotros, y pilló a Beckett mirándola fijamente.

—¿Cómo te llamas? —preguntó ella con una sonrisa.

—Beckett Archer Jagger.

Lo dijo con tanto orgullo que no tuve corazón para decirle que no era normal recitar el nombre completo con pelos y señales a los extraños. La azafata cerró el compartimento y se inclinó hacia él.

—Bueno… Hola, Beckett Archer Jagger. Yo soy Danielle Marie Warren, y eres adorable. ¿Cuántos años tienes, cielo?

—Seis años y tres cuartos.

—Así que seis y tres cuartos ¿no? Bueno, pues yo tengo treinta y un años y medio. —Me guiñó un ojo y siguió hablando con Beck—. Por lo general suelo redondear y digo veintisiete. ¿Quieres que te traiga algo de beber, Beckett Archer Jagger, de seis años y tres cuartos? ¿Quizás un poco de zumo?

—Tienes las piernas tan largas como una jirafa —añadió después de asentir con la cabeza.

—Beck… —le advertí.

La azafata se rio.

—No pasa nada. Ya me lo han dicho antes. Cuando tenía tu edad, los niños se burlaban de mí por tener las piernas muy largas. —Señaló su tarjeta de identificación, donde ponía Danny—. Me llamo Danielle, pero todos me llaman Danny, para abreviar. Y cuando estaba en primaria, los chicos me llamaban Dany Piernaslargas. Ya sabes… —Movió los dedos—. Igual que esas arañas de patas largas. Y que Papá Piernaslargas.

Beckett se rio entre dientes.

—Mi madre también tiene un apodo para mi padre.

—¿Sí? Apuesto a que es mejor que el mío.

—Estoy seguro de que será mejor que no digas ninguno de esos apodos que mamá usa para referirse a papá últimamente. —Miré a la azafata—. Estamos divorciados —le expliqué.

Ella sonrió y le guiñó un ojo.

—Bueno, ¿quieres que te traiga zumo antes de despegar? Y papá, ¿quiere algo especial?

Unos minutos después volvió con un zumo de manzana en un vasito de plástico con una tapa y una pajita y un vaso con dos dedos de líquido claro con hielo.

—La salida se va a retrasar un poco —nos dijo una de las veces que pasó junto a nosotros—. Espero que no tengas planes para esta noche —bromeó mirando a Beck—. No tendrás una cita o algo así ¿verdad?

Él arrugó la nariz como si ella le hubiera dicho que tenía que comer brécol y remolacha.

«Ojalá pienses eso durante mucho tiempo, hijo. No quiero imaginarte con mujeres todavía. Y estoy muy poco preparado para darte ningún consejo».

Aunque ninguno de los dos teníamos planes para esa noche, el comentario de Danny Piernaslargas hizo que me preguntara qué había decidido Emerie. Después de la conversación que habíamos mantenido por la mañana, no había vuelto a sacar el tema. Claro que eso podría deberse a que lo único que habíamos hablado por la tarde era lo que yo le había susurrado al oído mientras estaba inclinada sobre su escritorio, con la falda por encima del culo, veinte minutos antes de que me fuera. «Córrete en mi polla» era una idea mucho mejor que cualquier comentario sobre el profesor Pajarita.

Pero ahora me corroía la duda. ¿Estaría sentada en su casa junto a ese capullo por el que llevaba suspirando más de tres años? Era posible que él fuera más educado que yo, pero a fin de cuentas éramos dos hombres y Emerie una mujer hermosa.

Vi cómo había actuado cuando sospechó que podía estar pasando algo entre nosotros. Se había puesto territorial, no celoso. Lo que me decía mucho de lo que pensaba. La gente se pone celosa cuando quiere algo que tiene otra persona, pero en plan territorial cuando se trata de proteger algo que considera suyo. Ese cabrón sabía que la tenía a su disposición.

Mi instinto me decía que estaba evitando liarse con Emerie porque quería disfrutar durante un tiempo de los placeres que proporcionaba la universidad y la soltería, evitando las relaciones de verdad. Y ¿por qué, exactamente, sabía eso de un hombre que solo había visto unas cuantas veces? Porque conocía la expresión que tenían en la cara ese tipo de hombres. La había visto en el espejo todos los días durante los últimos dos años, desde el maldito divorcio.

Beck había sacado el cuaderno de dibujo y estaba pintando una jirafa. Me reí pensando con qué frecuencia garabateaba yo mismo mientras hablaba por teléfono. Podía verme a mí mismo dibujando una jirafa en ese momento si hubiera tenido un lápiz a mano. Aunque la mía seguramente habría tenido tetas, porque desde que cumplí diez años, todos mis garabatos habían contenido tetas de alguna manera.

Igual que durante mi infancia todo lo que había hecho me recordaba las tetas, la última semana solo podía pensar en Emerie. Al ver un anuncio de una barra de labios roja en el aeropuerto había recordado los brillantes labios de Emerie alrededor de mi polla. Cuando la azafata mencionó que nuestros planes podían verse afectados por el retraso, me pregunté si los de Emerie serían estar acurrucada en el sofá con el profesor Pajarita. Si mi hijo dibujaba una jirafa, pensaba que si fuera yo quien la dibujara, tendría tetas, y las de Emerie eran increíbles. Sí, todos los caminos de mi mente tenían el mismo destino últimamente.

Terminé lo que quedaba en el vaso de un trago y saqué el móvil del bolsillo.

Drew: ¿Qué vas a hacer esta noche al final?

Entonces esperé el zumbido que me indicara que Emerie había respondido. Y seguí esperando...

Y

Me estaba convirtiendo en una nenaza. Era la tercera vez que miraba el móvil esta mañana. «No había respuesta». Y habían pasado ya doce horas.

Después de hacer crepes con trocitos de chocolate que tenía más de galleta que otra cosa, le pregunté a Beck lo que quería hacer. Su respuesta fue la misma de siempre: patinar sobre hielo. El niño estaba obsesionado con el hockey. Por lo tanto, envolví al pequeño monstruo en tres capas de ropa, até juntos los cordones de los patines y me los puse al hombro antes de salir de casa.

En el vestíbulo, le dije a Beck que tenía que pasar por mi despacho. Como seguía sin noticias de Emerie, empecé a preguntarme si quizá debería de preocuparme en vez de irritarme por lo que podía estar haciendo.

Dentro del despacho, la música flotaba en el aire. Era algún tipo de instrumento y se me aceleró el corazón al pensar que Emerie estaba al final del pasillo. No supe si era producto de la excitación o la ira, pero la sangre me zumbaba en los oídos cuando llegué a su oficina.

La puerta estaba entreabierta, pero no parecía haberme oído, así que di un par de golpecitos, pues no quería asustarla. Teniendo en cuenta el bote que pegó en la silla, sospeché que no había tenido éxito.

El instinto me hizo levantar las manos en señal de rendición.

—Solo soy yo —dije.

—¡Joder! Me has dado un susto de muerte.

Después, Beck se asomó desde detrás de mis piernas.

Emerie se tapó la boca.

—¡Oh, Dios mío! Lamento mi vocabulario.

—Mi padre dice cosas mucho peores —intervino Beck antes de que yo pudiera hablar.

Sonreí y le revolví el pelo, pero tenía que mantener una conversación con él más tarde e informarle que había cosas que se guardaban en secreto.

Emerie se levantó de la silla, se acercó y se inclinó hacia él, tendiéndole la mano.

—Tú debes de ser Beck.

—Beckett Archer Jagger.

Emerie frunció los labios y me miró. Yo me encogí de hombros.

—Bueno, pues encantada de conocerte, Beckett Archer Jagger. Yo soy Emerie Rose.

—¿Rose es tu segundo nombre o tu apellido?

Emerie sonrió y se rio. Era la misma pregunta que le había hecho yo cuando la vi por primera vez.

—Es mi apellido. No tengo segundo nombre.

Beckett se quedó pensando sobre eso, y tomé la palabra.

—No quería asustarte. Beck y yo vamos a patinar sobre hielo, pero estaba preocupado porque no has respondido al mensaje de texto que te envié ayer por la noche. —Entrecerré los ojos.

Se dio la vuelta y se acercó al escritorio, donde levantó un móvil roto con dos dedos.

—Falleció anoche. Acabo de comprar uno nuevo y estoy intentando descubrir si puedo cargar los contactos desde la nube. No sé el número de nadie.

Solté un suspiro. No me evitaba. Y era esa posibilidad lo que realmente me molestaba. Sí, en realidad eso me hubiera jodido mucho más de lo que debería.

Por lo general, si me interesaba una mujer y ella no me respondía, a otra cosa, mariposa. Había muchos peces en el mar. Pero con Emerie, no solo sentía ansiedad porque no me hubiera respondido a un mensaje, es que ni siquiera me atraía la idea de hojear la agenda para llamar a otra.

—¿Quieres que te ayude? Me cargo el móvil una vez al mes.

Miró los patines que llevaba sobre los hombros.

—No quiero entreteneros, ibais a divertiros.

—A Beck no le importa ¿verdad, colega?

Mi hijo fue tolerante y se encogió de hombros.

—No. ¿Puedo dibujar en tu escritorio, papá?

—Claro. Busca papel en el cajón inferior derecho.

Beck salió corriendo. Le gustaba sentarse en mi mesa para dibujar, de hecho podía estar allí durante horas.

—Es adorable —comentó Emerie.

—Gracias. Es un buen chico. —Moví la silla—. Siéntate. Te voy a enseñar cómo poner operativo un móvil nuevo.

Por supuesto, podría haberme sentado yo y haberlo arreglado todo en dos segundos, pero había preferido inclinarme sobre su hombro, atrapándola entre la mesa y mi cuerpo. A propósito, hablé en voz baja y dejé que mi aliento le hiciera cosquillas en el cuello.

—Abre esta carpeta. —Puse mi mano sobre la suya y presioné el botón—. Luego haces esto, y en el menú, presionas «restaurar».

Vi que se le había puesto la piel de gallina y bajé todavía más la cabeza.

—¿Tienes frío? —pregunté al oído.

—No, estoy bien.

Sonreí para mis adentros mientras navegaba por algunas pantallas más. Entonces, su móvil nuevo, que ya estaba conectado al portátil, se iluminó y comenzó a cargar la información desde la nube.

—Guau… Llevo una hora intentando hacer eso.

—Por cierto, ¿cómo se te rompió el otro?

—Te lo diré si me prometes no reírte.

—Pero ¿podré burlarme de ti?

—No. Eso tampoco.

Me incorporé.

—Entonces ¿donde está la diversión de escuchar la historia?

Emerie se rio.

—Qué idiota eres… ¿Qué tal el viaje a Atlanta?

—El vuelo se retrasó un poco por problemas meteorológicos. Pero bien. Al menos Alexa no me hizo pasar un mal rato. —Emerie me había dado la disculpa perfecta. Por mucho que lo odiara, necesitaba saberlo. Así que traté de parecer casual—. ¿Qué tal la cena de anoche?

Emerie frunció el ceño hasta que se dio cuenta de a qué me refería.

—Oh, acabé pidiendo algo al chino.

—¿No has cenado con el profesor Pajarita?

Se mordió el labio y negó con la cabeza. Me acerqué un paso más.

—¿Por qué?

—Es que… sencillamente no me parecía bien.

Ambos estábamos de acuerdo en que manteníamos una

relación sexual exclusiva, e incluso casi había confesado que había algo más que mucha química entre nosotros, pero no podía decirle que no podía cenar con un amigo. Que nadie me malinterprete, era justo lo que quería decirle —aunque incluso pensarlo me daba miedo—, pero sabía que debía guardarme ese dato para mí solo.

Así que en lugar de mostrar mis secretos, me acerqué a la puerta.

—¿Va todo bien, Beck? —grité a mi hijo sin apartar la mirada de ella.

—Sí —repuso él.

—Vale. Tardaremos muy poco, ¿de acuerdo?

A continuación cerré la puerta silenciosamente.

—Ven aquí.

—¿Qué quieres?

—Ven aquí.

Emerie me obedeció y se detuvo delante de mí.

—¿Qué?

—Pensé en ti durante todo el vuelo.

Tragó saliva.

—¿De verdad?

—Y esta mañana he tenido que ducharme con agua helada para bajarme la erección porque cada vez que cerraba los ojos, te veía inclinada sobre el escritorio con el culo en primer plano.

Ella abrió los ojos como platos.

—Tu hijo está en el despacho de al lado.

—Lo sé. Por eso no estás inclinada en este momento sobre ese escritorio y voy a conformarme con solo saborearte un poco.

La vi humedecerse los labios, y pensando que Beck podría volver en cualquier momento, no perdí más el tiempo. Puse la mano en su nuca y la utilicé para atraerla hacia mí y devorar su boca con frenesí. Le rodeé la cintura con el otro brazo y ella gimió cuando pegué su cuerpo al mío. Olía muy bien. Una fragancia dulce mezclada con su natural olor femenino que me resultaba embriagador. Me llevó cada gramo de contención no girar con ella y aplastarla contra la puerta. Cuando le magreé el culo y ella gimió contra mis labios, casi perdí el control.

Mi polla palpitaba cuando liberé su boca. Estaba a punto de ir a por más, cuando oí que me llamaba mi hijo.

—Joder… —gruñí, apoyando la frente en la de ella—. No sé cómo voy a ocultar la erección para que no me haga preguntas que todavía no puedo responder.

Por suerte llevaba vaqueros oscuros y pude acomodarme antes de ir en busca de Beck.

—¿Vamos, chico?

—¿Podemos tomar chocolate antes de ir a patinar?

—Esta mañana has tomado tortitas con trocitos de chocolate. ¿No crees que ya es suficiente chocolate para una mañana?

Mi hijo era un chico listo.

—Pero ahí fuera hace frío y quiero mantenerme caliente por dentro.

—Tiene razón —dijo una sonriente Emerie acercándose a mí.

—¿Vienes a patinar con nosotros? —preguntó Beck.

—No creo que sea buena idea. No sé patinar sobre hielo.

—Mi padre puede enseñarte. Es muy bueno en todo.

«Chico listo…».

Emerie me miró en busca de ayuda.

Me encogí de hombros.

—El chico tiene su parte de razón. Se me da bien todo.

Ella puso los ojos en blanco y luego se volvió hacia Beck.

— Tu padre no necesita demostrarme nada.

—Nunca hemos ido a patinar con otra persona. Y puedo enseñarte mis movimientos.

Emerie se volvió con una ceja arqueada.

—Quiere mostrarme sus movimientos, ¿has visto? Igual que su padre.

—Vamos —dije en voz baja—. Ven. Deja que él te enseñe sus movimientos, yo te demostraré más tarde los míos.

31

Emerie

—*N*o creo que esté roto. —El médico de urgencias sostenía el hinchado tobillo en la mano. Estaba poniéndose morado—. Pero vamos a hacer una radiografía para asegurarnos.

—Gracias.

—La enfermera vendrá dentro de unos minutos a tomarle algunos datos y luego la llamará el técnico de rayos X.

—Vale. —Me volví hacia Drew—. Todo esto es por tu culpa.

—¿Por mi culpa?

—Sí. Hiciste que fuera demasiado rápido.

—¿Demasiado rápido? Si nos ha adelantado una abuela con un andador. No deberías haberme soltado la mano.

—Es que me asusté...

Habíamos estado patinando más de dos horas y me había caído muchas veces antes. Me había sentido muy inestable sobre los pies, los tobillos me tambaleaban constantemente adelante y atrás, y eso me había aflojado los patines. La última vez que me caí, no había nada que me sujetara el tobillo y se me había torcido. Me dolía, sí, pero no había llegado a pensar que estuviera roto.

Drew, sin embargo, le había echado un vistazo y había decidido que teníamos que ir a urgencias. No había podido razonar con él. Su amigo, Roman, se había reunido con nosotros en la puerta del hospital para recoger a Beck y llevarlo a casa, de forma que Drew pudiera quedarse conmigo.

La enfermera llegó con un portapapeles.

—Tengo que hacerle algunas preguntas. Su marido puede

quedarse si quiere, pero deberá salir cuando venga el auxiliar a hacer la radiografía.

—No es mi… —Hice un gesto para señalar a Drew y luego a mí—. No estamos casados.

La enfermera sonrió. No a mí, sino a Drew. Y también agitó las pestañas.

«¿En serio?».

—Bueno, entonces necesitaré pedirle que salga —le dijo—. Luego podrá venir a acompañar a su…

Dejó que fuera Drew el que finalizara la frase.

—Mi novia.

—Oh, sí. Luego podrá venir para estar con su novia.

¿Me lo había imaginado o esa mujer estaba intentando averiguar si estábamos juntos? Drew me besó en la frente y dijo que volvería tan pronto como pudiera. En cuanto salió, la enfermera empezó a hacerme algunas preguntas médicas. Solo entonces me di cuenta de que Drew acababa de decirle que yo era su novia.

—Puedo andar sola.

Drew me había vuelto a tomar en brazos por enésima vez. Me había llevado desde la pista de hielo al taxi, desde el taxi al hospital. Después otra vez desde el hospital al taxi y de ahí a su apartamento, donde procedió a dejarme en el sofá con el pie en alto.

«Tal y como ha ordenado el médico».

Ahora había encargado la cena y me estaba llevando a la mesa.

—El médico ha dicho que no cargues peso en el pie.

—Estoy bien. Solo es un esguince. De todas formas, la venda ya impide que me apoye en él.

Beck movió la silla mientras su padre se acercaba conmigo entre los brazos. Roman, que acababa de recoger la comida en la puerta, nos miraba con diversión. Era la primera vez que nos veíamos y, seguramente, pensaba que me gustaba montar dramas.

—Estoy muy avergonzada. Te juro que por lo general no soy tan torpe.

Roman continuó mirando la escena que se desarrollaba ante él, observando cómo Drew me sentaba y procedía a llenarme el plato. Me dio la sensación de que Roman era un hombre que no perdía detalle.

—No te preocupes. Florence Nightingale, aquí presente, no debería haberte dejado caer.

Drew gruñó.

—No la dejé caer. Fue ella la que me soltó la mano.

Le guiñé un ojo a Roman, haciéndole saber que estábamos en el mismo equipo.

—Me dejó caer —aseguré con una expresión muy seria.

—Gilipolleces. —Drew se quedó parado con la bandeja en la mano después de llenarme el plato. Me miró a mí y luego a Roman—. No la dejé caer y no voy a permitir que digas esas memeces.

—Cuidadito con la lengua —le advertí.

Roman se limitó a reírse.

La cena estuvo lejos de ser pacífica. Para empezar, Drew y yo no estábamos de acuerdo en política. Después Drew, Roman y Beck mantuvieron una acalorada discusión sobre quiénes iban a llegar a los *play off* en la temporada de hockey. La conversación discurría en voz alta, y de vez en cuando hablábamos unos por encima de los otros; sin embargo, no podía recordar la última vez que había disfrutado tanto en una comida.

Después de terminar, Drew insistió en que no podía ayudar a limpiar y me llevó de nuevo en brazos al salón. Roman, que había dado instrucciones a Drew para ayudar a limpiar, abrió una cerveza y se reunió conmigo.

—¿Quieres una?

—No, gracias. —Me acomodé en el sofá y crucé los dedos sobre el estómago—. Estoy demasiado llena con el medio kilo de pasta a la parmesana y pollo que Drew me ha servido.

Roman se llevó la botella a la boca y me miró por encima del borde.

—¿Os peleáis mucho?

—La verdad, sí.

—Eso es lo que él dice.

La sorpresa debió de ser evidente en mi cara, porque Roman colocó la botella de cerveza en la rodilla y se incorporó.

—Nos conocemos desde sexto grado. Le robé la novia...

Lo interrumpí.

—Drew dice que fue él quien te robó la novia a ti antes de que pillaras la varicela.

—¿Te lo ha contado?

Asentí.

—Sí. Y me pareció una historia muy tierna. La cuenta con mucho cariño.

—De todas formas, llevamos peleándonos desde sexto. Y también es mi mejor amigo. La relación que mantenía con su padre era la más cercana que he conocido nunca entre un padre y un hijo. Se peleaban a diario. No es una coincidencia que también discuta contigo por todo. —Roman tomó un sorbo de cerveza mientras parecía reflexionar sobre sus siguientes palabras—. ¿Quieres que te diga por qué sabía que su matrimonio con Alexa no iba a funcionar?

—¿Por qué?

—Nunca discutían. Al menos no lo hicieron hasta el final, cuando ella comenzó a mostrar su verdadera cara de zorra egoísta. Y ese tipo de discusiones son diferentes que las que se tienen cuando dos personas se aman.

—Nosotros no nos...

Roman se reclinó en el sofá con una sonrisa.

—Lo sé. Ya veo que ninguno de los dos lo habéis descubierto todavía. Pero ya hablaremos dentro de un par de meses.

—Hay obras nocturnas en la 49, tienes que ir por la 51.

—¡Dios! Eres un coñazo —gruñó Drew entre dientes, mientras hacía un brusco giro a la izquierda.

Llevábamos discutiendo media hora sobre la mejor manera de llegar a mi casa. Él quería que me quedara en la suya para poder ayudarme a moverme. Pero con su hijo allí no me parecía correcto. Por fin accedió, pero tuvimos que esperar a que Beck se fuera a dormir. Luego, dejamos al niño con Roman para que Drew pudiera llevarme.

Cuando llegamos al edificio donde estaba mi apartamento, empecé a decirle que no era necesario que me llevara en brazos, pero luego me di por vencida. Le rodeé el cuello con los brazos y me acurruqué para disfrutar del viaje.

—Es posible que tengas que ir pensando en dejar de comer hamburguesas —bromeó Drew.

—Cuidadito… Más bromas sobre mi peso y dejaré de comer carne.

—Es un farol. Te gusta demasiado.

—Siempre tan pagado de ti…

—Puede ser. Pero que sepas que dentro de cinco minutos, tú también vas a estar llena de mí.

Se abrió la puerta del ascensor.

—No tenemos tiempo para eso. Tienes que volver lo antes posible para que Roman pueda irse a su casa.

—A la mierda Roman. —Deslizó una de las manos hasta mi culo y me lo apretó con fuerza—. Llevo todo el día sin tocar esto a placer. Así que ahora mismo voy a desnudarte.

—¿Y si no te invito a pasar?

—Buena idea. Entonces tendré que conformarme con follarte en el ascensor. —Señaló con el mentón la pequeña cámara que había en una esquina de la cabina—. Podría estar mirando alguien, vamos a darle un buen espectáculo.

Tenía la cabeza apoyada en el pecho de Drew, así que la levanté para mirarlo. Sus ojos brillaban ardientes. Si no llegábamos hasta la intimidad de mi apartamento, había muchas posibilidades de que alguien disfrutara realmente de un buen espectáculo. Pero ¿por qué no se movía de una vez?

—¿Quieres venir a mi piso?

—Joder —Drew se rio y se inclinó hacia delante para presionar el botón del ascensor. Justo antes de que las puertas se cerraran del todo, apareció un brazo y volvió a abrirlas.

Por supuesto, tenía que pertenecer a Baldwin.

Vio que estaba en brazos de Drew y luego se fijó en el estado de mi tobillo.

—¿Emerie? ¿Qué te ha pasado?

Sentí que Drew se ponía tenso y me apretaba con más fuerza.

—Me he caído patinando sobre hielo. Solo es un esguince.

Baldwin miró a Drew.

«¿Qué coño…? ¿Es que necesitaba que se lo confirmara?».

—La he llevado a urgencias. No tiene el tobillo roto —corroboró Drew en tono cortante. Apretaba los dientes con tanta fuerza que tenía tensos los músculos de la mandíbula.

Cuando las puertas del ascensor se cerraron, en el interior reinó una tensa incomodidad. Era… sofocante. Los dos hombres estaban frente a frente. De repente, deseé haber insistido más en que no me llevara en brazos. Cuando llegamos al tercer piso estaba segura de que apenas quedaba oxígeno en la cabina. Baldwin alargó el brazo y nos indicó que saliéramos antes.

Traté de encontrar las llaves en el bolso, pero era difícil en mi postura encogida.

—¿Podrías dejarme en el suelo para que busque las llaves? —le pregunté a Drew cuando se detuvo frente a la puerta.

Me bajó con suavidad, pero dejó su brazo a mi alrededor para que no cargara parte del peso en el tobillo.

Baldwin se detuvo delante de su puerta.

—¿Puedo ayudarte en algo?

Iba a responder, pero Drew se me adelantó.

—Yo me encargaré de todo.

Baldwin lo ignoró.

—Puedo llevarte al despacho por la mañana y luego ir a recogerte.

—Tengo coche —masculló Drew entre dientes, mientras me arrebataba las llaves para abrir la puerta.

—No es necesario que tengas que salir a buscarla. Vivimos puerta con puerta y puedo dejarla allí de camino a la universidad.

No hice caso de los ardientes ojos que Drew clavaba en mí y me volví hacia Baldwin.

—Estaría genial. Gracias. También puedo pedir un taxi. Lo que no quiero es que Drew tenga que desplazarse hasta aquí a primera hora de la mañana, sobre todo mientras tiene a su hijo en casa.

—Entonces, avísame. Mándame un mensaje de texto por la mañana si necesitas ayuda para prepararte.

—Gracias.

Baldwin se despidió con un gesto de cabeza y luego, por

fin, entró en su apartamento. Posiblemente el tiempo total del encuentro no sobrepasaba los tres minutos, pero me habían parecido horas.

Ya en el interior, encendí la luz y me quité el abrigo. Drew estaba callado, pero sabía que haría un comentario en cualquier momento. Un minuto después empecé a relajarme, pensando que quizá todo estaba en mi cabeza, que había valorado mal la situación y que solo yo me había sentido incómoda.

Me equivocaba.

—Ese tipo es idiota.

—¿Por qué?

Drew debió considerar que mi pregunta era en defensa de Baldwin, porque cambió de actitud.

—¿Quieres follar con él?

—¿Qué? ¡No! ¿De dónde sacas esa idea?

Se pasó una mano por el pelo.

—Tengo que marcharme. No quiero que Beck se despierte y no estar allí.

Mientras lo miraba recordé que, cinco minutos antes, no había estado tan desesperado por regresar. Drew había pasado de estar ansioso por estar conmigo a desesperarse por alejarse de mí justo en esos cinco minutos.

—¿Qué te pasa?

—¿Quieres que te lleve en brazos a algún sitio antes de marcharme?

—No, vete ya —espeté, frustrada.

Apoyé la cabeza contra la puerta después de cerrarla. La cabeza me daba vueltas, pero solo una pregunta rebotaba contra las paredes una y otra vez.

«¿Realmente quiero acostarme con Baldwin?».

32

Drew

A la mañana siguiente decidí ir a casa de Emerie media docena de veces antes de llegar a la conclusión de que presentarme allí solo empeoraría las cosas. No quería que pensara que mis disculpas eran una tapadera para que el profesor Pajarita no la llevara al trabajo, aunque, evidentemente, no quería que el muy capullo la trajera. Sin embargo, a eso de las dos de la madrugada, después de golpear la almohada varias veces, por fin había recuperado el sentido común. Que hubiera actuado como un idiota, no tenía nada que ver con Emerie. El engaño de mi ex y la dosis diaria que me insuflaban mis clientes hartos de sus cónyuges o viceversa no me había convertido precisamente en una persona confiada. Aun así, no pensaba que me hubiera equivocado con Baldwin, ese tipo era idiota, y mi instinto me decía que por fin pensaba dar un paso adelante porque se había dado cuenta de que Emerie no iba a esperarlo más. Pero eso tampoco era culpa de ella.

Eran casi las diez cuando por fin llegó al despacho. Beck tenía clases hasta el mediodía, así que esperaba que ella no tuviera ninguna cita por la mañana, porque necesitaba aclarar todo esto. Estaba pendiente de cualquier ruido que la delatara, así que en cuanto la oí, me presenté en la zona de recepción.

El capullo estaba con ella. Le rodeaba la cintura con un brazo para ayudarla. Noté en la expresión de Emerie que se sentía incómoda por ello.

—Buenos días.

—Buenos días. —Emerie forzó una sonrisa—. Ya le he dicho a Baldwin que no era necesario que me ayudara a entrar, pero ha insistido.

Me obligué a responder con sinceridad.

—Necesitas ayuda. El médico dijo que no cargaras peso sobre el tobillo.

Como prueba de mi resolución, di un paso atrás y recorrí el pasillo por delante de su despacho antes de regresar al mío. Mentiría si dijera que no estaba escuchando a escondidas. Él le preguntó a qué hora debía recogerla y ella respondió que tenía planes, que ya se las arreglaría.

Una vez que el profesor Pajarita se fue, respiré hondo y entré en el despacho de Emerie. Estaba enchufando el portátil.

—¿Tienes alguna cita ahora?

—No. —No levantó la vista.

—¿Podemos hablar?

Me miró.

—Oh… ¿Ahora sí estás de humor para hablar?

Me lo merecía.

—Quizá debería empezar ofreciéndote una disculpa.

Su expresión se suavizó, pero la vi cruzar los brazos, como si tratara de hacerse la difícil.

—Eso estaría bien.

—Lamento cómo actué anoche.

—¿Te refieres a preguntarme si quería acostarme con otro hombre después de mostrarme de acuerdo en que íbamos a tener una relación exclusiva?

—Sí. A eso.

Emerie suspiró.

—No, no soy ese tipo de persona, Drew. Incluso si quisiera acostarme con otro, no lo haría después de haber estado de acuerdo en mantener un compromiso.

Sin querer, me había dado un golpe en todo el pecho. Me había pasado media noche y parte de la mañana siendo consciente de que culpaba a las personas por decisiones que no las concernían. «Es culpa de Alexa. Es mi trabajo lo que ha matado mi fe en la raza humana». Pero cuando llegó el momento y me empezó a gustar esta mujer —quizá más de lo que debiera en tan poco tiempo—, me dio mucho miedo perderla. Se había pasado los últimos años de su vida esperando que otro hombre se fijara en ella, y no estaba seguro de lo que ocurriría cuando por fin lo hiciera. Estaba celoso, por supuesto, pero también muerto de miedo. Y definitivamente, no me gustaba sentirme así.

Me acerqué a Emerie, no solo porque necesitaba tenerla cerca cuando dijera lo que tenía que decir, sino porque odiaba estar en la otra punta de la habitación cuando podía estar a su lado.

Era un día especialmente frío y ella tenía las mejillas rojas, igual que la punta de la nariz. Le encerré la cara fría entre mis manos y me incliné para besarla con suavidad en los labios. Entonces la miré a los ojos.

—Siento haberme comportado como un idiota celoso. Había planeado decirte que no era culpa mía actuar así, que mi vida personal y mi trabajo me habían convertido en lo que soy, y quizás eso sea una parte del problema. Pero no todo. Si soy sincero, no he sabido la verdad hasta hace unos minutos.

—¿El qué?

—Necesito saber lo que piensas con respecto a ese tipo. Hace unos meses lo seguiste a través del país. Sabía desde el principio que sentías algo muy fuerte por él. Si tú me dices que lo nuestro va a ser una relación exclusiva, te creo. Pero lo que necesito saber es lo siguiente: si te dice que siente algo por ti ¿vas a irte con él?

Emerie me miró fijamente y vi una expresión vacilante en su cara.

—¿Por qué no te sientas?

33

Emerie

«*P*on en práctica lo que predicas».

Esa era una tarea difícil cuando Drew Jagger está mirándote, esperando una respuesta. Y quería saber qué pasaría si el hombre del que llevaba años enamorada, detrás del que había llegado a Nueva York para tener con él una oportunidad, decidía de repente que quería estar conmigo. Era la pregunta que me había estado haciendo yo misma desde el momento en que me quedé a solas con mis pensamientos la noche pasada.

—Llevo tanto tiempo teniendo sentimientos por Baldwin que no recuerdo qué es no sentirlos.

Drew se apoyó en el borde de mi escritorio con las piernas abiertas, una postura que resultaba muy masculina y dominante, algo sencillo, pero que me recordaba que lo que estaba a punto de decir era cierto.

—Pero lo que siento por él es muy diferente a lo que está pasando entre nosotros.

El brillo que apareció en los ojos de Drew hizo que apretara los muslos para no sentirme más excitada mientras él parecía enfadado. No había duda alguna de que picarnos el uno al otro era un juego preliminar para nosotros, pero ese no era el momento adecuado.

—Baldwin es inteligente y amable. Compartimos la pasión por la psicología y la sociología. No utiliza un lenguaje grosero, me lleva a restaurantes de lujo y no me ha alzado la voz ni una sola vez.

Drew me miró con inquietud.

—Será mejor que acabes de una puta vez.

Fruncí los labios. Tenía que conseguir decir lo peor antes de empezar con los peros.

—Lo haré. Antes quiero ser totalmente sincera.

La expresión de sus ojos me indicó que fuera al grano. Asintió para que continuara.

—No te mentiría si te dijera que siento algo por Baldwin, pero también lo siento por ti. Me confundes mucho, me excitas y no sé cómo definir lo que está pasando entre nosotros, pero hay algo de lo que sí estoy segura…

—¿De qué?

—Cuando te miro, comprendo por qué jamás habría funcionado una relación con él.

Su mirada se volvió más tierna.

—Tengo una asignatura pendiente con el tema de la confianza.

—Lo sé.

—Y espero que hayas terminado porque voy a usar follar como verbo, adjetivo y sustantivo.

Drew se acercó y me pasó dos dedos por la barbilla, el cuello y la clavícula antes de deslizarlos dentro de mi escote.

—¿Ah, sí?

Era todo lo que necesitaba. Aquel ronco «¿Ah, sí?» y un simple roce. No podía explicar por qué sentía todo aquello por Drew, igual que no podía definir el sabor del agua. Sin embargo, de alguna forma, se había convertido en una necesidad para mí y no estaba preparada para pasar sin él.

—¿Dónde está Beck? —susurré.

Drew no apartó la mirada de sus dedos mientras los deslizaba dentro del jersey.

—En el colegio. No vendrá hasta dentro de una hora.

Se me puso la piel de gallina al pensar en cómo podríamos pasar esa hora.

—¿Tienes algún cliente citado?

Comenzó a desabrocharme los pequeños botones de perla que cerraban la parte delantera de mi ropa.

—No. ¿Y tú?

Negué con la cabeza.

Toda la paciencia que estaba mostrando Drew salió por la ventana después de eso. En el minuto siguiente colocó mi silla, me quitó las bragas y me sentó encima del escritorio, frente a la silla, con la falda por la cintura. En todo momento cuidando de no hacerme daño en el tobillo herido.

Luego se sentó en la silla, frente a mi sexo expuesto, y se aflojó la corbata.

—¿Qué haces?

—Demostrarte lo que siento en su más amplia extensión.

«¡Oh, Dios mío!».

Separé las piernas para él y me estremecí al ver cómo me miraba. Cuando se humedeció los labios, se acercó y tiró de mí hasta que mis nalgas estuvieron en el borde de la mesa, yo ya estaba a mitad de camino del orgasmo y todavía no me había puesto un dedo encima.

—Puede que no me guste comer en restaurantes de lujo, pero siempre te alimentaré y te devoraré hasta que grites obscenidades.

Era algo a lo que no podía negarme.

Las cosas fueron diferentes después de la conversación de aquella mañana. Entre nosotros había una intimidad, un vínculo extraño que no existía antes. Drew recogió a Beck en el colegio y trajo el almuerzo para todos antes de que los dos se pusieran a trabajar para luego poder ir a patinar sobre el hielo otra vez. Me encantaba que Drew llevara a su hijo al despacho por las tardes y que ambos se concentraran en sus cosas. Beck jugaba sobre la alfombra, mientras Drew trabajaba en un caso en la habitación contigua. Cuando terminaron esa tarea, Beck le leía algunos libros, y como premio iban a patinar.

Yo tenía la tarde llena de citas, pero cuando dieron las seis y media, sentía la renovada esperanza de que cada problema tenía solución. Mi optimismo había resultado beneficioso para mis sesiones.

Estaba guardando el portátil cuando oí que la puerta se abría y unos pequeños pies corrían hacia mi despacho.

—¡Ya lo tenemos todo para la película de por la noche! —gritó Beck. Tenía los mofletes rojos por el frío y llevaba un plumón que le hacía parecer un pequeño muñeco de nieve.

—¿De verdad? ¿Y qué habéis pensado ver?

Beck levantó dos dedos.

—Tenemos dos películas. Una es para la cena y la otra para el postre.

No entendí muy bien lo que quería decir, pero su entusiasmo era contagioso.

—Eso suena bien. ¿Cuál vais a ver primero?

Drew apareció detrás de su hijo.

—Me hizo parar en la acera en vez de venir a aparcar conmigo para poder correr a decírtelo.

Beck sonrió de oreja a oreja, casi podía contar todos sus diminutos dientes. Levantó dos cajas de DVD.

—Para la cena, hemos elegido *Lluvia de albóndigas*. —Señaló a su padre, que tenía en la mano una bolsa de comida para llevar.

—En Mamma Theresa's tienen las mejores albóndigas de la ciudad.

Beck asintió con rapidez y luego levantó una segunda caja de plástico.

—Y en el postre vamos a ver *Blancanieves y los siete enanitos*.

El niño pasó la palabra a su padre; era como si estuvieran escenificando una obra de teatro.

Drew levantó la otra bolsa.

—Tarta de grosella de The French Pastry.

Sonreí.

—¿Y eso qué es?

Drew se encogió de hombros.

—No tengo ni idea. Pero hemos tenido que ir a tres panaderías para encontrarla y me ha costado veintisiete dólares, así que espero que esté muy buena.

Beck añadió.

—Yo la tomaré con helado de vainilla. Aunque no forme parte de tu fiesta de pijamas.

—¿Mi fiesta de pijamas?

—Mi padre me dijo que te gustaba hacer fiestas de pijamas con películas. ¿Puedes venir?

Cayó otro pequeño pedazo del muro que había construido en mi corazón porque tenía miedo a enamorarme de ese hombre generoso.

Drew me observaba, midiendo mi reacción. No podría ocultarla aunque quisiera.

Me llevé la mano al pecho.

—Eres un encanto. No me puedo creer que hayas organizado una noche de pijamas y películas por mí. Me encantará ir.

Ansioso por empezar, Beck se fue gritando por el pasillo.

—Llamaré el ascensor.

—No te metas dentro hasta que llegue —advirtió Drew.

Terminé de recoger mis cosas y fui hacia la puerta. Me puse de puntillas y le di a Drew un beso en los labios.

—Gracias.

Me guiñó un ojo.

—De nada.

Me alzó entre sus brazos, porque al parecer no pensaba permitirme caminar la distancia que teníamos que recorrer, y anduvo los metros que nos separaban del ascensor.

—Creo que me va a gustar bastante eso de cenar algo relacionado con la película que vemos. Por fin voy a poder darle buen uso a mi colección de cine porno —aseguró bajando la voz.

34

Emerie

El resto de la semana fue tan increíble como la fiesta de pijamas y películas. Estar más tiempo en casa con Drew y Beck me hizo conocer mejor a ese hombre que docenas de citas. Es más, eso debería de formar parte de todo el ritual de las citas. En la segunda o la tercera, el hombre debía de llevar a un niño —un sobrino, quizá, si no tenía hijos propios—, para que se pudiera intuir cómo se relacionaba con ellos. Eso haría más por una relación que seis meses de noviazgo.

Además de desayunar o cenar juntos todos los días, Drew siempre lograba sacar tiempo para que estuviéramos los dos solos. Estaba empezando a sentirme como si fuera mi propia familia. Pero en el fondo de mi corazón, me daba cuenta de que las cosas no iban a ser siempre así. Alexa regresaría al día siguiente y yo no estaba segura de qué novedades traería con ella. Sin duda sentía mucha curiosidad.

Esa tarde estaría cuidando de Beck durante unas horas, mientras Drew asistía a una reunión improrrogable. Tenía previsto pedir en el colegio que pudiera quedarse por la tarde, como hacía algunas veces, pero insistí en que yo podía arreglármelas.

Drew tenía un montón de películas en el ático que podíamos ver, y pensaba hacer palomitas de maíz. Ser canguro era muy fácil.

O eso pensaba.

Luego tuve que llamar a Drew e interrumpir su reunión diez minutos después de empezar, para decirle que teníamos que ir al hospital.

Y

—Lo siento mucho. —Era la enésima vez que lo decía. Estábamos en uno de los pequeños boxes de urgencias, muy parecido al que había estado no hacía ni una semana, cuando me torcí el tobillo. Solo que en esta ocasión estaban tratando a Beck.

—Son cosas que ocurren. Ha sido un accidente. Ahora sabe que no debe tocar los fogones.

—Debería haberlo imaginado. —Beck y yo habíamos hecho palomitas en una sartén. Él nunca las había hecho de esa manera. Sus enormes ojos color chocolate se abrieron como platos al ver cómo estallaban los granos contra la tapa transparente. Cuando empezaron a ralentizarse las explosiones, deslicé la sartén sobre un fogón frío y levanté la tapa un poco para que escapara el vapor. Cuando Beck se puso a ver la película, fui al cuarto de baño. Estuve fuera de la cocina menos de tres minutos, pensando en qué agradable estaba siendo la tarde mientras me lavaba las manos… Entonces empezaron los gritos.

El pobre niño había vuelto a la cocina y, sin saber que el fogón que habíamos usado de la vitrocerámica seguía caliente, puesto que ya no estaba encendido, apoyó en él la mano para levantar la tapadera con la otra.

—La cocina de su madre es de gas. Debería haberle explicado hace un año, cuando reformé la cocina, que la superficie de una placa se mantiene caliente después de apagarla. No es culpa tuya, sino mía.

Beck se encogió de hombros. El muchacho era todo un valiente.

—Tampoco me ha dolido tanto.

El médico aseguró que se trataba de una simple quemadura y aplicó loción Silvadene, luego le envolvió la mano en una gasa y la aseguró con una venda.

—Lo siento mucho, cariño —dije poniendo la mano encima de la rodilla de Beck—. Debería haberte dicho que incluso aunque el color cambie, sigue estando caliente.

Un poco más tarde entró una enfermera y nos dio instrucciones para cuidar la herida, un tubo con crema y un rollo de gasas para hacer la cura al día siguiente, antes de salir con rapidez. A pesar de que todo el mundo se comportaba como si fuera algo común, yo seguía sintiéndome una mierda.

La primera vez que Drew me dejaba a solas con su hijo resultaba herido.

—¡Parezco un boxeador! —anunció Beck cuando regresábamos a casa desde el hospital—. Papá, ¿puedes vendarme la otra mano? ¿Quizá con una venda roja? —suplicó.

—Claro, colega.

Los dos se comportaban ya con normalidad, pero yo seguía apesadumbrada. Drew me puso la mano en la rodilla mientras conducía.

—La gente va a empezar a mirarme raro al ir con vosotros dos.

Fruncí el ceño.

—Tú tienes el pie vendado y él la mano.

Me cubrí la boca.

—¡Oh, Dios mío! Imagínate, te van a mirar raro a ti, cuando las dos lesiones son culpa mía.

Drew bajó la voz.

—En serio, no quiero que sigas ahí sentada echándote la culpa por lo ocurrido. Ha sido un accidente. Si me hubiera puesto yo a hacer palomitas, hubiera pasado exactamente lo mismo.

—Pero no fue así.

—Deja de culparte. Hace dos meses se le puso un ojo a la funerala por caerse contra una cómoda mientras estaba con su madre. Es un niño pequeño. No piensan las cosas antes de hacerlas, y luego resultan heridos.

—¡Oh, no!

—¿Qué?

—Ni siquiera había pensado en lo que va a pensar su madre. Va a odiarme.

—No te preocupes por ella. No creo que le gustaras de todas formas.

«Genial. Simplemente genial».

35

Emerie

—¿ *Y* tú quién eres?

Solo fueron necesarias esas palabras para saber que la mujer que acababa de entrar en el despacho era una bruja.

Vaqueros ceñidos, botas de cuero marrón con tacón de aguja, piernas largas y delgadas, y una diminuta cintura de avispa con la piel al descubierto a pesar de que estábamos a finales de enero y en Nueva York hacía un frío que congelaba hasta las pestañas. No quise mirar más arriba. Lo que quería era irme a casa y ponerme una ropa menos profesional y más atractiva. No tenía ninguna duda de quién era ella.

Como me temía, cuando seguí recorriéndola con la vista, me encontré con una cara tan agradable como el cuerpo.

«Por supuesto…».

—Yo soy Emerie Rose. ¿Y tú?

—Alexa Jagger. La esposa de Drew.

Drew apareció en ese momento a mi lado, de repente.

—Exesposa. —Tenía los ojos entrecerrados, acorde con su cortante respuesta.

Alexa puso los ojos en blanco.

—Lo que sea. Tenemos que hablar.

—Pide cita. Esta mañana estoy ocupado.

Ella lo ignoró por completo y pasó junto a él camino del despacho.

Nosotros nos quedamos paralizados en el vestíbulo durante un momento.

—Bueno, es impresionantemente guapa —dije en voz baja.

Drew respiró hondo.

—Ya. Quizá sea mejor que te pongas tapones en los oídos.

—¡Nos vamos!

—No vas a llevártelo a recorrer el país detrás de unos pilotos de carreras, sin escolarizarlo ni nada. Si quieres, vete tú, pero Beck se queda aquí.

—¿Y qué va a hacer aquí contigo? Trabajas sesenta horas semanales.

—Haré lo que sea. Al menos aquí está su colegio, su rutina, su casa.

—No harás nada. Lo dejarás con una canguro. He oído más sobre su nueva cuidadora que sobre ti esta mañana. Y al parecer, ni siquiera es una chica competente, pues no ha podido impedir que se queme la mano.

«¡Joder!».

Hubo un momento en que no se oyó ningún grito y supe que Drew estaba intentando contenerse. Me lo imaginé apretando los dientes y los puños mientras se calmaba, tratando de mostrarse frío.

Cuando por fin habló, su tono seguía siendo irritado, pero además era letal.

—No sabes lo que estás diciendo. No he dejado a mi hijo con una niñera. Ha estado conmigo o con mi novia todo el rato, y lo hemos cuidado bien.

—¿Novia? —escupió Alexa—. ¿Has dejado a mi hijo con tu ligue del mes?

—Nuestro hijo —corrigió él con un gruñido—. Y no es mi ligue del mes. Al contrario que tú, jamás he presentado a Beck a ninguna de las chicas con las que salía. Todas las veces que él ha mencionado a los hombres con los que estabas he mantenido la boca cerrada, confiando en que estuvieras siendo cuidadosa y respetuosa con él. Espero lo mismo con Emerie.

—¿Emerie? ¿Es la mujer que he conocido en el vestíbulo? ¿Ahora te acuestas con las empleadas?

—No es mi empleada, compartimos el despacho. Es psicóloga. Y además ¿qué coño tendría que importarte a ti si se dedica a limpiar? Al menos tiene un trabajo. Deberías probarlo.

Quizás eso conseguiría que apreciaras más las botas de mil dólares que llevas en este momento.

—Yo estoy criando a nuestro hijo. Y es un trabajo a tiempo completo.

—Es curioso la manera en que dices que es «nuestro» hijo cuando soy yo quien tiene que pagar por ese trabajo a tiempo completo, pero solo es tuyo cuando quieres llevarlo a seguir la Nascar por el sur.

—Me lo voy a llevar —amenazó ella.

—No —replicó él.

—No creo que sea algo a lo que te puedas oponer. Beck tiene que conocer a su padre y para eso debe pasar tiempo con él.

Me preparé para un rugido.

—¡Ya pasa tiempo con su padre!

—Me refiero a su padre biológico.

—Eso no es por mi culpa. Tú te aseguraste de ello. Bien sabe Dios que no me hubiera casado contigo si hubiera sabido que estabas preñada de otro hombre.

—¡Que te jodan!

—Vete, Alexa. Lárgate de una puta vez.

A pesar de que sabía lo que iba a ocurrir, di un salto cuando ella abrió la puerta del despacho de Drew y me apreté contra la pared. Alexa dejó una estela de pisadas a su paso.

Esperé en mi despacho durante unos minutos, sin saber si debía dar tiempo a Drew para retomar el control o, por el contrario, darle consuelo. Pasó el tiempo sin que oyera nada más que silencio, así que decidí salir a ver cómo estaba.

Drew estaba sentado en el sillón, detrás del escritorio, con los codos apoyados en las rodillas y la cabeza entre las manos.

—¿Estás bien? —le pregunté bajito.

—Sí —respondió con la voz ronca, sin levantar la vista.

Di unos pasos vacilantes.

—¿Puedo hacer algo?

Drew negó con la cabeza un par de veces y luego me miró.

—¿Puedes hacer que sea el verdadero padre de Beck? —Se me encogió el corazón al ver su expresión derrotada. Drew tenía los ojos rojos y llenos de lágrimas, y sentí el mismo dolor que vi en su rostro.

Me arrodillé delante de él.

—Tú eres su verdadero padre, Drew.

A pesar de que me estaba escuchando, supe que no estaba llegando a él. Así que decidí compartir una historia que nunca le había contado a nadie.

—Cuando tenía diecinueve años decidí que quería saber quién era mi madre biológica. No sé muy bien por qué; no había ocurrido nada, pero sentía curiosidad, creo. De todas formas, la mía era una adopción abierta, así que la información estaba al alcance de mi mano, si quería verla. Como no quería herir los sentimientos de mis padres, decidí no decírselo y buscar la información por mi cuenta.

Drew comenzó a prestarme atención, así que continué.

—Un sábado, les dije a mis padres que iba a casa de una amiga y en su lugar crucé el estado hasta donde vivía mi madre biológica. Me senté delante de su casa y esperé hasta que salió. Luego la seguí hasta el restaurante en el que trabajaba. Pasaron un par de horas antes de que reuniera valor para entrar. La había observado desde fuera, así que sabía qué sección estaba cubriendo, por lo que pedí una mesa cerca de la ventana para que fuera ella quien me atendiera.

A pesar de que Drew era el que estaba sufriendo, me apretó el hombro para darme ánimo.

—¿Qué ocurrió?

—Cuando se acercó a tomar nota, cada palabra que salió de mi boca fue temblorosa, pero me las arreglé para pedir tostadas y té mientras la miraba. —Hice una pausa, recordando aquel día—. Era pelirroja.

Drew me acarició la mejilla.

—De todas formas, mientras ella estaba anotando el pedido de una mesa cercana, me sonó el móvil y vi que era mi madre. Dejé que saltara el buzón de voz porque se me ocurrió que podía descubrir de alguna manera lo que estaba haciendo y enfadarse. Pero cuando oí el mensaje, supe que solo quería comprobar que estaba bien, que no pasaba nada. Que me había notado un poco deprimida el día anterior. Ni que decir tiene que me sentí muy culpable. Cuando mi madre biológica vino a traerme las tostadas unos minutos después, yo estaba llorando. Me miró, pero ni siquiera me preguntó qué me pasaba. Apenas dejó el pan en la mesa, desapareció.

Suspiré.

—Eché un vistazo más a la mujer que me había parido y me di cuenta de que mi madre era la que me había dejado un mensaje en el buzón de voz. Puede que estuviera relacionada biológicamente con la camarera, pero ella no sentía nada por mí, era una completa desconocida. Porque era así... Una extraña. Dejé un billete de veinte dólares sobre la mesa y no volví nunca.

Drew entrecerró los ojos.

—Ser padre es una opción, no un derecho. Hasta entonces, no había entendido por qué mis padres celebraban el día de mi adopción. Tú eres el padre de Beck igual que Martin Rose es el mío. Cualquiera puede concebir un hijo, pero un verdadero padre es el que ama y cría a un hijo como propio.

—Ven aquí. —Drew hizo que me levantara y me sentó en su regazo. Me colocó un mechón de pelo detrás de la oreja, y pude comprobar que su expresión, antes era irritada y triste, había cambiado—. ¿De dónde has salido?

—Me asustaste y te enseñé el culo ¿recuerdas?

Se rio, y sentí que parte de la tensión se había disipado cuando me envolvió entre sus brazos y me besó la coronilla.

—Gracias. Lo necesitaba.

Me sentía feliz de haber podido consolarlo. Como Beck había estado con él toda la semana, era la primera tarde que estábamos solos desde hacía tiempo.

—Por si necesitas alguna otra cosa, no tengo una cita hasta dentro de dos horas y...

Drew se levantó conmigo en los brazos casi antes de que terminara la frase. Grité ante aquel repentino movimiento, esperando que me separara las piernas allí mismo, sobre su escritorio. Pero me sorprendió cuando empezó a llevarme hacia la puerta.

—¿No vamos a tener sexo encima de la mesa? —pregunté.

—La mesa es para follar. Quiero hacerte el amor.

36

Drew

«*P*odría acostumbrarme a esto».

Apenas salí de la ducha y entré en la cocina, Emerie estaba de pie delante de los fogones, usando una de mis camisas, que le llegaba por las rodillas, cocinando algo que olía casi tan bien como ella. La música flotaba en el aire y me quedé detrás de la puerta, observándola mientras balanceaba las caderas tarareando una canción que no reconocí.

Como si hubiera notado mi presencia, se dio la vuelta un minuto después y sonrió.

—El desayuno está casi listo.

Asentí con la cabeza, pero me quedé quieto un momento más, disfrutando de su presencia. Cinco días antes, cuando Alexa había entrado como un elefante en una cacharrería para comunicarme que iba a hacer un viaje por carretera con Beck, supuse que esa semana sería una mierda. Pero Emerie tenía el don de calmarme, por lo que me había centrado en lo positivo. También me había ayudado que se hubiera quedado a dormir en mi cama todas las noches, lo que aliviaba muchas tensiones, y que me hubiera despertado su cabeza debajo de las sábanas mientras me lamía como si fuera una piruleta.

Me brindó una sonrisa con las mejillas ruborizadas.

—Venga, siéntate. Ahora me toca a mí alimentarte.

«Sí, hay muchas posibilidades de que me acostumbre a esto».

—¿A qué hora tienes la primera cita? —pregunté. Acabamos de desayunar y luego la follé sobre la encimera de la cocina. Más tarde limpié los platos mientras ella se preparaba.

La observé ponerse algo en las pestañas mientras se inclinaba hacia el espejo.

—A las diez. Pero tengo que ir antes a mi apartamento. ¿Y tú?

—No tengo citas hasta por la tarde, pero me toca redactar una demanda y luego entregarla en el juzgado de familia. ¿Qué necesitas de tu apartamento?

—Ropa. ¿O crees que puedo salir si combino esto con un cinturón y los zapatos de tacón? —Señaló mi camisa, que caía abierta sobre sus pechos desnudos. Adorando la accesibilidad que ofrecía, ahuequé la mano sobre uno de ellos antes de inclinarme para besarle el erizado pezón.

—¿Por qué no te traes algo de ropa para las noches que duermes aquí? Así no tendrás que ir a tu casa a cambiarte la del día anterior. —A pesar de que no pensé mucho hacer tal declaración, no me asusté al verbalizarla. Y eso era extraño.

Emerie me miró.

—¿Estás ofreciéndome un cajón?

Me encogí de hombros.

—Si quieres, puedes quedarte la mitad del armario. No me gusta la idea de que corretees por la ciudad sin bragas debajo de la falda por las mañanas, a pesar de que no entiendo muy bien por qué no puedes limitarte a darles la vuelta y a usarlas de nuevo.

La vi arrugar la nariz.

—Hombres…

Cuando terminó de maquillarse con lo que llevaba en el bolso, se vistió y fue a su apartamento.

Llamé a Alexa y le dejé un mensaje avisándola de que recogería a Beck alrededor de las cinco para que pasara conmigo el fin de semana.

Agradecí que me hubiera salido el buzón de voz en vez de ella y bajé para trabajar un poco. Todavía estaba de buen humor cuando vi que había un cartero esperándome delante de la puerta. Era abogado y normalmente me encargaba de divorcios, no era inusual que recibiera correo a primera hora de la mañana. Lo que sí era raro era que la notificación fuera de un juzgado de Atlanta.

Y

Acababa de terminar de leer el mismo párrafo del documento por quinta vez.

> Se han producido cambios desde el último juicio de custodia, lo que hace necesaria una modificación en la relación de visitas al niño. Los cambios eran desconocidos en el momento de la sentencia definitiva y justifican una revisión del acuerdo de custodia.

Era la siguiente parte la que había hecho que me sentara en la silla en lugar de dirigirme al apartamento de Alexa, porque temía lo que pudiera hacerle después de leer el resto.

> Adjunta a la presente, se presenta prueba de que la paternidad del niño corresponde a Levi Archer Bodine y no al demandado, que es quien tiene otorgadas las visitas en el último decreto de custodia. El peticionario solicita una modificación de la custodia compartida con el fin de reducir las visitas del demandado a cada dos fines de semana durante ocho horas. Al mismo tiempo se solicita el aumento de las visitas del peticionario para dar tiempo a que el niño conozca a su padre biológico.
>
> Además, se le debe retirar la custodia compartida al demandado en base a los últimos incidentes de negligencia infantil. Es decir, la parte demandada ha incurrido en una conducta que expuso al niño a la presencia de criminales conocidos. Como resultado de ello, el niño resultó herido.
>
> Por tanto, el peticionario tiene razones para estar preocupado por la seguridad del menor y solicita una inmediata modificación del decreto de custodia.

La documentación anexa incluía una copia de la detención más reciente de la supuesta criminal y un informe de urgencias. La criminal era Emerie, y por supuesto, se trataba de una copia parcial de los cargos por escándalo público. No había ninguna mención de que ella era adolescente en ese momento ni que la denuncia se había sobreseído el mes pasado. Además de esas falacias, había una copia del informe de urgencias con el diagnóstico de quemaduras accidentales, junto con una declaración jurada de una enfermera que verificaba que Beck había llegado acompañado de su padre y de la mujer que lo estaba cuidando en el momento de la lesión: Emerie Rose.

La tercera vez que me saltó el buzón de voz no pude aguantar más y fui a casa de Alexa en persona. No era la mejor idea del mundo, teniendo en cuenta mi estado de ánimo, pero tenía que enfrentarme a ella. Solo había una cosa que yo poseía y ella no: dinero. Pensaba cortar toda esta mierda pagando. Otra vez. Este pequeño jueguecito era una represalia por haberle dicho que no podía llevarse a Beck dos semanas a la Nascar. Tenía que demostrarme que era ella la que tenía el control. Conocía a mi ex, era una mujer astuta que siempre se aseguraba de sujetar la sartén por el mango. Nuestra pelea, y seguramente ver a Emerie, le habían llevado a pensar que tenía que ponerme en mi lugar.

El primer golpe que di en la puerta del apartamento no lo respondió nadie y solo sirvió para molestarme y hacer que el siguiente golpe fuera más fuerte. Tras dos minutos de esperar con impaciencia, saqué mi llave. Cuando había alquilado ese piso para Alexa, me había quedado con una. Nunca había necesitado usarla, pero tampoco me había evitado nunca.

La cerradura estaba atascada, pero después de forcejear un rato, sentí un gran alivio al ver que lograba abrir la puerta.

—¿Alexa? —grité desde la entrada, porque no quería que me dieran con una sartén en la cabeza.

No obtuve respuesta.

El pasillo estaba en silencio y no se oía ningún ruido en el interior del apartamento.

Decidiendo que no corría peligro, empujé la puerta.

El corazón se me detuvo al ver lo que había allí dentro.

37

Emerie

*E*staba pasando algo.

Había oído varios portazos durante la segunda mitad de la sesión de asesoramiento telefónico. En los últimos diez minutos habían comenzado los gritos. Algunos era de Drew, que parecía muy cabreado, y otros de Roman, que acababa de llegar. Sabía que con frecuencia hacía investigaciones para Drew, pero lo que estaba ocurriendo ahora parecía más personal que un caso.

Después de disculparme de nuevo con mi paciente y decirle que le pediría al equipo de construcción que moderara su lenguaje, colgué y fui hasta la puerta cerrada de su despacho. Me detuve al oír mi nombre.

—¿Emerie? ¿Qué coño tiene que ver ella con todo esto?

—Alexa ha argumentado ante el juzgado básicamente que me estoy acostando con una exconvicta.

—¿Una exconvicta? ¿Qué ha hecho? ¿Le han puesto una multa por aparcar mal?

—Es una larga historia, pero la detuvieron por escándalo público el mes pasado.

—¿Qué?

—Ocurrió cuando era una adolescente. Al parecer iba a bañarse desnuda en una piscina pública, pero el asunto acabó convirtiéndose en una orden de detención porque no pagó la multa. Se trata de un delito menor…, algo tan serio como una multa de aparcamiento. Pero claro, Alexa quiere que parezca que es algo más. En la petición de revisión de la custodia, la define como una exconvicta con inclinación por el exhibicionismo. Y también agregó que se trataba de la misma persona que cuidaba a Beck cuando se quemó.

—Joder...

—Sí, joder. Y eso no es lo peor. Podría librarme de todo esto en un juzgado de Nueva York, no sabes la mierda que oyen los jueces por aquí todos los días. Pero presentó la denuncia de cambio de custodia en Atlanta.

—¿Cómo puede hacerlo cuando los dos vivís aquí?

—Acabo de llegar de su apartamento. Se ha largado. El portero me ha dicho que se fue ayer y que le dio una dirección para que le reenvíe las cartas. El piso está vacío. ¡Se ha largado, joder!

Drew no era bebedor. En ocasiones tomaba un vaso de whisky o un par de cervezas, pero no la había visto nunca borracho.

«Hasta esta noche».

A pesar de que me había asegurado de que nada de esto era culpa mía, todavía me consideraba el catalizador para que hubieran considerado a Drew un padre no apto.

Estábamos sentados en el apartamento de Drew, después de haber anulado todos nuestros compromisos de por la tarde. Le había prometido a Roman que Drew estaría en el aeropuerto por la mañana, cuando los dos se irían a Atlanta para intentar hablar con Alexa. Me alegraba que Drew no fuera solo; en ese momento no era capaz de soltar el nombre de su ex sin gruñir.

Al cerrar la puerta cuando Roman se marchó, giré la llave en la cerradura. Luego fui a la cocina y vertí el vaso de Drew por el fregadero antes de acercarme al sofá, donde él yacía con un brazo sobre los ojos. Sus piernas parecían más largas sobre el asiento y los pies colgaban en el reposabrazos. Le desaté los zapatos y me dispuse a quitárselos.

—¿Tratas de desnudarme? —preguntó Drew arrastrando las palabras—. A la mierda los zapatos, quítame los pantalones directamente.

Sonreí. Incluso medio borracho seguía siendo él mismo.

—Son casi las once. Tu vuelo sale dentro de diez horas. Creo que es mejor que duermas un poco, o mañana no soportarás el dolor de cabeza.

Los zapatos cayeron al suelo con un gran estrépito cuando lo descalcé y luego siguieron los calcetines.

—No puedo perder a mi hijo.

Se me rompió el corazón al escuchar la angustia que contenía su voz rota.

—No lo harás. Si no logras comprarla con dinero, convencerás al juez de que tu hijo te necesita y es tuyo.

—No tengo mucha fe en nuestro sistema judicial. La gente como yo retorcemos las leyes a nuestro antojo todos los días.

No supe qué responder a eso. Solo quería hacer lo que estuviera en mi mano para que se sintiera mejor. Así que me quité mis propios zapatos, me tendí en el sofá y lo rodeé con los brazos, apretándome contra su pecho.

—Lamento que esté ocurriendo esto. Sé lo mucho que amas a ese niño. Cualquier juez se dará cuenta.

Me estrechó en respuesta y unos minutos más tarde, cuando pensaba que estaba dormido, volvió a hablar. Sus palabras apenas fueron un susurro.

—¿Quieres tener niños, Oklahoma?

—Sí. Tengo amor de sobra para concebir algunos e, incluso, adoptar otros.

—Algún día serás una buena madre.

—No hemos podido encontrarla. La dirección que dejó es la casa de su hermano. Ese chico es un desastre. Cuando llegamos eran las dos y todavía seguía durmiendo. —La risa de Drew retumbó en la línea telefónica—. Bueno, estaba dormido hasta que de repente se encontró colgando en el aire sujeto por las manos de Roman.

—¿Le habéis golpeado?

—No fue necesario. Ni siquiera tenía la puerta cerrada con llave. La verdad, no tiene necesidad de hacerlo. En ese lugar no querrían vivir ni las cucarachas.

—¿Os dijo dónde está Alexa?

—No lo sabe.

—¿No estará mintiendo para proteger a su hermana?

—No creo. Hubiera cantado. Le tenía tanto miedo a Roman que se meó encima. Además, conozco a ese tipo. Si supiera dónde estaba, nos lo habría dicho a cambio de dinero para su próxima dosis. Vendería a su madre por veinte dólares.

—Entonces ¿qué vais a hacer ahora?

—Logré llegar al juzgado antes de que cerraran y presenté una orden de emergencia solicitando al juez que redirija el caso a Nueva York. Nuestro acuerdo de custodia no permite que ninguno de los dos lleve a Beck fuera del estado sin el permiso del otro. Así que han adelantado la vista para pasado mañana. Si no podemos encontrarla antes del jueves, se tiene que presentar ante el tribunal ese día.

—¿Puedo hacer algo?

—No. Gracias, nena. Simplemente escuchar tu voz me tranquiliza.

Sonreí.

—Quizá si me llamas más tarde, esta noche, esta voz tendrá algunas guarradas que decirte.

—¿Sí?

Me mordí el labio.

—Me gusta trabajar en equipo. Y te ayudaré en lo que pueda.

—Me desharé de Roman durante un rato. Le gusta ir al bar al final del día y tomarse un par de copas. No creo que sea lo más adecuado para mí, después de lo que bebí anoche. Y menos si tengo la esperanza de oírte decir lo mucho que echas de menos mi polla.

—No lo sabes bien. Iré pronto a casa.

—De acuerdo, nena. Llámame después, cuando te hayas puesto cómoda.

—¿Drew?

—¿Sí?

—Y por si no lo sabías, os echo mucho de menos, tanto a ti como a tu polla.

Gimió mi nombre.

—No tardes en llegar a casa.

Nunca había tenido sexo telefónico, y me apetecía mucho llamar a Drew. Tanto, que me puse un conjunto de *culotte* y camisola de seda a juego, añadiendo un poco de perfume para la ocasión. Era un poco más tarde de las diez, así que seguramente estaría también preparado para acostarse. Cogí el móvil, marqué su número y sonreí cuando me respondió con la voz ronca.

—¿Estás desnuda?

—No, pero puedo quitarme lo que llevo puesto.

Tenía la mano en el interruptor de la luz de la cocina, preparada para apagarla y llevarme el móvil a la cama, cuando de repente alguien llamó a la puerta. Drew también oyó el timbre.

—¿Hay alguien más ahí?

—Eso parece. Espera un segundo. —Me acerqué a la puerta y eché un vistazo por la mirilla, aunque sabía quién era antes de verlo. Tampoco tenía tantos amigos en la ciudad, y menos que se pasaran por casa a esa hora—. ¿Te importa si te llamo dentro de unos minutos?

—¿Quiero saber quién es?

—Seguramente no. Dame unos minutos para deshacerme de él.

Después de interrumpir la llamada, saqué una amplia chaqueta de lana del armario y me la puse antes de abrir la puerta.

—¿Baldwin? ¿Ha pasado algo?

—No. Todo va bien. Solo quería saber cómo te encontrabas. Te llamé anoche, pero no estabas en casa. Luego lo intenté esta mañana, y tampoco te localicé. Y como no respondes a mis mensajes de texto, estaba preocupado.

Mis sentimientos por Baldwin eran tan confusos que me había olvidado de lo buen amigo que había sido durante tantos años.

—Lo siento. No quería preocuparte. Estoy bien. No ha pasado nada. Ayer tuve un día de locos, y hoy igual.

No parecía muy convencido, así que decidí sincerarme.

—He empezado a salir con alguien. La noche pasada me quedé en su casa.

—Oh… —Esbozó una sonrisa triste que parecía forzada—. Bueno, me alegro de que no sea nada.

Como no le invité a entrar, me miró fijamente a los ojos

desde el umbral de la puerta como si esperara algo. Aguardé en un incómodo silencio, cerrándome los bordes de la chaqueta.

Un rato después, Baldwin asintió brevemente con la cabeza y bajó la mirada a mis piernas desnudas.

—¿Es el abogado?

Por alguna razón, no me gustó que se refiriera a él como «el abogado», en vez de por su nombre.

—Drew. Sí.

Me miró a los ojos.

—¿Eres feliz?

Ni siquiera tuve que pensar la respuesta.

—Lo soy.

Baldwin cerró los ojos brevemente, y yo asentí en silencio.

—Quizá podamos tomar un café este fin de semana para ponernos al día —propuso.

Sonreí.

—Claro.

Un café en Starbucks seguramente sería la mejor manera de restablecer nuestra amistad. Un inicio en mi caso, porque Baldwin siempre me había considerado una amiga y nunca había mostrado el mismo interés que yo. Pero ahora que estaba saliendo con alguien, no me parecía bien ir a cenar con él. Quizás un día no muy lejano, cuando hubiera pasado más tiempo entre lo que había sentido por Baldwin y lo que sentía ahora por Drew, pero ahora no sería cómodo para ninguno.

Después de despedirme de él, me tomé un minuto para ordenar mis pensamientos antes de volver a llamar a Drew desde el dormitorio. Hacía mucho tiempo que los sentimientos que albergaba por Baldwin habían cambiado. No podía apagarlos por completo, pero sí sabía que no eran los mismos. Aunque era consciente que una parte de mí echaría de menos la libertad que había disfrutado con él cuando nada me retenía, me daba cuenta de que era más importante para mí respetar los límites que Drew contemplaba, y eso pasaba por no invitar a un hombre a mi apartamento cuando estaba ya en pijama.

Conteniendo la emoción, apagué todas las luces y me metí en la cama buscando el número de Drew en la agenda.

—Hola —saludé.

—¿Ya ha desaparecido tu visitante? —La voz firme de Drew estaba llena de cautela.

—Era Baldwin. Quería preguntarme cómo estaba. Al parecer pasó por aquí anoche y esta mañana, y como tampoco he respondido a sus mensajes, estaba preocupado.

—¿Qué le has dicho?

—Que me había quedado en casa de mi novio y había estado ocupada, pero no me pasaba nada.

—Tu novio ¿eh? ¿Eso soy yo? —Había alivio en su tono.

—¿Prefieres que me refiera a ti de otra manera?

—No lo sé. ¿Qué otras opciones hay?

—Mmm… Vamos a ver… ¿El hombre que me regala muchos orgasmos?

—Eso parece mi nombre indio.

Me reí.

—¿Qué te parece casero con derecho a roce o Prolactinaman?

—Llámame cómo quieras, siempre y cuando el profesor Pajarita sepa que eres mía.

«Mía». Me gustaba la forma en la que sonaba. No estaba segura de cómo había ocurrido. No sabía si esto había comenzado a florecer en medio de una discusión y crecido mientras estaba inclinada sobre su escritorio, pero con independencia de eso, aquí estábamos. Y sabía que no quería estar en ningún otro sitio.

—¿Estás solo?

—Roman está abajo, en el bar. Sirve copas una mujer, así que no creo que eche de menos mi compañía.

—Bien, bien… —Me estiré hacia la mesilla de noche y abrí el cajón—. ¿Has oído eso?

—No me digas que ha vuelto a llamar a la puerta.

Saqué el vibrador del cajón, porque decidí que Drew necesitaba cierta distracción para aligerar la tensión acumulada durante los dos últimos y horribles días. Así que lo encendí y lo acerqué al micrófono durante unos segundos antes de bajarlo hacia mi cuerpo.

—¿Qué es?

—Mi vibrador. El pobre se ha sentido muy solo durante las últimas semanas.

Drew gruñó.

—Joder, no sabes lo que me gustaría estar ahí para verte.

—Creo que es mejor así. Quizá cuando vuelvas…

—No lo dudes. Iré corriendo directamente a tu casa cuando aterrice.

Su reacción me excitó. Froté el vibrador contra el clítoris.

—¿Qué te parece si antes te corres de otra manera diferente?

38

Drew

—¡*Q*ué huevos tiene esa tía! —me susurró Roman al oído, haciéndome sonreír mientras Alexa pasaba ante nosotros acompañada de su abogado, Atticus Carlyle.

Cerré los puños con fuerza. Después de buscarla durante un día y medio de forma infructuosa, no sabía por qué me sorprendía tanto que hubiera elegido a ese idiota. Lo odiaba casi tanto como él me odiaba a mí. Era la quintaesencia del niño bien sureño, con su pajarita y todo, que dormía a las ovejas con sus discursos ante el tribunal. También era el único abogado con el que había perdido alguna vez. Y nos habían asignado al juez que me había sancionado por culpa de algunas trifulcas en esta misma sala cuando tenía a ese lechuguino en la parte contraria. Comenzaba a sospechar que nada de eso era una casualidad.

Me estaba costando mucho mantener la calma, y ni siquiera podía mirar a mi adversario. El juez Walliford se sentó en su sito y un alguacil con uniforme nos llamó por el número de expediente. Vi como Walliford se ponía sus gafas de presbicia en la punta de la nariz para leer el asunto y levantaba la vista.

—Bueno, bueno, bueno... ¿qué tenemos aquí? Parece que los tres ya nos hemos encontrado antes —dijo con su marcado acento sureño.

—Sí, señoría —repuse.

—En efecto, señoría —intervino el abogado contrario con el mismo acento—. Me alegro de verle de nuevo.

Walliford ordenó los documentos y se quitó las gafas, luego se echó atrás en la silla.

—Jagger, ¿por qué cree que este caso debería ser trasladado a un tribunal de Nueva York en lugar de seguir el proceso aquí, en Atlanta? ¿Acaso no confía en que las ruedas de la justicia giren a la misma velocidad en el sur que en el norte?

¿Qué se respondía a eso? Había presentado la propuesta de cambio de lugar basándome en la residencia de ambos. Me aclaré la garganta.

—No, señoría. Estoy seguro de que esta sala hará un buen trabajo en cualquier caso que le ataña, pero dado que la demandante y yo somos residentes en Nueva York, creo que sería esa la jurisdicción más apropiada. Así consta en nuestro acuerdo…

—Protesto, señoría —intervino Carlyle—. Mi clienta es residente en el buen estado de Georgia. Nació y se crio aquí. Solo durante el corto matrimonio con el señor Jagger fijó su residencia temporalmente en Nueva York, pero hace poco tiempo que ha adquirido una casa en el condado de Fulton y ahora reside aquí. —Hojeó unos papeles antes de seguir—. Tengo aquí una copia de su certificado de empadronamiento, de su carnet de conducir emitido en Atlanta y una copia del contrato de alquiler donde residió temporalmente en Nueva York. Como verá, dicho contrato ni siquiera estaba a nombre de ella.

—¡Gilipolleces! El puto contrato estaba a mi nombre porque era yo quien lo pagaba. Lleva dos años viviendo allí. —Antes de terminar de hablar, fui consciente de que había cometido un error al dejarme llevar por mi arrebato.

El juez Walliford agitó el dedo.

—No toleraré esa clase de lenguaje en mi sala. Quizás en el norte resulte aceptable comunicarse de esa manera, pero esto no es un pub ni una sucia calle de esas ciudades. Quiero que mantenga el respeto. Y se lo advierto, Jagger, después del comportamiento que observé la última vez que estuvo aquí, le ataré en corto.

Y esa fue la mejor parte del día. El juez Walliford se negó al traslado a Nueva York del caso de petición de cambio de custodia que Alexa había presentado, y que comenzaría del lunes en dos semanas. Lo único que tuve a favor fue que mientras tanto se cumpliría el horario de la custodia actual, según el cual Beck estaría conmigo viernes, sábado y domingo, así como el miércoles para cenar. A pesar de que se ordenó que las visitas tuvieran lugar —¿no lo has adivinado?—, sí, en el gran estado de Georgia.

Esperé hasta que estuvimos fuera del edificio antes de intentar acercarme a Alexa. Solo me faltaba que se pusiera a gritar que estaba acosándola y Walliford me encerrara.

Apreté los dientes.

—Alexa, por favor, ¿podemos hablar un momento?

Carlyle la sujetó por el codo.

—Alexa, no creo que sea una buena idea.

No le hice caso y miré a mi ex a los ojos.

—Me lo debes. Han pasado más de dos años desde que me enteré, y todavía duele, joder. Pero nunca he dejado de ver a Beck ni he sentido por él algo diferente. No importa lo que diga un puto análisis de sangre, es mi hijo. —Ella apartó la vista—. Mírame, Alexa. Mírame. —No continué hasta que por fin volvió sus ojos hacia los míos—. Me conoces. ¿Crees que voy a renunciar incluso aunque pierda dentro de dos semanas?

—¿Estás amenazando a mi clienta? —intervino su abogado.

—No —repuse sin mirar a otro lado—. Solo estoy pidiéndole que piense sobre todo en nuestro hijo y que no alargue esta situación.

Ella respiró hondo.

—No es tu hijo. Vámonos, señor Carlyle.

Por suerte, Roman estaba a mi lado. Me rodeó el pecho con los brazos para que no fuera tras ella mientras se alejaba.

Antes de volver en avión a casa, intenté sin éxito sincronizar mi calendario para poder liberar algunas horas de mi agenda con la idea de pasar los lunes, martes y la mitad de los miércoles en Nueva York, y luego regresar a Atlanta la noche del miércoles para cenar con Beck esa noche. Después me quedaría allí y trabajaría desde el portátil hasta el viernes para volver a llevarme a Beck durante el fin de semana. No iba a ser fácil condensar todas las citas que tenía con clientes, declaraciones y visitas al tribunal en dos días y medio, pero ¿qué otra opción tenía? Mi hijo era lo primero. Ya se sentía bastante confuso por aquel traslado tan repentino y no poder pasar los fines de semana en casa de su padre. También sabía que si renunciaba a una sola de las visitas, el juez Walliford lo aprovecharía en mi contra. Y no necesitaba darle más munición para ello.

A pesar de que mi hijo era mi prioridad absoluta, tuve otro nuevo enfoque de la situación de regreso a Nueva York. Como no estaba seguro de poder subirme al último vuelo que salía de Atlanta con destino a JFK, no le había mencionado a Emerie que existía la posibilidad de que la viera esa noche. Era tarde, casi medianoche, pero de todos modos le di al taxista su dirección en lugar de la mía.

Durante los seis días que había estado fuera, hablamos todas las noches y siempre había terminado masturbándome con el zumbido de su vibrador. Eso me había ayudado a eliminar parte de la tensión, pero también había estimulado mi deseo de acostarme con ella.

El interior de su edificio estaba en silencio. Recorrí el camino hasta el ascensor sin que nadie me hiciera ninguna pregunta, ya que no había portero. Sin embargo lo odié. Tenía que conseguir que viviera en un lugar más seguro; cualquier idiota podía llamar a su puerta. Y pensándolo bien, tenía uno perfecto. Dejé las maletas en el suelo para llamar y miré la puerta de al lado.

«Sí. Definitivamente tenía que vivir en un lugar más seguro».

Después de dos timbrazos, el segundo tan largo que podría haber despertado a los vecinos, Emerie abrió la puerta con aspecto somnoliento.

Como estaba durmiendo, no llevaba las lentillas, sino las gafas.

«Dios mío, me encanta el aspecto que tiene con ellas».

—Hola… ¿Qué haces aq…?

No le di la oportunidad de terminar la pregunta, entré en su piso y la obligué a retroceder mientras encerraba su cara entre mis manos con suavidad y la besaba con fuerza e intensidad. No interrumpí el beso para nada, ni siquiera para cerrar la puerta, que empujé con el pie al tiempo que ella subía las piernas y me rodeaba la cintura con ellas. Era una sensación increíble, como una cura para la perpetua sensación de desastre que había inundado mi vida durante la última semana.

Cuando metí la mano debajo del pantalón corto que utilizaba para dormir y le acaricié las nalgas, gimió contra mi boca y sentí la tentación de dejarla en el suelo para acariciarme hasta correrme. Pero eso habría significado que tenía que renunciar al calor que encontraría entre sus piernas, y no había ninguna posibilidad de que eso ocurriera. Así que de alguna manera llegué hasta el sofá sin tropiezos y la dejé allí sin contemplaciones antes de cubrirla con mi cuerpo.

—Te he echado mucho de menos —solté con crudeza.

Emerie me miró con los ojos entrecerrados.

—Lo he supuesto por el saludo que me has dado.

Empecé a lamerle el cuello mientras movía las manos para quitarle el pantalón del pijama y las bragas a la vez.

—¿Y tú?

Me clavó las uñas en la espalda mientras deslizaba la lengua hasta su oreja.

—Sí —jadeó—. Mucho.

Le mordí el lóbulo de la oreja mientras le metía dos dedos en el coño y empezaba a moverlos.

—¿Cuánto? ¿Estás preparada para mí? —Conocía la respuesta, por supuesto, pero esperé a que me lo dijera.

—Sí.

Le froté el clítoris con el pulgar.

—Sí ¿qué?

—Sí, estoy preparada para ti.

—Dime que tienes el coño empapado para mí. Quiero oírtelo. —Ya estaba desabrochándome los pantalones. ¿Quién iba a pensar que era capaz de desnudarnos a los dos con una mano mientras le chupaba el cuello, la oreja, los labios y le hundía los dedos de la otra mano en su coño mojado?

—T-Tengo el coño empapado para ti.

Dios, no había nada más sexy que oír a Emerie decir que estaba caliente. La última semana de infierno se convirtió en un recuerdo lejano y lo único en lo que podía pensar era en estar dentro de ella.

—Te he echado mucho de menos —repetí, porque a pesar de que ya lo había dicho, era la puta verdad.

Y tenía que perderme en su interior. Iba a tener que perdonarme que no hubiera demasiados juegos previos en esta ocasión, aunque considerando el sonido de sus jadeos y la sensación de su húmedo calor, no parecía importarle. La penetré lentamente, moviéndome despacio para no perder el control. Cuando estaba completamente hundido en ella, habría jurado que me inundaban sensaciones por primera vez en años. Su apretado sexo envolvía mi polla y ella me rodeaba la cintura con las piernas con fuerza.

«Dios, no recuerdo la última vez que me sentí tan bien».

Empecé a moverme, sobre todo porque necesitaba sentir ese apretado guante ciñéndome mientras me deslizaba dentro y fuera, y supe que no duraría mucho tiempo. Era demasiado increíble. Emerie abrió los ojos mientras me retiraba y nuestras miradas se encontraron. Entrelacé nuestros dedos y le subí los brazos por encima de la cabeza. Quería besarla, pero no podía dejar de mirarla el tiempo suficiente. Era fascinante la forma en la que jadeaba con cada empuje y cómo gemía cuando me retiraba.

Nuestras caderas se unían, moviéndose en contrapunto. Arriba, abajo. Dentro, fuera.

—¡Oh, Dios, Drew! Justo ahí. No te detengas.

Milagrosamente logré detenerme el tiempo suficiente para que se corriera. Me perdí en la expresión de su cara, en sus ojos en blanco, en los carnosos labios entreabiertos… Era la cosa más hermosa que había visto nunca.

Cuando comenzó a recuperarse retomé el ritmo, embistiendo más fuerte, más rápido, intentando que alcanzara otro orgasmo mientras rozaba el mío con los dedos. Justo cuando estaba a punto de explotar, me di cuenta de por qué era tan diferente. Por qué notaba sensaciones increíbles. No me había puesto un preservativo. «Joder…». Iba a tener que retirarme…

—Em… No tengo… —Traté de explicarle por qué estaba a punto de frustrarla, pero me quedaba sin palabras tan rápido como sin resistencia— condón.

Me miró a los ojos.

—No importa. Estoy tomando la píldora. Córrete dentro de mí, por favor.

No había nada que quisiera más que derramarme en su interior. Me dolía el cuerpo de necesidad, pero mientras me dejé llevar, también sentí que le estaba ofreciendo algo que había guardado a un nivel mucho más profundo.

Por primera vez desde la noche que conocí a Alexa y me dijo que estaba tomando la píldora, estaba confiando en alguien. Solo que por alguna razón, no me sentía como si estuviera dándole una oportunidad a Emerie, sino que solo me sentía genial.

39

Emerie

Sentí que se hundía la cama cuando Drew se levantó.

—¿A dónde vas?

—No quería despertarte. —Se acercó y me besó en la frente—. Todavía es temprano. Vuelve a dormirte.

—¿Qué hora es?

—Las cinco y media.

Me apoyé en un codo en la oscuridad.

—¿Dónde vas tan pronto?

—Tengo que ir al despacho y averiguar cómo voy a condensar los seis días de trabajo que pensaba hacer en cinco en solo dos durante un tiempo.

—¿Y no lo puedes hacer mirando la agenda?

—He tratado de hacerlo, pero se me ha bloqueado la cuenta y no logro sincronizarla.

Me recosté en la cama y subí las sábanas.

—La primera cita no es hasta las diez. No pensabas volver antes de esta mañana o bien avanzado el día. Así que eso te lo había reprogramado ya para las próximas dos semanas. Serán jornadas agotadoras, pero he sido capaz de condensar las citas imprescindibles en dos días cada semana, y las demás convertirlas en reuniones telefónicas, así que podrás irte a Atlanta de jueves a domingo. Pero todo lo demás está arreglado ya. También he ajustado mi horario de forma inversa, por lo que tendré más libres los días que estés aquí y condensaré el trabajo en los que estás fuera. De esa manera podré echarte una mano como secretaria para cubrir tu horario.

Drew se mantuvo en silencio durante un buen rato. Comencé a preocuparme de haberme sobrepasado, quizá no debería haber modificado su agenda, aunque mi intención solo había sido ayudar. La habitación estaba a oscuras y, a pesar de que oí el roce de la ropa, no supe si estaba marchándose o no hasta que se subió de nuevo a la cama. Sentí su cuerpo caliente apretado contra el mío y me volví hacia él al ver que seguía en silencio.

—¿Me he pasado?

Me acarició la mejilla.

—No, nena. No te has pasado.

—Estabas tan callado que he pensado que quizá te había molestado.

—Solo estoy pensando.

—¿En qué?

—En que ahora mismo, contigo, me siento en casa, y no me apetece ni pisar mi apartamento en una semana.

Posiblemente era lo más tierno que me hubieran dicho nunca. Y también era la frase perfecta. Había estado nerviosa durante toda la semana y no me había dado cuenta de por qué hasta que no lo vi por la mirilla la noche pasada.

—Te entiendo a la perfección. Tú también me haces sentir tranquila. Supongo que en paz.

—¿Sí? —Bajó la mano por mi mejilla hasta frotarme el hueco del cuello con el pulgar.

—Sí.

—Me siento feliz. —Me besó la punta de la nariz—. ¿Sabes qué estoy pensando ahora?

—¿Qué?

—En cómo puedo darte las gracias por reprogramarme la agenda. Si es mejor que te devore como desayuno o si es mejor que te folle por detrás mientras te meto el dedo en el culo.

Me reí.

—Qué bruto eres. No sé cómo lo haces para pasar de ser un hombre muy tierno a muy guarro en solo diez segundos.

La mano que me había puesto en el cuello siguió bajando hasta mi pecho, donde me rozó el pezón con un dedo antes de pellizcarlo con fuerza.

—Te gusta que te diga guarradas.

Era cierto, no podía negar la verdad.

—¿Me repites cuáles son las opciones que tengo?

—¿Con la boca o a cuatro patas? —dijo en tono risueño.

Tragué saliva.

—¿Solo puedo conformarme con una? No tienes que estar en el despacho hasta las diez.

—¿Quieres un poco más de café? —Era un poco más tarde de las seis y Drew todavía tenía que entrevistarse con otro cliente y devolver una docena de llamadas telefónicas.

—Me encantaría. Gracias.

Hice el café como le gustaba y se lo llevé al despacho. Leía algo con la contracubierta azul que había recibido hacía una hora.

—Gracias —repitió sin levantar la vista.

—Me parece que hoy te sientes muy agradecido.

—Espera a ver lo que guardo en la manga para esta noche —repuso.

Sabía que estaba muy ocupado, así que no quise hacerle perder el tiempo. Me detuvo cuando llegué a la puerta.

—¿Te quedas esta noche a dormir? Puedes dormir un poco más mientras yo me levanto, o tomar un baño, si quieres. Mi última secretaria es una dictadora y me pone a trabajar a las siete de la mañana.

—¿Estás seguro de que no descansarás mejor si me voy a casa? Tienes que reponer fuerzas para los viajes y la presión que te espera.

Drew dejó el documento sobre la mesa.

—Ven aquí.

Anduve hasta detenerme delante de su escritorio.

—Más cerca.

Cuando estuve al alcance de su mano, me sorprendió tirando de mí hasta sentarme en su regazo.

—Cuatro horas de sueño a tu lado son mejor que ocho en una cama vacía.

—Ver para creer, Jagger. Estás convirtiéndote en un osito de peluche.

—Contigo, he sido un peluche desde la primera vez que te vi y empezaste a incordiarme. Venga, vete a trabajar. No necesitas quedarte aquí cuando termines, ve a buscar tus cosas, y recuerda que han anunciado nieve para esta noche.

A última hora de la tarde me fui a casa a recoger lo que necesitaba como me había indicado Drew.

En el trayecto no podía dejar de pensar en él. Drew era el tipo de hombre que no daba facilidades para llegar a conocer cómo era en realidad, pero cuando lo conseguías, hacía que valiera la pena haber luchado para llegar a él. Tenía la impresión de que durante la última semana nuestra relación había dado un vuelco.

Incluso llamé a mis padres mientras hacía la bolsa con la intención de contarles que había un nuevo hombre en mi vida, algo que rara vez hacía. Digamos que en los últimos tres años no lo había hecho porque no había mantenido ninguna relación nueva, pero sabía que mi madre estaba preocupada por mí. Le inquietaba que resultara herida, o que hubiera decidido salir con un asesino en serie, porque, por supuesto, todos los habitantes de una gran ciudad eran potenciales asesinos en serie. Así que había tenido la precaución de no informarla sobre ninguna relación nueva.

—Me parece genial, cariño. ¿Cómo lo has conocido?

«Er... Irrumpió en mi despacho y al día siguiente me rescató de la cárcel. La mejor primera cita del mundo».—Es el dueño del local donde tengo la consulta.

—¿Y es un joven agradable?

«Hoy todavía no nos hemos peleado...».

—Sí, mamá. Es muy agradable.

—¿A qué se dedica?

«Bueno..., saca partido de las tendencias misóginas que desarrolló debido a las mentiras y engaños de su exmujer, e intenta solucionar los matrimonios fallidos de sus clientes dejando a sus mujeres sin un centavo».

—Es abogado. Se dedica al derecho de familia.

—Un agradable abogado que se dedica al derecho familiar. Qué profesión más noble. ¿Cuándo lo traerás por casa para que lo conozcamos?

—No estoy segura, mamá. Está muy ocupado en este momento con el trabajo.

«Y también está luchando por la custodia de su hijo... Aunque no es su hijo biológico porque la zorra de su ex utilizó que estaba embarazada de otro tipo para asegurarse la vida».

Suspiró.

—Lo importante es que te asegures de que es una persona digna. El dinero y una cara bonita pueden cegarnos temporalmente.

—Sí, mamá.

Hablamos un poco más y luego, no sé cómo, le hice una pregunta sin pensarlo dos veces.

—¿Cómo supiste que papá era el hombre de tu vida?

—Dejé de usar la palabra «yo» al pensar en el futuro.

—¿A qué te refieres?

—Antes de conocer a tu padre, todos los planes que hacía eran míos. Pero después de empezar a salir con él, incluso después de que pasaran pocas semanas, dejé de considerar el futuro como algo mío y empecé a verlo como nuestro. Ni siquiera me di cuenta al principio, pero cuando iban surgiendo las cosas, las salidas de los sábados, los días de fiesta, de repente fui consciente de que había empezado a decir «nosotros» en vez de «yo».

En el camino de vuelta al despacho, me detuve en el supermercado y compré lo necesario para hacer la cena. Drew ya vivía en un hotel mientras estaba en Atlanta y pasaba muchas horas trabajando cuando se encontraba en Nueva York, así que pensé que apreciaría una comida casera. Entró en el apartamento en el momento en el que estaba metiendo la lasaña en el horno.

—¡Qué bien huele!

—Espero que a lasaña…

—Es mi segundo plato favorito.

—¿Cuál es el primero?

Se acercó a mi espalda, me retiró el pelo a un lado y me besó en el cuello.

—Tú. —La palabra vibró contra mi piel.

—Venga, contrólate. Necesitas disfrutar de una comida casera de vez en cuando. Vas a estar muy ocupado durante las próximas semanas.

Abrí el cajón que había a la derecha de la vitrocerámica buscando una espátula y me encontré con dos coches de juguete de Matchbox y un viejo móvil con tapa entre los utensilios de cocina.

—Me preguntaba dónde guardaba los cochecitos…

Drew se rio.

—Cuando le digo a Beck que recoja, se limita a meterlo todo en los cajones. El año pasado me encontré sus lápices de colores con las cucharas. Previamente se había desecho de ellas, claro. Cuando le pregunté por qué había hecho eso, se encogió de hombros y me respondió que no las íbamos a necesitar porque era mucho mejor comer con las manos, pero los lápices eran necesarios para pintar.

Sonreí.

—Tiene su parte de razón.

Drew abrió el cajón y sacó el teléfono.

—¿Recuerdas cuándo nos conocimos? ¿Cuando miramos las fotografías que teníamos en el teléfono?

—Sí. Me aseguraste que la mejor manera de conocer a alguien es ver las imágenes que guardan en el móvil cuando no se lo esperan. Después de dejar que miraras las mías, descubrí que el tuyo no tenía ninguna. Qué idiota… —Fingí un suspiro.

Drew abrió la tapa del móvil, pulsó los botones y me lo ofreció.

—Me voy a duchar y a cambiarme de ropa antes de cenar. Es el móvil de Beck. No tiene SIM, pero le gusta hacer fotos. Cada vez que empiezo a dudar si es correcto que me empeñe en formar parte de su vida, si no estaré confundiéndome al no retroceder y permitir que su padre biológico ocupe mi lugar, echo un vistazo a esas fotos. Míralas.

Mientras Drew iba al dormitorio, me serví un vaso de vino y me senté ante la mesa del comedor para ojearlas.

La primera era una de Drew afeitándose. Estaba delante del lavabo con una toalla alrededor de la cintura. Tenía el lado izquierdo de la cara sin espuma y pasaba la navaja cerca de la barbilla. La otra mejilla estaba recién rasurada. A un lado, en el reflejo del espejo, estaba Beck con el móvil en la mano mientras sostenía con la otra una espátula, con la que se quitaba la espuma de la cara, simulando que se estaba afeitando también.

La siguiente era de Beck delante de un arroyo. Parecía un paisaje del norte del estado. Seguramente tenía más de un año, dados los cambios que notaba en la cara del niño. Llevaba unas botas de agua y lucía una sonrisa de oreja a oreja ante la cámara mientras sostenía un pequeño pez recién pescado.

Seguí desplazándome por las fotos de Beck... Su padre patinando sobre hielo, otra de los dos esperando el metro. Una de Drew leyendo *Harold y el lápiz de color morado* en la cama de Beck. Otra más montando en bicicleta por Central Park. Luego me encontré con una muy rara y tuve que girar el móvil para darme cuenta de que estaba viendo la imagen al revés; Beck había hecho una foto de los dos mientras estaba en los hombros de su padre, y se había inclinado para enfocar las caras.

Una detrás de otra, aquellas imágenes fueron revelándome su vida juntos y mostrándome sin ninguna duda que Drew era el padre de Beck, no importaba lo que dijeran las pruebas de laboratorio.

La última me sorprendió. Ni siquiera había sido consciente de que Beck tenía un móvil en el momento en el que la hizo, y mucho menos de que la estaba haciendo. Era la tarde que habíamos ido a patinar sobre hielo, antes de que me cayera y me torciera el tobillo. Beck debía haber estado de pie a un lado de la pista, mientras que Drew y yo tratábamos de patinar. Mis piernas se movían de aquella manera que no había podido controlar ese día y me reía mientras avanzaba. Drew me rodeaba la cintura con un brazo, tratando de sostenerme, y me miraba sin poder contener la risa. Parecíamos muy felices, casi como... si estuviéramos enamorándonos.

Noté una opresión en el pecho. Drew tenía razón. La mejor manera de conocer a alguien era echar un vistazo a sus fotografías. Al ver esas imágenes, se veía el amor de un padre y un hijo, un recordatorio de por qué tenía que luchar. Se veía a un buen hombre, un tipo que se apasionaba por las cosas que amaba, que haría cualquier cosa para protegerlas. Pasé el dedo por la pantalla mientras miraba la foto en la que aparecíamos nosotros. Me di cuenta de que ese día me había caído en más de un sentido.

Tuve que contener las lágrimas para mantener a raya las emociones, y decidí que era mejor que me levantara y cortara la lasaña.

Todavía ensimismada en mis pensamientos, agarré la bandeja de lasaña caliente sin darme cuenta que estaba muy caliente.

—¡Maldita sea! —Solté la bandeja y abrí el grifo para que cayera sobre la quemadura.

«Esta cocina va a ser mi perdición».

Por supuesto, Drew apareció en ese momento.

—¿Qué te ha pasado?

—He cogido la bandeja cuando todavía estaba caliente. No es grave, solo me pica un poco.

Drew retiró mi mano del chorro de agua fría y la examinó. Cuando terminó me la soltó.

—No sirvas tú la comida. Siéntate. No quiero terminar en urgencias por tercera vez este mes.

Pasamos toda la cena poniéndonos al día, ya que no habíamos hablado demasiado la noche pasada ni por la mañana, a menos que contáramos la comunicación de nuestros cuerpos. Drew me puso al corriente de la estrategia que iba a seguir en el juicio, y yo de los nuevos pacientes que tenía. Todo resultaba muy fluido y natural. Después de comer, Drew metió los platos en el lavavajillas mientras yo quitaba la mesa.

—¿Dónde hicisteis la foto en la que Beck está pescando? Estaba adorable con esas botas.

—Al norte del estado. Roman tiene una cabaña en las montañas de New Paltz. Es rústica, pero tiene una bañera enorme con patas. Tenemos que ir por allí en primavera.

—Me encantaría.

Unas horas después, nos lavamos los dientes y nos preparamos para ir a dormir.

—Tess me ha llamado hoy —me dijo.

—¿Quién?

—Mi secretaria. Me ha dicho que el médico piensa que puede regresar dentro de dos semanas. Se está recuperando de la operación mucho antes de lo que esperaba y le va bien moverse como parte de la terapia.

—¡Genial! —Con el torbellino que había sido el último mes, no me había puesto a buscar un nuevo despacho. La primera semana que me llamó un agente inmobiliario, me enseñó un espacio del tamaño de un armario que costaba más del doble de mi presupuesto. Después me había tomado un descanso. Aunque de momento la idea de lo que podía conseguir con el dinero de que disponía era mucho menos deprimente que pensar que no veía a Drew cada día.

—Lo siento. Tengo que volver a buscar un despacho.

Drew frunció el ceño.

—¿De qué hablas?

Me enjuagué la boca y lo miré a través del espejo.

—De nuestro acuerdo. Yo me quedaba mientras tu secretaria estaba de baja a cambio de responder al teléfono y ayudarte. Mientras, buscaría un nuevo lugar.

Me puso las manos en los hombros y me giró hacia él.

—No vas a irte a ninguna parte.

—No puedo permitirme el lujo de pagarte lo que me correspondería por trabajar en tu bufete.

—Ya pensaremos algo.

—Pero…

Me hizo callar con un beso, pero luego no retiró la cara.

—No intentes resolverlo ahora. Vamos a solucionar esa mierda en Atlanta, luego nos sentaremos y hablaremos con calma al respecto, si tú quieres. ¿Vale?

No quería añadir más tensión a la que ya sentía, así que me mostré de acuerdo.

—Vale.

Hasta que no estuvimos en la cama y repasé lo ocurrido ese día mentalmente, no conecté lo ocurrido durante las últimas horas.

«Roman tiene una cabaña en New Paltz. A ver si vamos en primavera».

«No intentes resolverlo ahora. Vamos a solucionar primero esa mierda en Atlanta…».

«¿Como supiste que papá era el hombre de tu vida?».

«Dejé de usar la palabra «yo» al pensar en el futuro».

Drew estaba pensando en nosotros tanto como yo, fuéramos conscientes de ello o no.

Cuando se metió en la cama, a mi lado, lo rodeé con los brazos. Quizá, solo quizá, ninguno de los dos había dado antes con la persona adecuada… porque la habíamos encontrado al conocernos.

40

Drew

$\mathcal{H}$abían sido las tres semanas más largas de mi vida.

El alguacil llamó al jurado para comenzar la sesión. El juez Walliford se tomó todo el puto tiempo del mundo —aunque estoy seguro de que en el sur dirían que era «el tiempo necesario»— para caminar hasta el estrado. Luego se sentó y rebuscó entre un montón de papeles. Roman se sentó en la primera fila, justo detrás de mí, y se inclinó hacia delante para apretarme el hombro en un gesto de ánimo mientras esperaba averiguar si mi alegato surtía efecto. Sabía lo que iba a suceder, solo que no sabía lo malo que podía ser.

La última vez que había estado tan nervioso, que no imaginaba lo que podía ocurrirme el resto de mi vida, fue el día que me casé con Alexa. Y está visto cómo fue. Miré a mi ex, que por una vez estaba vestida de forma conservadora y elegante. Por supuesto, tenía la vista clavada al frente, sin mirarme. Era una mujer digna de estudio.

Por fin, Walliford terminó de hojear los papeles y se aclaró la garganta antes de iniciar la exposición de los trámites pertinentes.

—Expediente número… Ah, sí, 179920-16. Jagger contra Jagger. Petición para la reducción de la custodia. Demanda para obligar a la reubicación e impugnar el acuerdo de custodia firmado anteriormente.

Por fin, levantó la vista.

—Antes de comunicar mi decisión, quiero tomarme un momento para decir que no es un caso fácil. Tenía que tener en cuenta los derechos de las dos partes presentes en la sala;

los derechos de un padre biológico al que robaron años de trato con su hijo, y lo que es mejor para el niño.

Miró directamente a Alexa.

—Señora Jagger, la considero responsable en gran parte del lío que tenemos entre manos. Si hubiera dudado aunque fuera un poco que su marido podía no ser el padre del chico, tenía el deber de averiguar la verdad cuando nació el bendito niño.

Por primera vez sentí una punzada de esperanza. Walliford nunca había mostrado inclinación por mí y había supuesto que había caído bajo el encanto sureño de Alexa el primer día. Lo que acababa de decir me dejó medio conmocionado y me puso todavía más nervioso.

—Señor Jagger, quiero felicitarle por la dedicación que muestra por el joven Beckett. Está claro que su cariño y cuidado del niño no ha variado por el resultado de la prueba de paternidad.

En mi interior, di un salto en el aire con el puño en alto, pero me las arreglé para mostrarme humilde.

—Gracias, señoría. Significa mucho para mí viniendo de usted.

—Bien, dicho esto, vamos a ir al grano, hay un asunto esperándonos. La señora Jagger solicita un cambio de custodia, pero no encuentro circunstancias que justifiquen una modificación. Así que ratifico la distribución de visitas de Andrew M. Jagger en el momento presente.

Miró a Alexa.

—Señora Jagger, el hecho de que base su petición para un aumento de la custodia por su parte para que el señor Bodine pueda empezar a conocer a su hijo es un paso en la dirección correcta. Sin embargo, no me ha pasado desapercibido que el señor Bodine no ha hecho acto de presencia ni una vez durante este procedimiento. Para ser franco, su falta de interés y participación me hace cuestionar sus prioridades e interés en la vida de su hijo. En cualquier caso, es el padre del chico y le concederé algunas visitas. Sin embargo, saldrán de su tiempo con Beckett, no del tiempo del señor Jagger. Este juzgado le otorga al señor Bodine ocho horas semanales. Una vez establecida dicha relación y si el señor Bodine demuestra ante este tribunal el deseo de participar en la vida de su hijo, se considerarán visitas adicionales. Sin embargo, seguramente será también a costa de su tiempo, señora Jagger.

Me quedé en pie ante el juez totalmente sin habla. Mentalmente, traspasé una imaginaria línea de meta amarilla con las manos en alto mientras terminaba una maratón que llevaba corriendo hacía casi cuatro semanas. No me podía creer que hubiera ganado.

Detrás de mí, Roman soltó un grito de triunfo mientras yo seguía aturdido, como si fuera un sueño y en cualquier momento la realidad me golpeara con una pesadilla.

—Por último, señor Jagger —dijo a continuación el juez Walliford—, me niego a su petición de que Alexa y Beckett Jagger regresen a vivir en Nueva York.

Espere... ¿Qué?

—Señoría, es evidente que si conservo mis derechos de visita, no puede negarse a que mi hijo vuelva a casa.

—¿No es obvio, Jagger? Su hijo será ciudadano del estado de Georgia. Es posible que tenga que mudarse usted. —Golpeó el mazo y se puso en pie para abandonar la sala.

—¡Menuda gilipollez! Mi bufete está en Nueva York. Alexa ni siquiera tiene trabajo aquí.

Walliford se detuvo en seco.

—Una multa de mil dólares por usar ese lenguaje y ese tono en mi sala. Si no está de acuerdo con mi decisión, apele a la audiencia.

Me apoyé en la pared del cuarto de baño el tiempo suficiente para mear, luego trastabillé de nuevo del baño al taburete. Había perdido la corbata y la chaqueta Dios sabía dónde, y tenía la cremallera todavía abierta, por lo que asomaba el faldón de la camisa por la bragueta. Mi aspecto parecía muy acorde con cómo me sentía.

—Quiero otro con hielo. —Deslicé el vaso hacia el camarero, que miró a Roman y luego a mí—. ¿Es que tienes que pedirle permiso a mi padre o algo así? Sírveme la puta bebida.

¿Había mencionado ya que soy todavía más capullo cuando estoy bebido?

El móvil vibró encima de la barra. Emerie. Era la tercera vez que me llamaba, y también la tercera vez que no le respondía.

—¿Vas a seguir sin contestar? —preguntó Roman.

—¿Otra vez con eso? —dije arrastrando las palabras.

—¿Por qué no dejas que tenga una buena noche? Dios sabe que tú no la vas a tener, es el resultado de empezar a beber a las cinco, capullo egoísta. —Dejó la cerveza encima de la barra—. Te ama. Podréis solucionarlo.

—¿Solucionar el qué? Se ha terminado.

—¿De qué hablas? No seas idiota. Es la primera mujer de la que te enamoras de verdad. ¿Cuánto tiempo llevamos siendo amigos?

—Al parecer demasiado, vas a empezar a sermonearme…

—¿Qué fue lo que te dije cuando estábamos en la sacristía el día que te casaste con Alexa?

En el estado en el que estaba, la mayor parte de mi vida era un borrón, pero esa mañana la tenía cristalina en la mente. Había pensado en pedirle las llaves a Roman en más de una ocasión desde entonces.

«Mi coche está en la parte de atrás, por si quieres largarte», había dicho. Cuando le recordé que Alexa estaba embarazada y que estaba haciendo lo más correcto, había añadido: «A la mierda lo correcto».

El camarero me sirvió el whisky y, ya que todavía era capaz de recordar una parte de mi vida que no tenía ningún deseo de recordar, vacié con rapidez la mitad del vaso.

Luego me volví hacia Roman. Bueno, los dos Roman.

—Nunca me has dicho «te lo dije».

Sacudió la cabeza.

—No. No te lo dije porque no hiciste caso de mi consejo y supongo que tampoco lo harás con Emerie. Pero tomar malas decisiones sale caro.

—A veces las circunstancias eligen por ti.

Roman se rio entre dientes.

—Eso es mentira y lo sabes. —Hizo una pausa—. ¿Recuerdas a Nancy Irvine?

Me llevó un rato llegar a lo más profundo de mi cerebro empapado en alcohol.

—¿La chica que tenía varicela?

Asintió moviendo la cerveza en mi dirección.

—Esa misma.

—¿Y?

—¿Recuerdas el pacto que hicimos sobre nunca perseguir a la misma chica?

—Sí.

—Bueno, pues después de que te mudes a Atlanta y dejes a Emerie con el corazón roto porque eres demasiado estúpido para intentar hacer que funcione, estaré allí para consolarla, entre otras cosas. Y no será por venganza.

—Que te jodan.

—¿Qué más te da? Ella es solo un coño más con el que mantenerte ocupado. No es problema tuyo.

En ese momento, se volvió a iluminar la pantalla con el nombre de Emerie, indicando que me había enviado un mensaje. Lo recogí, lo mismo que la copa, y me puse en pie.

Tambaleándome, me incliné hacia mi amigo.

—Que te den.

Luego me di la vuelta para ir en busca del ascensor del hotel.

41

Drew

*O*jalá hubiera podido levantarme la tapa de los sesos y dejar salir alguno de los tambores que parecían atrapados en su interior; entonces habría tenido al menos la oportunidad de levantarme del sofá.

Era un puto milagro que hubiera logrado llegar al avión. No habría podido si no hubiera sido por Roman, que me arrastró fuera de la habitación a las seis de la mañana.

Ya era mediodía y llevaba en casa más de una hora cuando tuve las pelotas de responder a Emerie… Y le envié un mensaje de texto.

«Sí, "pelotas"… Claro que sí», pensé con ironía.

Era mentira.

No era la primera vez y, ciertamente, no sería la última.

DREW: Lamento lo de anoche. Estaba fatal. Comida en mal estado o algo así. Sushi pasado, creo…

Los puntos de la parte inferior comenzaron a moverse de inmediato.

EMERIE: Menos mal que ya estás bien. Estaba preocupada. ¿Qué ha pasado en el juzgado?

Admitir la verdad significaría tratar con ella, pero todavía no estaba preparado.

DREW: El juez aplazó la decisión hasta la semana próxima.

EMERIE: Pufff... Bueno, quizá sea lo mejor.
Eso es que está dándole vueltas.

No podía ser un capullo cuando ella intentaba ser tan positiva.

DREW: Quizá...
EMERIE: ¿Cuándo vuelves?

Fue entonces cuando me empecé a sentir como un idiota. Una cosa era mentir para no soltar todavía mi decisión —en mi mente podía justificarme diciéndome que no quería hacerle daño—, y otra estar en el ático tendido en la cama mientras ella estaba respondiendo desde el bufete, en la planta baja. Probablemente respondiendo a las llamadas que yo mismo recibía de mis clientes. Estaba comportándome como un cobarde.
Y esa certeza no me hacía ser menos capullo.

DREW: Seguramente en el último vuelo de hoy.
Llegaré muy tarde.
EMERIE: Estoy deseando verte.

Por fin podía decir algo que no era mentira.

DREW: Sí. Yo también.

En el vestíbulo había un espejo que reflejaba el pasillo que conducía a las oficinas. Me detuve en seco al ver a Emerie; estaba preciosa. Tierna, sincera..., pura bondad. Empezaron a sudarme las palmas de las manos mientras estaba allí, mirándola. Tenía la puerta entreabierta y estaba escribiendo algo en la pizarra, probablemente algo positivo sobre cómo enfrentarse a las situaciones, que me haría sentir todavía más capullo cuando lo leyera.
Llevaba veinticuatro horas dándole vueltas a lo que debía decirle, a cómo conseguir que le doliera lo menos posible. No había ninguna razón para explicarle la sentencia. Ella pensaba que las relaciones podían sobrevivir a cualquier cosa si la pa-

reja implicada se comprometía para hacerlo. Para mí no cabía ninguna duda de que intentar permanecer juntos mientras nos separaban casi mil quinientos kilómetros era una pura utopía. En un primer momento, incluso podía parecer que funcionaba. Pero con el tiempo, todo comenzaría a desmoronarse. Siempre ocurría así. Probablemente ni siquiera nos daríamos cuenta de lo mal que estaban las cosas hasta que la situación nos explotara en la cara. Emerie acababa de asentarse en Nueva York y tenía que dejar que viviera su vida.

Así que la mejor conclusión a la que había llegado era que debía hacerlo con rapidez. No debía dar largas a toda esta mierda ni intentar que funcionara una relación a distancia; sería perder el tiempo. Ella había perdido tres años de su vida aferrándose al imbécil de Baldwin; no pensaba permitirle hacer nada por el estilo. Debía acabar lo más rápidamente posible, como si arrancara una tirita. Al principio dolía mucho el tirón, pero luego, cuando el aire fresco cumplía su misión, la herida comenzaba a curar.

La vi dar un paso atrás para leer lo que acababa de escribir. Una lenta sonrisa se extendió por su cara y el dolor de cabeza, que finalmente había aminorado, reaccionó con la fuerza de una venganza.

Respiré hondo y me dirigí a mi despacho.

Emerie salió del suyo justo cuando yo pasaba por delante.

—Hola, dormilón. —Me rodeó el cuello con los brazos—. Lástima que no tardaras un poco más. Estaba a punto de subir a despertarte. —Me besó en los labios—. Desnuda... —añadió lentamente.

—Emerie... —Carraspeé porque mi voz se rompía de una forma patética—. Tenemos que... —No llegué a terminar la frase porque, antes de que pudiera añadir la palabra «hablar», comenzaron a sonar los móviles de ambos y el repartidor de UPS dio un grito desde el vestíbulo. En lugar de ignorarlo, me lancé a atenderlo como el capullo sin pelotas que era.

Entonces, después de que el repartidor se fuera, llegó el gerente del edificio a comentarme que iban a llevar a cabo unas obras y tenían que cortar el agua durante dos horas por la mañana. En el momento en que puse punto final a esa conversación, apareció el cliente que tenía citado, con veinte minutos de antelación. No podía hacerlo esperar en el vestíbulo mientras cortaba con mi novia, así que la conversación con Emerie iba a tener que esperar al menos una hora.

Pero una cita se solapó con la siguiente y una hora se convirtieron en dos. De repente, eran casi las siete de la tarde. Emerie no había hecho nada más que sonreír, feliz por tenerme de vuelta. Incluso me pidió el almuerzo y estuvo bromeando con uno de mis clientes durante diez minutos para que yo pudiera engullir la comida. Ahora ya no me quedaban excusas, y en el despacho reinaba el silencio. Miré por la ventana mientras bebía el café que había aparecido por arte de magia sobre mi escritorio media hora antes, cuando Emerie entró en el despacho. Lo había sabido por el repique de sus tacones en el suelo, no porque me hubiera dado la vuelta. Acababa de colocarse detrás de mí y me había rodeado la cintura con los brazos.

—Menudo día de locos.

—Sí. Gracias por todo. Por el almuerzo, el café, por responder al teléfono y ocuparte de la puerta durante todo el día. Por todo.

Apoyó la cabeza en mi espalda.

—Claro. Somos un buen equipo. ¿No te parece?

Cerré los ojos. Maldita sea… «Arranca la tirita. Drew, joder. Arráncala ya». Tragué saliva y me di la vuelta para mirarla.

—Emerie… Yo no estoy hecho para ser parte de un equipo.

Se rio, seguramente porque todavía no comprendía plenamente lo que le estaba diciendo. Luego levantó la vista y vio mi cara sombría. Su sonrisa se marchitó.

—¿A qué te refieres? Sí que se te da bien formar parte de un equipo. Te ayudo cuando lo necesitas, y tú haces lo mismo por mí.

«Arranca la puta tirita de una jodida vez».

—No, Emerie. Eso es lo que hace un empleado con su jefe. No somos un equipo.

Fue como si le hubiera dado un golpe. Le tembló el labio inferior medio segundo y luego apretó la boca, cambiando de actitud. Dejó caer los brazos casualmente antes de cruzarlos de forma protectora sobre el pecho y también enderezó la espalda. Lo jodido fue que, por un breve instante, me excitó verla en aquella actitud beligerante. Después de todo, ese argumento era lo que había dado pie a nuestra relación. Pero, sin duda, no era el mejor momento para pensar con la polla.

—Todas las relaciones pasan por períodos en los que una persona tiene que apoyarse más en la otra. Llegará un momento en el que yo tenga que apoyarme en ti.

Las relaciones consensuadas como la nuestra, sí. Fue entonces cuando supe que tenía que ser más claro. En lugar de arrancar la tirita, había abierto de nuevo la herida.

—No quiero que te apoyes en mí. Tengo que poner fin a lo nuestro.

Dio un paso atrás, y yo me acerqué a la puerta para irme a casa.

—En este momento, mi prioridad es mi hijo, y no tengo tiempo para ninguna otra cosa.

—Entiendo —susurró con un hilo de voz.

—Lo siento. —Por la fuerza de la costumbre, alargué la mano para tocarle el hombro, para consolarla, pero ella retrocedió como si la hubiera quemado.

—Te he dejado los mensajes en el escritorio, y la primera cita la tienes a las siete y media —explicó, bajando la vista.

Podía haber dicho muchas cosas, pero lo único que hice fue asentir. Ella no lo vio.

Emerie se acercó a la puerta mientras yo pensaba que lo único que quería era retroceder cinco minutos en el tiempo y decirle que no solo quería formar parte del mismo equipo que ella, sino que además quería que los dos fuéramos el puto equipo de mierda. Pero permanecí quieto y la vi alejarse. Dentro de un mes o de un año, solo sería más difícil.

«Las relaciones a distancia no funcionan». Uno de los dos lo pasaría mucho peor cuando, después de un tiempo, el otro lo dejara.

Emerie desapareció en su despacho y salió un minuto después con el abrigo, el portátil y el bolso colgando del hombro. Tiró de la puerta con suavidad. Con tanta suavidad que no la hubiera oído marchar si no hubiera estado mirándola. Quizá habría sido lo más adecuado. Pero la estaba viendo, y cuando levanté los ojos para echarle un último vistazo, percibí sus lágrimas. Tuve que agarrarme a la silla para no ir detrás de ella.

Luego desapareció.

Permanecí quieto, en el mismo lugar, durante la hora siguiente mientras los pensamientos daban vueltas en mi mente, lo único en lo que podía pensar era ¿a quién estaba tratando realmente de proteger?

¿A ella... o a mí?

42

Drew

No creía que nadie pudiera sentirse peor que yo durante la última semana. Había discutido con Alexa durante una hora cuando fui a recoger a Beck, y continuó la pelea donde la habíamos dejado cuando lo llevé de vuelta dos días después. Mi hijo no me había hecho sentir bien el fin de semana, porque quería saber por qué no podíamos volver al apartamento nunca más. No supe qué decirle, y cuanto más tiempo pasaba, más difícil me resultaba.

Para empeorar las cosas, el vuelo de regreso a Nueva York tuvo un retraso de seis horas. La última vez que dormí decentemente fue la noche anterior a que el juez dictara sentencia. Incluso la azafata me preguntó si me encontraba bien. Lo cierto era que no me sentía nada bien, estaba jodido porque no me quedaba más remedio que trasladarme a Atlanta. Aunque esa no era la verdadera razón de mi reciente odio a la vida.

En el momento en el que mi vuelo aterrizó en el JFK, era ya medianoche. Estaba tan agotado por la falta de sueño que llegué a pensar que podría dormir, por fin cerrar los ojos como tanto necesitaba. Pero cometí el error garrafal de pasar por el bufete.

Eché un vistazo a mi alrededor. Estaba muy silencioso. No esperaba ver a Emerie allí esa noche. Me había evitado a toda costa antes de marcharme a Atlanta, y solo había pasado por el despacho para reunirse con los pacientes, aunque luego se volvía a ir. Supuse que estaba trabajando desde casa. Además, al tener acceso a mi horario, debía saber que volvería esa noche y no se acercaría por allí ni en broma.

Dejé el equipaje en el mostrador de recepción y recorrí las estancias en medio de aquel ominoso silencio. La puerta de Emerie estaba cerrada e intenté pasar de largo, pero, sencillamente, no pude. A pesar de que estaba bastante seguro de que allí no había nadie, llamé antes de entrar. Después, abrí la puerta lentamente. El despacho estaba a oscuras, pero la luz del pasillo iluminaba lo suficiente para que pudiera ver el interior. Aunque estaba seguro de que las sombras me hacían imaginar cosas, me di la vuelta para encender la lámpara. Me quedé paralizado, el corazón se me subió a la garganta...

Estaba vacío.

Parpadeé un par de veces con la esperanza de que los ojos me estuvieran jugando una mala pasada, pero no.

Ella no estaba... Se había ido, en esta ocasión para siempre.

—Necesito que busques a alguien.

—Buenos días tengas tú también, rayito de sol. —Roman se dejó caer en la silla al otro lado de mi escritorio.

En cuanto le envié un mensaje de texto a las seis de la mañana, se había puesto en camino hacia mi casa. Dado que no había logrado dormir en toda la noche, había decidido hacer un uso productivo de mi insomnio, así que lo había citado en mi despacho.

—No pinta nada bien. —Le lancé un dosier sobre el escritorio y me froté los ojos.

—Tienes un aspecto de mierda, tío. —Roman se reclinó en la silla y cruzó los pies a la altura de los tobillos sobre mi mesa. Normalmente le habría dicho que los quitara, pero esa mañana nada me importaba demasiado.

—El viaje me ha agotado.

—Sí, imagino que esa será la razón...

—¿Qué insinúas?

—Nada. ¿Qué necesitas de mí?

—Quiero que busques a Emerie.

—¿Qué coño...? ¿Por qué no esperas a que se haga de día y que venga aquí?

—Se ha ido.

—¿Cuándo?

—En algún momento de la última semana, supongo. Se me ocurrió pasar por aquí a medianoche, al regresar, y su despacho estaba vacío.

—Supongo que eso explica por qué parece que llevas dos días sin pegar ojo.

—Solo quiero saber si ha conseguido un nuevo despacho. Ya he encontrado una casita en Atlanta. David Monroe se asociará conmigo a tiempo parcial y se hará cargo de algunos clientes a los que no les importa que no les lleve los casos personalmente. Solo ganar. Entre eso y que trabajaré a distancia, estoy pensando en volver dos veces al mes en lugar de algunos días cada semana. Siendo así, no tiene ninguna razón para no estar aquí. Le será fácil evitarme.

—¿Lo vas a hacer de verdad? ¿Vas a dejar tu bufete y trasladarte a Atlanta?

—¿Qué otra opción tengo? Podría apelar, pero eso no garantiza que vaya a cambiar nada. Beck está tan perdido como yo. Puedo vivir en una habitación de hotel, pero él no tiene por qué conformarse sin tener una casa para dormir y guardar sus cosas. Tiene que sentirse en su hogar, y yo también. Necesita la seguridad que da un colegio, las citas con el pediatra... Ha empezado a jugar al hockey, ¿y si los partidos son los días que yo estoy en Nueva York? Además, no puedo ir y venir cincuenta y dos veces al año, ni juntar cuarenta horas de trabajo en dos días. Cuanto más tiempo pase, más difícil será.

—¿Durante cuánto tiempo vas a tener alquilada esa casa?

—Durante un año. —Dejé caer los hombros—. Imagino que tardaré nueve meses antes de tener fecha para la vista para la apelación de la custodia.

—¿Has firmado ya el contrato?

—Todavía no. Me reuniré con el propietario cuando vuelva a final de semana.

—Bueno, pues dame unos días.

—¿Para qué?

—Tengo a un tipo trabajando en Atlanta para mí.

—¿Algo que necesite saber?

Roman sonrió.

—Joder, no. Lo cierto es que puede implicarte.

Fue la primera vez que me reí en mucho tiempo… Así era Roman, un hombre que siempre tenía un plan B.

—Bueno, sea lo que sea, gracias.

—Bueno, dime, ¿qué es lo que quieres que haga con Emerie? ¿Que solo la localice? ¿Qué te parece si me das una pista sobre lo que tengo que buscar?

—Necesito saber que está bien. Nada más. Si ha encontrado un lugar para poner un despacho en un barrio seguro.

Roman arqueó una ceja.

—¿No quieres que averigüe si está tirándose a alguien?

Apreté los dientes con tanta fuerza que casi me rompí un diente.

—No, si es así, ni siquiera quiero saberlo. Sobre todo si es ese idiota de Baldwin… Porque ya la ha jodido bastante.

—¿Como tú?

—¿Qué cojones quieres decir? Yo no la he jodido. De hecho, soy yo quien está bien jodido. Pero quiero lo mejor para ella.

Roman se puso en pie.

—No pienso discutir contigo, amigo. Si quieres que la busque, la buscaré. Pero quizá deberías preguntarte si lo mejor para Emerie no es permitir que tome sus propias decisiones sobre cómo manejar vuestra relación.

43

Emerie

—*H*as estado increíble —dijo Baldwin desde la puerta.

Levanté la vista de la carpeta donde estaba guardando el material de la conferencia.

—¿Cuánto tiempo has estado?

—Los últimos cinco minutos.

—Eres muy amable, pero estaba hecha un manojo de nervios.

Sonrió.

—Es posible que estuvieras nerviosa, pero en serio, no se ha notado nada.

Dos días antes, Baldwin me había llamado para decirme que uno de los profesores adjuntos había tenido que presentar la renuncia de forma inesperada y había pensado en mí para sustituirlo. Eso me aseguraría prácticamente el puesto de adjunto al que optaba, así que estuve de acuerdo, aunque en esos días no tenía ganas de nada. Incluso suponía un esfuerzo levantarme de la cama.

Después de terminar de guardarlo todo, me acerqué a la puerta.

—¿Vas a dar clase?

—No. Acabo de terminar de clasificar unos documentos y quería ver cómo estabas. ¿Qué te parece si vamos a comer algo? Hay un restaurante a unas manzanas de aquí donde tienen la mejor ensalada de atún de aleta amarilla.

Durante el último mes había estado evitando a Baldwin como deferencia a Drew, pero ya no tenía ninguna razón para hacerlo. A pesar de que no era muy buena compañía, sabía que encerrarme en mi apartamento y dejarme llevar por la tristeza no era saludable.

—Claro, me encantaría.

Almorzamos en la terraza, bajo el calor de las lámparas, puesto que hacía buena tarde. En un momento dado, me levanté para ir al cuarto de baño y vi a un hombre sentado en un coche aparcado en mitad de la manzana. El coche estaba a mi espalda mientras comíamos, así que no sabía cuánto tiempo llevaba allí, pero hubiera jurado que el tipo que había dentro era Roman. Después del almuerzo, busqué al vehículo, pero se había ido.

Un poco más tarde, después de hacer los recados que tenía pendientes, fui a casa para una sesión *online* de terapia. Casi no podía abrir la puerta porque había metido todos los muebles del despacho en mi apartamento. Seguramente no era una idea inteligente dejar la antigua consulta antes de encontrar otra, pero no podía quedarme allí más tiempo. Incluso cuando no estaba Drew, solo podía pensar en él. Pensé que irme me libraría de verme sobre el escritorio con él, o de pensar en el momento en el que nos habíamos conocido... Pero por desgracia, mis pensamientos siguieron conmigo en lugar de quedarse en el bufete.

Mientras estaba sentada detrás del ordenador para que mis pacientes no pudieran ver la desordenada habitación llena de muebles de oficina, llamaron a la puerta. Odié hacerme ilusiones, pensando que tal vez era Drew. Pero me sentí muy confundida al ver a Roman por la mirilla.

Abrí la puerta.

—¿Roman?

Se apoyó en la parte superior de la puerta.

—Me han contratado para que te busque.

—Creí verte cuando estaba hoy en el restaurante.

—¿Puedo entrar? Quizá tarde un poco.

—Mmm... Claro. Por supuesto. Pero te adevierto de que esto está hecho un desastre. He instalado mi despacho en el apartamento, y es bastante pequeño. Así que básicamente, tengo el salón abarrotado. —Abrí la puerta todo lo que pude, y entró—. ¿Quieres beber algo?

Levantó la mano.

—No, gracias.

Había montones de archivos sobre el sofá. Empecé a recogerlos para que se sentara.

—Enseguida te hago sitio. En cuanto estés cómodo podrás decirme por qué me estás siguiendo.

—Claro. —Se rio entre dientes.

Me senté en la silla de oficina, justo delante de él, y esperé a que empezara.

—Drew me ha pedido que te busque. Afirma que quiere estar seguro de que tu nuevo despacho no está en un lugar peligroso.

—¿Y si no fuera así? ¿Qué va a hacer con esa información?

Roman se encogió de hombros.

—Nunca he tratado de encontrar sentido a lo que hace un hombre enamorado.

—¿Enamorado? ¿Es que no sabes que me ha dejado?

—Jamás pensé que diría esto de mi mejor amigo. Conozco a ese hombre desde primaria y siempre ha tenido muchas pelotas, pero ahora está cagado.

—¿Por qué?

—Le da miedo enamorarse. Su madre engañó a su padre cuando era un niño. Luego, su esposa le mintió sobre el bebé que esperaba y continuó liada con el padre de su hijo después de casarse con Drew. Se ha enamorado de ese crío y se lo han llevado muy lejos. Además, su trabajo le recuerda cada día que hay pocas relaciones que funcionen, en especial aquellas parejas que pasan poco tiempo juntos. Por fin, ha encontrado algo bueno en la vida, contigo. No quiero ver que lo desperdicia solo porque le da miedo darse una oportunidad. ¿Te ha dicho que el juez ha decidido permitir que Alexa viva en Atlanta y que Drew está pensando en mudarse allí?

—No.

Noté un dolor en el pecho. Ahora tenía un poco más de sentido la forma en la que había cortado por lo sano. Una parte de mí entendía por qué a Drew le costaría pensar que nuestra relación podía funcionar. Su pasado le había enseñado más o menos que cuando te enamoras, pierdes. Pero eso no justificaba lo que había hecho. Ni tampoco cambiaba el hecho de que ni siquiera había tratado de luchar por nosotros. Ni siquiera me había contado lo que estaba ocurriendo.

—Lamento lo que está pasando, Roman. No es justo para él. Pero incluso si fuera cierto que yo le importo, ¿qué puedo hacer al respecto? No puedo conseguir que no tenga miedo. Ni siquiera quiere probar. Eso me indica que yo no soy suficiente para que quiera correr el riesgo. Necesito sentirme más valiosa.

Roman asintió.

—Lo entiendo. Es solo que… te he visto comiendo con ese profesor.

—Baldwin y yo somos amigos. Sí, tengo una especie de… O quizá debería decir que tenía una especie de sentimiento hacia él. Pero me he enamorado de Drew y eso me ha mostrado que lo que sentía por Baldwin no era realmente amor. Porque jamás he sentido con él lo que siento por Drew. Esto está a otro nivel.

Roman sonrió.

—Podrías haber dicho «sentía» en vez de «siento», pero no lo has hecho.

—Claro. Pero no puedo dejar de sentir lo que siento solo porque me sienta herida. Me va a llevar tiempo superar lo que tenía con Drew.

—¿Puedes hacerme un favor? No lo empieces a intentar todavía. Tengo la esperanza de que mi amigo acabe dándose cuenta de la gilipollez que ha hecho.

44

Drew

Yo no sudaba.

Siempre permanecía impasible en la sala. No me inmutaba ni siquiera cuando un testigo cambiaba su declaración y el juez me miraba por encima de la nariz como si yo no fuera nada. Sin embargo, por raro que fuera, acababa de tener que secarme la frente y el pañuelo de papel se me pegaba a las manos húmedas.

¿Por qué tenía que hacer eso ahora? Todavía no estaba listo... Y Beck tampoco lo estaba. Pero eso no detenía a mi ex. Me había amenazado con decirle toda la verdad a mi hijo cuando volviéramos si no lo hacía yo; aunque no era una mujer de palabra, estaba seguro de que cumpliría esta amenaza.

Era la segunda vez en dos semanas que recordaba la máxima de mi padre: «Arranca la tirita de golpe». Era su frase favorita. Solo esperaba que en la cara de mi hijo no apareciera la misma expresión que en la de Emerie cuando había roto con ella.

Me volví hacia Beck, que se sujetaba la barriga por la risa mientras veía los dibujos animados. Miré el reloj. «¡Joder!». Apenas me quedaba tiempo.

—¿Beck? ¿Colega? Tengo que decirte algo antes de llevarte con mamá esta noche. ¿Podrías apagar la tele?

El niño se volvió hacia mí, amable, obediente.

—De acuerdo, papá.

Después se levantó y tomó el mando a distancia de la mesita, hizo desaparecer la imagen de la pantalla y se sentó de nuevo, volviéndose hacia mí. Prestándome toda su atención. De repente sentía la boca seca, por lo que me costaba mucho hablar. No había manera de decirle eso a un niño, daba igual cuánto cuidado tuviera.

—¿Va todo bien? Tienes la misma cara que tengo yo antes de devolver. —Beck se levantó—. ¿Quieres que te traiga un cubo de la cocina como haces tú?

Me reí, nervioso.

—No, colega. No necesito un cubo... —«Al menos eso creo»—. Siéntate. Quiero hablarte de tu padre.

Le cambió la expresión.

—¿Ya no vas a ser mi padre nunca más? ¿Por eso ya no me quieres llevar a tu casa?

Puede que sí necesitara el cubo después de todo.

—¡Oh, Dios mío! Eso no es cierto. Nunca dejaré de ser tu padre. Pero... —«A la mierda..., allá voy»—. Sin embargo, algunos niños son unos suertudos y tienen dos padres.

Se le iluminaron los ojos.

—¿Te vas a casar con Emerie?

«¡Dios!». Ese era un golpe bajo.

—No creo que eso llegue a pasar, Beck. No.

Pero él estaba embalado y siguió hablando.

—Es que Mikayla, una niña del colegio, tiene una madrastra. Sus padres están divorciados, como mamá y tú, y ahora tiene dos mamás.

—No. Bueno, sí. Va por ahí la cosa. La cuestión es que..., en realidad, yo soy tu padrastro.

—¿Así que tengo dos papás? —Arrugó la nariz.

—Eso es. Yo me casé con tu madre antes de nacer tú. No sabía que no eras mi... —Sentía que las palabras comenzaban a burbujear en mi garganta y tuve que carraspear un par de veces para mostrar la emoción que me embargaba. Tenía que conseguir que Beck supiera que lo que le estaba diciendo no tendría ningún efecto en nuestra relación, y mostrarme afectado enviaría el mensaje correcto.

Empecé a hablar de nuevo.

—No supe que no eras mi hijo... biológico, hasta muchos años después de que nacieras.

—Si tú no eres mi padre biológico, entonces, ¿quién es?

—Un hombre llamado Levi. Tu madre dice que ya lo has visto un par de veces.

Su mirada se iluminó.

—¿El piloto de la NASCAR?

Entré en un conflicto emocional. Si bien me jodía que le emocionara estar relacionado con ese idiota, si eso hacía que la noticia le resultara más fácil, no me parecía mal.

—Sí. El piloto.

—¡Conduce un coche que es una pasada! Y tiene un tubo de escape espectacular, hace un ruido…

Forcé una sonrisa.

—Tu madre quiere que conozcas un poco más a Levi. Pero eso no significa que vaya a cambiar nada entre tú y yo.

Se quedó pensando en todo lo que le había dicho.

—¿Todavía me quieres? —preguntó.

Aunque a Beck, que aún no tenía siete años, le molestaba que le llevara de la mano al colegio, en ese momento ni lo tuve en cuenta y lo senté en mi regazo, mirándolo a los ojos.

—Te quiero más que a nada en el mundo.

—¿No me vas a dejar porque tenga un nuevo padre?

—No, Beck. Jamás te dejaré. La gente no puede dejar de querer a voluntad. Se quiere para siempre. Por eso me he trasladado a Atlanta. Tu madre te ha traído aquí y yo te seguiré donde vayas.

—¿Mi padre biológico no me quiere? ¿Por eso vivía antes en Nueva York?

Dios… Algunas preguntas eran muy complicadas.

—Sé que es complicado, pero Levi no sabía que eras su hijo cuando naciste. Así que todavía no ha tenido la oportunidad de conocerte. Ahora que lo sabe, estoy seguro de que también te querrá.

Me di cuenta de que había llegado el momento de sentarme a hablar con Levi para asegurarme de que mi hijo sería para él la prioridad que debía ser. Si iba a formar parte de su vida, sería mejor que no lo decepcionara.

—¿También va a vivir aquí?

—Eso no lo sé, colega.

—Pero me acabas de decir que no se deja a la gente que quieres. ¿Se marchará si no me quiere?

Joder... pues sí que estaba haciéndolo bien.

—A veces, cuando amas a alguien, tienes que estar lejos físicamente por cuestiones como el trabajo, pero encuentras la manera de estar con esa persona todos los días. Cuando te he dicho que la gente no puede dejar de querer a voluntad, no me refería a que tuvieran que estar siempre juntos. Igual que el mes pasado, cuando yo tenía que volver todas las semanas a Nueva York para trabajar.

—¿Y hacemos un FaceTime con el iPhone de mamá?

—Eso es.

—¿O nos mandamos mensajes por Snapchat?

—No sé de qué va, pero si tú lo dices...

Beck asintió y se quedó en silencio un buen rato.

Era mucha información para asimilar de golpe, en especial para un niño de su edad. Yo apenas podía procesarla todavía...

—¿Quieres hacerme alguna pregunta, colega?

—¿Puedo seguir llamándote papá?

El corazón me dio un vuelco.

—Claro que sí. Siempre seré tu padre.

—¿Y cómo voy a llamar al otro? ¿Levi? —La idea de que mi hijo llamara «papá» a otro hombre era casi dolorosa físicamente. Pero mi dolor no importaba.

—No estoy seguro, seguro que mamá y Levi te lo dicen.

Unos minutos después, Beck me preguntó si podía volver a ver los dibujos animados. No parecía muy afectado. Yo, por el contrario, me sentía como si acabara de participar en una pelea de pesos pesados con las manos atadas a la espalda. Estaba mental y físicamente agotado.

Esa noche, después de llevar a Beck de vuelta a casa de Alexa, me acosté en la cama del hotel, rememorando la conversación. Era muy importante que me acordara bien de todo lo que le había dicho hoy a mi hijo. Los niños aprendían mucho más de lo que hacían los padres que de lo que decían. Y necesitaba demostrarle que estaría allí a largo plazo, sobre todo porque no podía controlar lo que hicieran Levi y Alexa.

Mientras trataba de conciliar el sueño, una cosa siguió insistiendo en el fondo de mi mente y no podía dejar de pensar en ella. Era algo que yo mismo había dicho. Aunque creía que las palabras eran ciertas, si era sincero conmigo mismo, no estaba actuando de acuerdo a mis ideas. Y no tenía nada que ver con mi hijo.

«La gente no puede dejar de querer a voluntad. Se quiere para siempre».

A la mañana siguiente, aquel pensamiento se había enraizado. La semilla había estado allí durante las últimas semanas, pero desde que había tenido la conversación con Beck, se había hecho fuerte como una vid y fijado su residencia en mi estómago, en mi cabeza. Luego se había enrollado alrededor de mi corazón con tanta fuerza que apenas podía respirar.

Tuve que arrastrarme fuera de la cama para poder llegar al aeropuerto a tiempo de pillar el vuelo. En el asiento trasero del taxi comprobé la hora de salida del avión. Ni siquiera me conocía a mí mismo. ¿Cómo podía obsesionarme con esto? Pero necesitaba saberlo. Por fin, cedí a mis impulsos y envié un mensaje de texto a Roman a las cinco de la mañana.

DREW: ¿Está saliendo con alguien?

Como siempre, me respondió al cabo de unos minutos. Era la única persona que dormía menos que yo.

ROMAN: Pensaba que no querías saberlo.
DREW: Dímelo y punto.
ROMAN: ¿Estás seguro de que podrás asimilarlo?

«¡Dios!». No estaba seguro de nada, y no era bueno que me lo preguntara.

DREW: ¡Dímelo ya!
ROMAN: El vecino está trabajándosela. Le ha enviado flores amarillas. También la llevó a comer el otro día, un lugar elegante con platos carísimos y poco llenos.

Mierda.

DREW: ¿Algo más?
ROMAN: El tipo ha dado el primer paso. Quedó para cenar
con una mujer la noche pasada. Alta. Buenas piernas. A mitad
de la cena empezaron a discutir. Ella se levantó de forma
dramática y tiró la servilleta a la mesa antes de salir corriendo.
Es posible que haya cortado con ella.

La sensación de inquietud que tenía en el estómago estaba allí por una puta razón. Iba a perder a Emerie para siempre si no conseguía superar mi miedo. Al llegar al aeropuerto, escribí el último texto a mi amigo antes de salir del taxi.

DREW: Gracias, Roman.

Me respondió al instante.

ROMAN: Ve a por ella, chalado.
Estás quedándote sin tiempo.

Estaba casi tan nervioso como el día anterior, cuando tuve que darle la noticia a Beck. Pero también me sentía de forma diferente. Estaba determinado. No me importaba lo que fuera necesario, iba a conseguir que Emerie me perdonara y me diera otra oportunidad. Lo había jodido todo, podía culpar por ello a las experiencias que me había tocado vivir, pero el caso era que lo había jodido. Y tenía que arreglarlo.

Había un letrero en uno de los dos ascensores de casa de Emerie diciendo que no funcionaba. Así que me detuve frente al otro. Mientras miraba los números bajar, di golpecitos en el suelo con el pie. Se detuvo en el nueve durante treinta segundos y luego en el ocho el mismo tiempo. «No tengo paciencia para esto». Había perdido demasiado tiempo. Miré a mi alrededor en busca de las escaleras y empecé a correr. El corazón se me había desbocado ya cuando llegué al tercer piso.

Entonces me detuve ante la puerta de Emerie y me di cuenta de que no tenía ni puta idea de lo que le iba a decir. Dos horas en el avión no habían sido suficientes para elaborar un buen discurso de apertura. Lo bueno era que estaba acostumbrado a defenderme y sacarme argumentos de la manga cuando era necesario.

Respiré hondo, tranquilizándome, y llamé al timbre.

Cuando se abrió la puerta, fui consciente de que no estaba preparado.

Porque era Baldwin quien me miraba desde el interior.

45

Drew

—¿**D**ónde está Emerie?

—Está vistiéndose. Tenemos que asistir a un desayuno en la universidad. Nada que sea de tu incumbencia.

El profesor Pajarita seguía de pie bloqueando la puerta y yo en el pasillo. El simbolismo me carcomía. Lo aparté y entré en el apartamento de Emerie.

—Claro, claro, adelante… —murmuró él con sarcasmo.

Me volví hacia él con los brazos cruzados.

—Ahora vete.

—¿Perdón?

—Tengo que hablar con Emerie a solas, así que te agradecería que desaparecieras.

Negó con la cabeza.

—No.

Arqueé las cejas. No se me había ocurrido que el profesor se pusiera terco. Si lo hubiera hecho en cualquier otro momento, me habría impresionado su tenacidad. Pero ahora, solo me irritaba.

Di un paso adelante.

—Puedes marcharte por ti mismo o te ayudo yo. Sea como sea, te vas a largar de aquí ya. ¿Qué prefieres?

Al darse cuenta de que no estaba de coña, eligió el camino más inteligente y abrió la puerta.

—Dile a Emerie que la veré después, en la reunión de la universidad.

—Sí. Le daré el mensaje. —Empujé la puerta y se la cerré en las narices.

Al darme la vuelta, me encontré el salón de Emerie abarrotado con los muebles del despacho. Antes, en el lugar apenas había sitio para un sofá y un sillón, y ahora también había un escritorio, sillas de oficina, archivadores, equipos informáticos y todo el resto de su material.

Oí que se abría la puerta del dormitorio y al darme la vuelta vi salir a Emerie, mirando la pantalla del teléfono.

—No logro entrar en la agenda del Departamento de Psicología de la universidad. ¿Puedes decirme de nuevo con quién nos reunimos? Se me dan fatal los nombres.

Mi respuesta la detuvo en seco.

—Solo tú y yo.

Emerie levantó la cabeza precipitadamente y parpadeó un par de veces, como si creyera que estaba imaginando mi presencia en el salón.

—Drew. ¿Qué haces aquí? —Miró más allá—. ¿Dónde está Baldwin?

—Se ha marchado.

—¿A dónde?

Me miré los pies y luego busqué sus ojos. Noté una sensación agobiante en el pecho al encontrar en su mirada la misma tristeza que habitaba dentro de mí.

—¿Lo amas? —pregunté con la voz ronca.

Se me quedó mirando un buen rato, mientras pensaba. Contuve la respiración durante todo el tiempo, hasta que por fin negó con la cabeza.

«¡Gracias a Dios!».

Era todo lo que necesitaba oír. Era lo único que tenía que averiguar. Podría intentar que me perdonara, que volviera a confiar en mí, pero no podría conseguirlo si estaba enamorada de otro hombre. Todavía seguía ante la puerta del dormitorio y, de repente, la distancia entre nosotros era demasiado grande. Avancé hacia ella, sin importarme si parecía un troglodita. La imperiosa necesidad de tocarla borraba cualquier norma de urbanidad.

No se movió. Cada paso que di, el corazón me latió más rápido. Ella seguía sin retroceder cuando llegué a su lado, le encerré la cara entre mis manos y froté mis labios contra los suyos suavemente, tanteando. Consideré que tenía luz verde, o al menos que no estaba en rojo, así que fui a por más. Apoyé la boca en la de ella, primero con suavidad y luego la besé con fuerza. Ella separó los labios con un gemido, al tiempo que se inclinaba hacia mí. Ese sonido fue directo a mi polla, y el beso se volvió salvaje. Emerie olía de una forma increíble, sabía tan dulce como recordaba, y sentir su cuerpo contra el mío era lo mejor que había experimentado nunca.

Dios, era un puto idiota. ¿Cómo había podido pensar que lograría renunciar a esto?

El beso se prolongó durante mucho tiempo. Cuando se interrumpió, no le di tiempo para que se dejara llevar por las dudas, y el miedo hizo que no le permitiera hablar.

—Acabas de mostrarme que…

Mis labios se apoderaron de los de ella, comiéndose sus palabras. Esta vez, intentó zafarse. Me dio un débil empujón en el pecho, lo que solo consiguió que la abrazara con más fuerza. Con el tiempo, renunció a la pelea y se rindió de nuevo. Cuando el beso terminó, dejé los labios a unos milímetros de los de ella, como recordatorio de que la besaría al instante si volvía a hablar.

—Dame solo un minuto antes de echarme, ¿vale?

—Sesenta segundos —aceptó.

Fruncí los labios. «Dios, cómo había echado de menos su boca». Y no solo la sensación de esos labios suaves y su lengua descarada. Me sinceré con ella mientras le rozaba la mejilla con los dedos.

—Te amo —dije con la voz ronca, pero abriéndole mi corazón.

Una sonrisa de esperanza iluminó su hermoso rostro. Pero luego, debió recordar. Vino a su memoria lo que le había hecho durante las últimas semanas y se puso seria.

—Tienes una forma muy curiosa de demostrarlo. Si me amas, ¿por qué me dejaste?

—El juez no ha cambiado el horario de visitas con Beck, pero sí que ha permitido que Alexa se traslade a Atlanta. Tengo que mudarme.

—Ya lo sé. Roman me lo ha contado.

—¿Roman?

—Sí, Roman.

—¿Qué coño…?

—No me vengas ahora con «¿Qué coño…?» ¿vale? Al menos Roman tuvo la cortesía de informarme de por qué estabas actuando como un idiota.

—Estaba aterrado.

—Y yo, pero no he huido.

Bajé la mirada.

—Lo sé. Te podría dar un millón de excusas sobre por qué actué así, tratando de justificarme. Pero todas esas razones me llevan a lo mismo. —Hice una pausa y luego la miré a los ojos—. Tenía miedo.

—¿Y ahora? ¿Ya no tienes miedo?

Negué con la cabeza.

—Por fin me he dado cuenta de que tenía más miedo a perderte que a darnos una oportunidad y salir herido. Se podría decir que recordé que tenía pelotas.

Ella me miró con ternura. Aunque parecía que quería creerme, su expresión era también escéptica. No podía reprochárselo.

—¿Cómo sé que no vas a acobardarte y a desaparecer de nuevo? —Se le quebró la voz—. Me has hecho mucho daño, Drew.

—Lo siento. Y sé que ahora mismo mi palabra no vale una mierda para ti, pero te lo juro por Dios, Em, si me das otra oportunidad, no joderé las cosas.

Se le llenaron los ojos de lágrimas.

—Sé que vas a vivir en Atlanta, y yo tengo que quedarme aquí. Algunos días trabajo en la universidad, con Baldwin. ¿Crees que funcionaría?

—Es necesario que funcione. Nos veremos siempre que podamos. Una semana vendrás a Atlanta, y la siguiente vendré yo a Nueva York. O cada dos, si te resulta demasiado. Tendremos un montón de sexo telefónico y por FaceTime. No tengo nada planificado todavía, pero iremos viendo cómo conseguir que funcione. No será fácil, pero valdrá la pena. Te amo, Emerie. Y te lo diré todos los días si es lo que necesitas para creerme.

Le cayó una lágrima y se la sequé con el pulgar.

—Por favor, dime que son lágrimas de felicidad, Em.

—No crees en las relaciones a larga distancia.

—Tenemos que conseguirlo. Por favor, por favor, dame otra oportunidad.

Negó con la cabeza rápidamente.

—No.

—Pero... —Quería hacerle cambiar de opinión, pero esta vez fue ella la que me hizo callar.

Emerie apretó sus labios contra los míos.

El beso rebosaba tantas emociones que noté cómo la adrenalina inundaba mis venas, cómo me embargaba la química de nuestra conexión. Cuando por fin retiró la boca, ella jadeaba y yo estaba a punto de tener un ataque de pánico.

«Se va a despedir de mí».

—No funcionará a larga distancia.

—Em, podremos conseguirlo.

—No. Me voy contigo a Atlanta.

—Iremos paso a paso y... Espera, ¿qué has dicho? —La miré con incredulidad—. Repite eso.

—He dicho que me voy contigo a Atlanta.

—¿Y el trabajo al que aspiras en la universidad? ¿Y tus pacientes?

—Seré profesora adjunta sustituta durante el resto de semestre. Estoy haciendo algunas entrevistas para convertirme en asociada a tiempo parcial, pero es posible que ni siquiera me contraten. El semestre termina dentro de tres meses. Solo tendremos que arreglárnoslas hasta entonces. Con mi currículo, quizá me sea fácil encontrar un puesto de adjunta en la Universidad de Atlanta. Y la mayoría de mis pacientes lo son por videoconferencia, y ya los asesoraba así antes. Quizás incluso pueda conservar algunos aquí y venir de vez en cuando mientras tú aún tengas clientes. Es necesario que esté cerca de tu hijo, también yo quiero conocerlo. Es parte de ti.

—¿Lo dices en serio? Casi me da un ataque cardíaco cuando te he oído asegurar que no funcionaría una relación a distancia.

Sonrió.

—Bien. Que te sirva de escarmiento por lo que me has hecho pasar durante las últimas semanas.

Sin previo aviso, la levanté en el aire. Gritó, pero la sonrisa que cruzó su rostro me dijo que se sentía feliz. Me rodeó la cintura con las piernas, el cuello con los brazos y la apreté con tanta fuerza que me preocupó hacerle daño.

—Dios… Cómo te quiero…

—Será mejor que sea cierto.

—Lo es.

Capturé su boca con otro beso y avancé con ella en brazos hasta que encontré una superficie en la que depositarla. Que fuera la encimera de la cocina significó que tenía la altura perfecta. Me había puesto duro con solo sentir su calor a través de los pantalones.

De alguna forma logramos desnudarnos el uno al otro sin soltarnos en ningún momento. Le chupé el lóbulo de la oreja y le exploré la unión de las nalgas mientras ella me desabrochaba los pantalones. Cuando cayeron al suelo, me quité la ropa interior y rocé la polla contra su estómago.

—Te hemos echado de menos —aseguré mientras deslizaba la mano entre nuestros cuerpos.

Se rio.

—Yo también os he echado de menos.

Necesitaba estar dentro de ella.

—Los juegos preliminares van a ser muy cortos, pero me tomaré mi tiempo después. Serán juegos poscoitales. —Me incliné, me agarré la polla y la bajé para frotarla contra sus húmedos pliegues. Estaba lista y resbaladiza, y yo tan necesitado que no me lo pensé dos veces, me hundí en ella. Emerie miraba hacia abajo, al punto donde nos uníamos, para ver cómo mi pene desaparecía en su interior cada vez que me impulsaba lentamente.

Cuando estuve completamente dentro, le alcé la barbilla.

—Ver cómo te penetro es lo más excitante que he visto en mi vida.

Sonrió.

—Me alegro, porque a mí también me gusta verlo.

Le acaricié la mejilla con el pulgar.

—Pensándolo bien… tu sonrisa podría ser lo más excitante que he visto en mi vida.

Empecé a moverme, al principio lentamente, deslizándome y retirándome de su interior. Había algo diferente en esta ocasión, como si hubieran desaparecido todas las barreras entre nosotros y por fin pudiera amarla libremente.

La besé en los labios con suavidad.

—Te amo.

Me miró a los ojos.

—Yo también te amo, Drew. No lo he sabido hasta que me enamoré de ti de verdad, ahora estoy segura de que no he amado antes a nadie.

Me sentía como si acabara de ganar una corona. En ese momento, era el puto rey del mundo. No estaba seguro de qué había hecho para merecerla, pero era lo suficientemente codicioso para que no me importara. Era mía y pensaba conservarla. Tenía previsto hacer siempre lo mismo que en este momento.

A pesar de que habían pasado solo unas semanas desde la última vez que estuve dentro de ella, me parecía que había sido demasiado tiempo. Traté de ir despacio, pero cuando me rodeó con fuerza con las piernas y me ciñó con su apretada funda, supe que no duraría mucho más tiempo. A ella le gustaba que hablara mientras manteníamos relaciones sexuales, por lo que le susurré al oído todo lo que quería hacer con ella: que no podía esperar a frotar mi cara contra su coño, que quería correrme en sus tetas y que más tarde iba a inclinarla sobre la silla para penetrarla desde atrás. Cuando terminara, tendría las nalgas calientes y rojas.

Gimió en voz alta antes de gritar mi nombre para pedirme que fuera más rápido. Aceleré el ritmo y después sentí sus espasmos a mi alrededor, y me clavé en ella con dureza. No era posible que los vecinos no nos hubieran oído, y esperaba que sin duda uno en particular hubiera disfrutado oyéndonos.

Cuando recuperamos el aliento, le aparté un mechón de pelo de la mejilla y miré sus saciados ojos azules.

—Entonces ¿decías en serio que te mudarías a Atlanta conmigo?

—Sí.

—He encontrado para alquilar una pequeña casa con jardín. Quizá te gustaría venir a verla, así podremos decidir si necesitamos algo más grande o no.

—Llevo seis meses viviendo en esta caja de zapatos, nada me parecerá pequeño.

—Tiene tres dormitorios, una bañera enorme y el propietario me dijo que si quería podía volver a pintarla.

—¿Estás insinuando que puedo llenar tu vida de color?

—Te estoy diciendo que ya lo has hecho. Eres el rojo en mi
mundo en blanco y negro.

Epílogo

Emerie. Un año después

—¿*L*o tienes?

Roman se llevó la mano al bolsillo de la chaqueta y sacó un sobre.

—Aquí está. —Negó con la cabeza—. Todavía no puedo creer que hayas conseguido esta mierda.

Vi a Drew avanzando por el pasillo.

—Guárdalo. Que viene hacia aquí.

Roman volvió a guardar el sobre y sacó una petaca en su lugar. La abrió y me la ofreció.

—¿Un trago?

—No, gracias.

Drew entró en la cocina mientras Roman se llevaba el destartalado recipiente metálico a los labios.

—¿Todavía llevas eso encima?

—Nunca se sabe cuándo se puede necesitar una dosis de Hennessy, amigo mío.

Me había sorprendido que Drew no hubiera bebido nada durante los últimos días. Lo había vuelto loco mientras se acercaba esta noche. Mis padres llegarían en los próximos minutos, así como media docena de amigos de Beck. A pesar de que llevaba casi un año viviendo en Atlanta, era la primera vez que tendríamos invitados. Bueno, con excepción de Roman, que en realidad no contaba. Era la familia de Drew y durante el último año se había convertido también en la mía. Era el hermano coñazo que siempre había querido tener.

A veces, cuando estaba de visita, me lo encontraba jugando con Drew a la consola a las dos de la madrugada. Otras veces, hacía que Drew perdiera el vuelo de regreso desde Nueva York porque lo había reclutado para una misión de vigilancia. Pero podíamos contar siempre con él. A la mayoría de la gente le quedaban marcas de la varicela, Drew había conseguido un amigo para toda la vida. De alguna forma, eso tenía sentido para ellos.

Beck llegó corriendo desde el patio. Tenía la ropa empapada y el agua enfangada goteaba desde su pelo.

—¡He regado el jardín!

—Mmm… ¿Has regado el jardín o te has duchado? —Señalé el cuarto de baño—. Vete a tomar un baño antes de que llegue todo el mundo.

—¿Puedo meterme en la piscina desnudo? —Empezó a dar saltitos mientras juntaba las manos en un gesto suplicante.

—No, no puedes bañarte desnudo en la piscina. Te verán los vecinos.

Beck hizo un puchero y dejó caer los hombros mientras arrastraba los pies de camino al baño.

—Roman y yo vamos a por cervezas —anunció Drew—. ¿Necesitas algo? ¿Quieres que recoja la tarta?

—Mis padres pasarán por la pastelería de camino hacia aquí. Es una tradición que paguen la tarta. No me preguntes por qué —mentí.

Drew me dio un beso en la mejilla.

—Lo que tú prefieras. —Luego susurró—. Por cierto, la otra noche, cuando estabas desnuda en la piscina, no pareció importarte si te veían los vecinos.

Supuse que tenía razón. Aunque debía argumentar en mi defensa que habíamos tenido a Beck en casa tres semanas, mientras su madre estaba de luna de miel en Bali, me había bebido una copa de vino y Drew acababa de regresar del gimnasio, con los músculos particularmente abultados. Además, fuera estaba oscuro, y… ¡maldición! ¿he mencionado ya que sus músculos resultaban demasiado sexys para resistirse a ellos?

Diez minutos más tarde, cuando estaba acabando de preparar la ensalada de melón, sonó el timbre.

Mis sonrientes padres entraron con los brazos abiertos.

—¡Feliz día de la adopción!

Υ

Después de entrar en casa para ir al baño, me quedé mirando la fiesta que había en el patio por la ventana de la cocina durante unos minutos. Todo iba sobre ruedas. Mis padres estaban hablando con el nuevo socio de Drew y su mujer, y Roman intentaba ligarse a la madre de uno de los mejores amigos de Beck (quizá debería mencionar que les había dicho a ambos que el otro estaba soltero) y Beck se había subido a la casa en el árbol que había construido con su padre durante cuatro meses después de mudarnos aquí.

Y hoy era el día de mi adopción. Mis padres habían venido y este año iba a ser más especial que nunca.

Desde el patio, Drew me pilló mirándolo y se excusó con uno de sus nuevos amigos. Entró en la casa y se puso detrás de mí, rodeándome la cintura con los brazos para mirar conmigo por la ventana.

—¿Qué estás observando?

—Mi vida.

—¿Sí? —Me dio la vuelta y me besó—. Yo estoy viendo la mía ahora mismo.

Suspiré para mis adentros.

—Me encanta cuando me dices estas cosas tan ñoñas.

—Ayer por la noche te encantó que te dijera guarradas.

Le rodeé el cuello con los brazos.

—Quizá sea porque te amo.

—Es que estoy muy bueno.

Puse los ojos en blanco y me reí.

—Egocéntrico.

Me dio un beso en la frente.

—Tus padres están ansiosos por probar la tarta. Creo que a tu madre le gusta el dulce.

Mis padres habían empezado a lanzarme indirectas por la tarta desde que llegaron. Pero no solo por la razón que Drew pensaba. El sol había comenzado a ocultarse y había pasado ya una hora desde el momento en el que debería haber servido la tarta, pero estaba haciendo tiempo. De repente, me sentía nerviosa, había tardado más de seis meses en llegar hasta aquí.

—Le he prometido a Beck que podría ayudarme a llevar la tarta. ¿Por qué no te tomas una taza de café mientras voy a por ella?

Fui en busca de Beck y corrió para entrar en la casa cuando le dije que había llegado el momento. Sonrió de oreja a oreja y eso me hizo recordar la emoción que había sentido mi primer día de la adopción.

—Debe de ser por la tarta —dijo Drew al ver la cara de excitación de su hijo.

—Está en mi habitación. Tío Roman dijo que lo había puesto debajo de mi almohada porque él es mejor que un hada —gritó Beck por encima del hombro, ya en mitad del pasillo.

Drew frunció el ceño. Le tendí la mano sin darle ninguna explicación.

—Vamos.

La habitación de Beck estaba pintada de brillante color amarillo. Habíamos dejado que fuera él quien eligiera el color cuando me mudé a Atlanta después de terminar el semestre. Fiel a su palabra, Drew permitió que añadiera colores a la casa. Cada habitación era más luminosa que la anterior, salvo la nuestra, para la que había decidido un gris apagado. Era de ese color porque cuando le pregunté a Drew cuál quería que tuviera nuestro dormitorio, me dijo que yo era todo el color que necesitaba. Así que pensé que le daría lo que le gustaba allí, el lugar donde siempre me daba lo que quería.

Beck estaba delante de su cama con las manos en la espalda. Tenía una sonrisa tan grande que parecía que iba a estallar de la emoción.

Asentí.

—Venga.

Lo vi sacar el sobre de detrás y se lo tendió a su padre.

—Feliz día de la adopción.

Vacilante, Drew cogió el sobre y me miró.

—¿Es para mí? Pero hoy es tu día, nena.

Negué con la cabeza.

Ábrelo.

Drew sacó los documentos del sobre y los leyó. Era abogado, así que no le llevó mucho tiempo entenderlo, aunque el título lo decía todo. Se quedó paralizado mientras leía el encabezado y luego me miró en estado de shock.

Asentí.

Al recibir la confirmación de lo que estaba claramente escrito en la parte superior del papel, Drew pasó las páginas grapadas con rapidez hasta llegar a la última. Sabía lo que estaba buscando: las firmas para ver que era oficial. Y allí estaban, en blanco y negro, como a él le gustaban las cosas. Las firmas del juez Raymond Clapman y de Levi Archer Bodine.

Cuando volvió a mirarme, tenía los ojos llenos de lágrimas.

—¿Cómo…?

—Feliz día de la adopción, papá. Es nuestro día de la adopción. Ahora Emerie y tú lo podéis celebrar a la vez.

Por supuesto, se trataba solo de una formalidad. Drew había sido siempre el padre de Beck, tanto en su corazón como en el del niño. No era muy diferente a lo que yo sentía con mis padres. Pero a veces, dar carácter oficial a las cosas, es el mejor regalo. Más tarde, ya le diría a Drew que tendríamos que pagar la manutención completa de Beck durante doce años más, aunque sabía que a él no le importaría lo más mínimo.

Cuando había llegado al acuerdo de hacerme cargo de la manutención que le correspondía a Levi a cambio de que firmara los documentos de adopción, había tenido la intención de pagarlo con mis ganancias. Era mi forma de apoyar al niño que se había convertido también en mío durante el último año.

Había resultado que a Levi no le preocupaba demasiado ser el padre de Beck. Tampoco estaba interesado en Alexa, solo en sus carreras y en mantener su estilo de vida. Al parecer, a las mujeres con las que se acostaba tampoco les gustaba mucho el niño. Menos de dos semanas después de que Alexa le hubiera dado a Drew la noticia de que su padre tenía un padre biológico diferente, Levi la dejó tirada. No quería tener nada que ver con Beck. La única conexión que había mantenido con él eran los cheques para la manutención que Alexa se había asegurado de que estipulara el juez después de que él la plantara.

Así que hacía unos meses, mientras Drew estaba en Nueva York por negocios y la NASCAR pasó por Georgia, Roman y yo habíamos ido a hablar con Levi. Mi plan había sido mejor que el de Roman, en el que estaba involucrado un amigo de un amigo del departamento de policía de Atlanta que arrestaría a Levi por conducir borracho, lo que arruinaría su vida como piloto si no renunciaba a sus derechos parentales.

Pensaba que la posibilidad de que firmara los documentos a cambio de hacerme cargo de la manutención era muy remota, pero no tenía nada que perder y sí mucho que ganar. Y a veces, las cosas salían bien. Ahora que Alexa había encontrado otro primo que la mantuviera, no se oponía a la adopción. En el fondo, sabía que era lo correcto y, en última instancia, no le importaba siempre y cuando siguiera recibiendo el cheque mensualmente y tuviera un hombre a su lado.

Drew se quedó mirando los papeles con incredulidad. Pensé que quizá estaba tratando de contener las lágrimas, pero cuando una gota cayó en los documentos, me di cuenta de que estaba llorando, sin tratar de reprimirse. Abrió los brazos, con uno me rodeó a mí y con el otro a su hijo para apretarnos contra su cuerpo. Luego se dejó llevar. Le temblaban los hombros y todo su cuerpo vibraba mientras sollozaba en silencio.

No pude evitar acompañarlo. Fue un momento muy bonito, y me recordó mucho a mi propia adopción y a las lágrimas de mis padres. Entonces no había entendido muy bien tanto alboroto, pero en la actualidad era más madura.

Cuando nos secamos las lágrimas, Beck preguntó si podía comer la tarta.

—Venga, colega, ¿por qué no llevas fuera la tarta y dejas que la vayan cortando? Emerie y yo iremos dentro de unos minutos.

—Vale, papá. —Beck salió corriendo, dejándonos solos.

Drew me miraba con una expresión de asombro.

—No me puedo creer que hayas conseguido esto. Nadie había hecho nada tan significativo por mí en toda mi vida.

Noté un nudo en la garganta otra vez.

—Roman me ayudó.

Drew me colocó el pelo detrás de la oreja.

—Estoy seguro de ello, pero ¿quién me ha dado todo lo que podría pedir?

Le apreté la mano.

—Es justo, porque tú me has dado lo mismo.

Me soltó la mano y dio un paso atrás.

—No te lo he dado todavía, pero tengo intención de hacerlo, si me dejas.

Lo que vino después, lo viví a cámara lenta. Drew metió la mano en el bolsillo y sacó una cajita negra antes de ponerse de rodillas.

—He llevado esto en el bolsillo todos los días durante la última semana, tratando de encontrar la manera de dártelo. Quería que fuera en un momento especial, y he pensado que hoy podría ser el día, pero estaba esperando el instante perfecto. No se me ocurre uno mejor ¿no crees?

Me llevé la mano a la boca mientras lo miraba.

—Tienes razón. Es perfecto.

Drew me cogió la otra.

—Emerie Rose, desde el día que entraste en mi despacho, en un acto de vandalismo y me enseñaste el culo, me he sentido como si me faltara un trozo de mí cuando no estás cerca. Eres quien pone una pincelada de color en mi mundo en blanco y negro. Antes de conocerte, no entendía por qué no había funcionado una relación con otra persona. Ahora lo sé; porque ninguna de esas mujeres eras tú. Así que, por favor, dime que te casarás conmigo, porque ya me has dado todo lo demás. Lo único que me falta es que lleves mi apellido.

Me sentía como si estuviera viviendo un sueño. Me cayeron las lágrimas por las mejillas.

—¿Es real? ¿Está sucediendo de verdad?

—Es tan real como tú quieras, nena. Tú, yo, Beck… Quizá algunos niños más, unos nuestros y otros adoptados, algún día. Ya somos una familia. Hoy me has dado a Beck de forma legal. Ahora solo falta que hagamos lo nuestro oficial. Dime que sí.

—¡Sí! ¡Sí! ¡Sí! —Estaba tan emocionada que me lancé sobre él, haciendo que cayera hacia atrás y que los dos acabáramos en el suelo.

Nos quedamos allí durante un tiempo mientras mi futuro marido besaba mis lágrimas.

—Ha sido una propuesta muy tierna. Me atrevería a decir que incluso romántica… Quién te ha visto y quién te ve, Jagger.

Rodó para quedarse encima.

—Lo tenía dentro. Pero tú lo vas a tener también en cuanto consiga que se vaya toda esa puta gente.

Sonreí.

—Ese es el pervertido que conozco y amo.

—Solo quiero hacerte feliz, nena —hizo una pausa—, y desnudarte.

Y lo conseguiría. Porque en algún instante entre las discusiones y arrancarnos la ropa para tirarnos el uno sobre el otro, me había enamorado locamente del hombre más inesperado en el momento más inoportuno. Y resultó que era exactamente lo que tanto necesitaba.

Agradecimientos

*P*rimero y antes de nada a mis lectores. Ni en mis mejores sueños hubiera podido imaginar a dónde me llevaría este viaje cuando empecé a escribir. El apoyo y entusiasmo por mis libros es un regalo que atesoro. Gracias por permitirme transmitiros mis historias y ser parte de vuestro ocio.

A Penelope. podría llenar este libro con las notas de agradecimiento que se merece, pero lo resumiré lo mejor que pueda. Mi vida es una aventura porque tú estás en ella y no puedo imaginarla sin ti. Gracias por tu ayuda y constante apoyo, pero sobre todo por tu amistad.

A Julie, eres mi fuerza. Gracias por estar siempre ahí para mí.

A Luna, consigues que mis libros cobren vida. Muchas gracias por tu increíble amistad y el apoyo que me muestras para mantener activa la página de Vi's Violets con tus increíbles *collages* y tu pasión por la lectura. ¡Estoy deseando abrazarte!

A Sommer, gracias por permitirme volverte loca… otra vez.

A mi agente, Kimberly Brower, por ser mucho más que eso. Estoy deseando ver qué nuevas aventuras nos traerá el año que viene.

A Elaine y Jessica, gracias por limpiar la historia para que no tenga ninguna incongruencia.

A Lisa de TRSOR y Dani de Inkslinger, gracias por organizar el lanzamiento del libro.

A todos los increíbles *bloggers*, gracias por lo que hacéis. Os agradezco sinceramente el tiempo que dedicáis con tanta generosidad a leer mis trabajos, a escribir comentarios, a crear *fanarts*, y por ayudar a compartir vuestro amor por los libros. Tengo el honor de llamar amigos a todos mis seguidores. ¡Gracias! ¡Gracias! ¡Gracias!

Con amor.

Vi

Egomaniac

SE ACABÓ DE IMPRIMIR

EN OTOÑO DEL 2018

EN LOS TALLERES GRÁFICOS DE EGEDSA

ROÍS DE CORELLA 12-16, NAVE 1

SABADELL (BARCELONA)